2,00

SCIENCE FICTION

ENTERPRISE-Romane:

Bd. 1: *Diane Carey*: Aufbruch ins Unbekannte · 06/6800

Bd. 2: *Dean Wesley Smith/Kristine Kathryn Rusch*:
Das Rätsel der Fazi · 06/6801

Ein Verzeichnis aller weiteren im HEYNE VERLAG erschienenen STAR-TREK-Romane finden Sie am Schluss des Bandes.

ENTERPRISE

DEAN WESLEY SMITH
KRISTINE KATHRYN RUSCH

DAS RÄTSEL DER FAZI

Roman

**Enterprise
Band 2**

Deutsche Erstausgabe

WILHELM HEYNE VERLAG
MÜNCHEN

HEYNE SCIENCE FICTION & FANTASY
Band 06/6801

Titel der amerikanischen Originalausgabe
BY THE BOOK
Deutsche Übersetzung von Andreas Brandhorst

Umwelthinweis:
Dieses Buch wurde auf chlor- und
säurefreiem Papier gedruckt.

Redaktion: Rainer Michael Rahn
Copyright © 2002 by Paramount Pictures
All Rights Reserved.
STAR TREK is a Registered Trademark of Paramount Pictures
Erstausgabe by Pocket Books/Simon & Schuster Inc., New York
Copyright © 2002 der deutschen Ausgabe und der Übersetzung by
Wilhelm Heyne Verlag GmbH & Co. KG, München
http://www.heyne.de
Printed in Germany 2002
Umschlagbild: Pocket Books/Simon & Schuster, New York
Umschlaggestaltung: Nele Schütz Design, München
Technische Betreuung: M. Spinola
Satz: Schaber Satz- und Datentechnik, Wels
Druck und Bindung: Ebner & Spiegel, Ulm

ISBN 3-453-86536-7

*Für Kevin,
im Gedenken an seine RS-
Lieblingsfigur Seymour.*

1

»Marsianer sind nicht grün«, sagte Ensign Hoshi Sato, und Falten bildeten sich in ihrer Stirn. »Auf dem Mars gibt es überhaupt kein Leben, abgesehen von einer menschlichen Kolonie.«

Es wurde still im Speisesaal der *Enterprise*, und nur das Summen des Triebwerks im Hintergrund verhinderte, dass man sich wie auf einem Friedhof fühlte. Es war ein wenig kühl in dem Raum, und ein leichter Essensgeruch hing in der Luft. Die Fenster gewährten einen inzwischen vertrauten Blick auf Sterne, die Streifenmuster bildeten – das Schiff flog mit Warpgeschwindigkeit.

Alles war in bester Ordnung. Nur im Speisesaal nicht.

Ensign Elizabeth Cutler seufzte und sah die anderen beiden Spieler an, die erwartungsvolle Blicke auf sie richteten. Ensign Travis Mayweather verschränkte die Arme und lehnte sich zurück. Heiterkeit glänzte in seinen ausdrucksvollen schokoladenbraunen Augen. Besatzungsmitglied James Anderson wirkte zierlich neben Mayweather und beugte sich so vor, als hinge die Zukunft der Galaxis von Cutlers Antwort ab.

Cutler schüttelte verwundert den Kopf und sah auf ihre Notizen hinab. Eine Woche lang hatte sie ihre Freizeit dazu genutzt, dieses Science-Fiction-Rollenspiel zu entwickeln. Sie hatte sich bemüht, gute Szenarien zu entwerfen – und die Regeln nicht zu vergessen. Ihre drei Mitspieler waren nicht mit Rollenspielen vertraut, aber sie wollten es auf einen Versuch ankommen lassen, wenn Cutler als Spielleiterin fungierte. Dummerweise hatte sie sich einverstanden erklärt.

Als Kind hatten Elizabeth Cutler und ihre Freunde oft Rollenspiele gespielt, ihre Computer zu einem lokalen Netzwerk verbunden, das Phantasie zu Scheinrealität werden ließ. Über Stunden, Tage und Wochen hinweg hatten sie in fiktiven Welten aufregende Abenteuer erlebt. Doch hier hatte sie es mit drei Erwachsenen ohne die geringsten RS-Erfahrungen zu tun, und sie selbst konnte nur auf ihre Erinnerungen zurückgreifen. Für diese Art von Freizeitbeschäftigung war der Bordcomputer der *Enterprise* nicht vorgesehen.

Deshalb hatte sie selbst die Einzelheiten eines SF-Rollenspiels ausgearbeitet und sich von Chefingenieur Charles »Trip« Tucker einige quadratische, kurze Bolzen besorgt. Es gab keine Würfel an Bord, und Cutler brauchte irgendetwas, mit dessen Hilfe sich Entscheidungen über die Bewegungen der RS-Figuren treffen ließen. Sie hatte die Bolzen auf einer Seite rot und auf der anderen weiß bemalt. Rot war immer positiv. Weiß bedeutete nichts.

Aber bei all den Vorbereitungen hatte sie nie erwartet, mit Spielern konfrontiert zu werden, die sich einfach nichts vorstellen konnten. Und genau darauf kam es beim Rollenspiel an. Alle Ereignisse des Spiels betrafen das Reich der Phantasie und damit den Geist. Das musste Cutler den anderen klarmachen, wenn die ganze Sache nicht zu einer Pleite werden sollte.

»In diesem Spiel sind Marsianer grün«, sagte sie, sah erst die attraktive Hoshi an und dann Ensign Travis Mayweather. »Außerdem sind sie klein, haben große Ohren und spitze Zähne.«

»Können wir sie nicht irgendwie anders nennen?«, fragte Hoshi. »Vielleicht kamen sie mit einem Frachter zum Mars ...«

»Wir haben uns doch darauf geeinigt, ein Rollenspiel

des zwanzigsten Jahrhunderts zu spielen«, sagte Anderson und unterstrich seine Worte, indem er die blonden Brauen hob. »Damals haben die Menschen an Marsianer geglaubt, nicht wahr, Elizabeth?«

»Ja«, bestätigte Cutler, dankbar für die Unterstützung. Sie mochte Anderson. Er war eines der gescheitesten und phantasievollsten jüngeren Crewmitglieder, hatte hellgrüne Augen, bräunliches Haar und ein bezauberndes Lächeln. Anderson arbeitete wie Cutler in der wissenschaftlichen Abteilung. Sein Fachgebiet war Geologie, ihres Exobiologie.

»Gehen wir einfach mal davon aus«, sagte sie. »Die Marsianer haben keine Ähnlichkeit mit den anderen Außerirdischen, denen wir begegnet sind, in Ordnung? Sie sind die ersten Bösewichter, mit denen wir fertig werden müssen.«

Hoshi wirkte noch immer verwirrt, aber Mayweather und Anderson nickten.

»Was genau ist unser Ziel bei dem Spiel?«, fragte Mayweather. Er warf Hoshi einen kurzen Blick zu, aber sie achtete nicht auf ihn.

Zwei unterschiedlichere Spieler hätte sich Cutler nicht vorstellen können. Hoshi war die Sprachexpertin an Bord und hatte sich als eine Mischung aus Scharfsinn und Schüchternheit herausgestellt. Mayweather verfügte bereits über Erfahrungen im Weltraum, denn er war mit seinen Eltern an Bord von Frachtschiffen aufgewachsen, die zwischen den Außenposten verkehrten. Er schien recht abenteuerlustig zu sein, aber durch seinen Wunsch nach neuen Erfahrungen wirkte er manchmal zu impulsiv.

»Das Hauptziel besteht darin, die eigene Figur während aller Abenteuer am Leben zu erhalten«, sagte Cutler.

»Das ist eine gute Idee.« In Mayweathers Augen glitzerte es.

»Wenn Sie sehr erfolgreich sind und das Spiel mögen, können wir die gleichen Figuren in einigen Monaten bei einem anderen Spiel verwenden.«

»In einigen Monaten?«, wiederholte Hoshi.

»Wir wollten etwas, das uns lange beschäftigt hält«, erinnerte sie Anderson.

»Ich habe dabei an ein Spiel gedacht, das einige Abende dauert, nicht Monate.«

»Abende, Monate.« Anderson zuckte mit den Schultern. »Hier draußen haben wir alle Zeit der Welt.«

»Des Universums«, berichtigte ihn Mayweather.

»Des Universums«, sagte Hoshi und schloss die Augen.

Es war allgemein bekannt, dass sie eigentlich gar nicht an Bord der *Enterprise* sein wollte. Angeblich hatte sie Captain Archer nach der ersten Mission gebeten, sie durch jemand anders zu ersetzen. Er hatte abgelehnt. Hoshi versuchte, sich ans All zu gewöhnen, doch sie wirkte noch immer nervös. Deshalb war Cutler so überrascht gewesen, als sie sich freiwillig zu dem Rollenspiel-Experiment meldete.

»Das zweite Ziel besteht darin, genug Teile eines automatischen Translators zu sammeln, um einen solchen zu bauen«, sagte Cutler.

»Ein vollkommen automatisch arbeitender Translator wird nie möglich sein«, meinte Hoshi und die Falten gruben sich tiefer in ihre Stirn.

Cutler verzichtete auf eine Antwort. Gerade wegen Hoshis Teilnahme an dem Spiel hatte sie sich für einen automatischen Translator entschieden – um das Rollenspiel für sie interessanter zu gestalten.

Aber sie hätte es besser wissen sollen. Hoshi Sato gehörte zu den besten Linguisten der Erde und Captain Archer höchstpersönlich hatte sie an Bord geholt. Mit ihrer Hilfe waren sie in der Lage gewesen, einige schwierige Sprachprobleme zu lösen. Aber wenn es jemanden gab, der wusste, dass die Entwicklung eines vollkommen automatisch arbeitender Translators unmöglich sein würde, so Hoshi. Aber ob ein solches Gerät für immer Fiktion blieb oder nicht, darauf kam es derzeit nicht an.

»Es ist nur ein Spiel«, sagte Cutler, sah Hoshi an und lächelte. »Dies alles existiert nur in unserer Vorstellung. Eine Gruppe aus Menschen und Außerirdischen – Ihre Figuren – werden mit einer solchen Mission zum Mars geschickt. Was auch immer geschieht, es passiert in einer Scheinwelt.«

»Etwas anderes wäre auch gar nicht möglich«, warf Mayweather ein. »Immerhin sind wir in jenem Jahrhundert nur bis zum Mond gekommen.«

»Und auf dem Mars gibt es keine kleinen grünen Männchen«, sagte Hoshi. »Oder einen vollautomatischen Translator.«

Cutler seufzte. »Genau. Nichts bei diesem Spiel ist real, in Ordnung? Lassen Sie Ihrer Phantasie einfach freien Lauf. Das macht ja gerade so viel Spaß dabei.«

Die anderen lächelten nicht und das hielt Cutler kaum für ein gutes Zeichen. Vielleicht wurde dies zum kürzesten Rollenspiel in der ganzen Rollenspielgeschichte.

»Und was sind die Regeln?«, fragte Anderson.

Cutler sah auf ihre Notizen für das Spiel, das sie während der letzten Tage mithilfe ihrer Erinnerungen und der Logik entwickelt hatte. Sie hoffte, dass alles Notwendige vorhanden war. Einige Dinge mussten vermutlich während des Spiels improvisiert werden.

»Nun, zunächst müssen wir unsere Figuren bestimmen. Wählen Sie einen Namen für Ihre, Anderson.«

»Bekommen wir nur eine?«, fragte Anderson.

Cutler widerstand der Versuchung, erneut den Kopf zu schütteln. »Eine genügt völlig, glauben Sie mir.«

»Na schön«, sagte Anderson. »Meine Figur heißt Mr. Doom.«

»Mr. Doom?«, wiederholte Mayweather. »Wie wär's mit Dr. Doom?«

»Ich habe mich entschieden«, betonte Anderson. »Mr. Doom.«

»Mensch und Mann?« fragte Cutler und lächelte über den großartigen Namen.

Anderson nickte. »Ein Mann, ja. Und was für einer.«

Sie griff nach dem Becher mit den Bolzen, schüttelte ihn und reichte ihn Anderson. »Werfen Sie die Bolzen, um die Kraft Ihrer Figur zu bestimmen.«

Anderson nahm den Becher entgegen und ließ seinen Inhalt auf den Tisch fallen. Das Klappern der Bolzen auf der harten Tischoberfläche hallte so laut durch den Speiseraum, als wäre irgendeine Maschine auseinander gebrochen. Zum Glück waren sie derzeit allein. Cutler beschloss, fürs nächste Treffen eine weiche Unterlage zu besorgen – ein so lautes Klappern konnte man vielleicht noch auf der Brücke hören.

»Fünfmal rot«, sagte Cutler und zählte die roten Bolzen. »Das bedeutet: Ihre Figur hat fünf von maximal zehn Kraftpunkten.«

»Welchen Zweck haben sie?«, fragte Mayweather.

»Wenn die Figuren mit Problemen konfrontiert werden, brauchen sie, wie im richtigen Leben, Fähigkeiten und Werkzeuge, um sie zu lösen.« Cutler sah in drei verwunderte Mienen und winkte ab. »Ich zeige es Ihnen, wenn sich das erste Problem ergibt. Anderson, lassen Sie die Bolzen noch einmal rollen.«

Das laute Klappern wiederholte sich.

»Intelligenz fünf«, stellte Cutler fest.

»Für jemanden, der *Mr.* Doom heißt, ist Ihr Bursche ein eher durchschnittlicher Typ«, sagte Mayweather.

»Mr. Mittelmäßig«, ließ sich Hoshi vernehmen. »Sie sollten den Namen ändern.«

Anderson blickte finster drein, als die anderen lachten. Zum ersten Mal glaubte Cutler, dass sie doch eine

Chance hatten. Sie ließ Anderson erneut die Bolzen werfen, um Charisma (noch einmal fünf), Geschicklichkeit (vier) und Glück (wieder fünf) zu bestimmen. Auf Eigenschaften, die mit Magie in Zusammenhang standen, verzichtete sie ganz bewusst, denn immerhin handelte es sich um ein SF-Rollenspiel. Außerdem dauerte es dadurch nicht so lange, das Potenzial der einzelnen Figuren festzulegen.

»Sie alle beginnen mit null Erfahrungspunkten«, erklärte Cutler. »Im Verlauf des Spiels sammeln Sie welche.«

»Mir ist der Sinn von Kraft, Geschicklichkeit, Glück und Intelligenz klar«, sagte Anderson. »Aber wozu dienen Charisma und Erfahrung?«

»Ein *Mr.* Doom kann damit vermutlich gar nichts anfangen«, kommentierte Mayweather, was ihm einen weiteren finsteren Blick einbrachte.

»Charisma bestimmt die Führungsqualitäten«, sagte Cutler. »Wenn niemand mehr als diese fünf Charismapunkte hat, so führt er die Gruppe an.«

»Eine Kampfgruppe, angeführt vom grässlichen *Mr.* Doom«, verkündete Mayweather mit theatralischer Stimme.

»Vom grässlichen, mittelmäßigen Mr. Doom«, fügte Hoshi hinzu.

»Sie haben die Bolzen noch nicht geworfen«, erwiderte Anderson unheilvoll. »Was ist mit der Erfahrung?«

»Das liegt doch auf der Hand«, sagte Cutler. »Je mehr Erfahrung Sie haben, desto besser sind die von Ihnen getroffenen Entscheidungen.«

»Hoffentlich«, murmelte Hoshi und aus irgendeinem Grund gewann Cutler den Eindruck, dass sie damit nicht das Spiel meinte.

Mayweather kam als nächster an die Reihe. Seine Figur, ein Außerirdischer namens Unk, bekam nur drei

Punkte für Kraft, aber acht für Intelligenz. Er hatte ein Charisma von sieben – »Tut mir leid, Doom«, sagte er zu Anderson –, eine Geschicklichkeit von fünf und ein Glück von sieben.

»Es gefällt mir nicht, wie sich diese Sache entwickelt«, meinte Anderson.

»Wir können nicht alle gleich sein«, entgegnete Mayweather.

»Irgendjemand hat einmal gesagt, dass wir alle gleich geboren werden«, brummte Anderson.

»Aber nicht bei einem Rollenspiel«, sagte Cutler ungerührt. Ihre Mitspieler zeigten allmählich Interesse; sie hoffte nur, dass auch Hoshi dabei blieb.

Die Linguistin nannte ihre Figur Bertha, was alle erstaunte. Den Grund für diesen Namen wollte Hoshi nicht nennen, ganz gleich, wie sehr die anderen sie bedrängten. Mit den Bolzen gab sie ihrer Bertha eine Kraft von acht und eine Intelligenz von vier. Das Charisma betrug zehn, die Geschicklichkeit acht und das Glück neun.

»Eine interessante Gruppe«, sagte Mayweather. »Ein schwacher, aber intelligenter Außerirdischer, ein mittelmäßiger Bursche und eine starke, aber nicht sehr gescheite Frau. Klingt nach einer perfekten Einsatzgruppe.«

»Aber die Dumme führt uns an«, meinte Anderson.

»He!«, erwiderte Hoshi. »Das ist nicht fair. Ich habe nicht darum gebeten, die Führung zu übernehmen.«

»Dann geben Sie jemand anders einen entsprechenden Befehl«, schlug Cutler vor. »Sie haben das höchste Charisma.«

»Großartig«, brummte Hoshi.

Dennoch schien sie interessiert zu sein. Cutler spürte so etwas wie Aufregung am Tisch. Während der letzten fünfzehn Minuten hatte niemand aus dem Fenster gesehen, obwohl der Anblick der Sterne und des Alls noch nicht so alltäglich war.

»Sind Sie bereit für Ihre Marsmission?«, fragte Cutler.
»Haben Sie unseren Einsatzort vorbereitet?«, fragte Anderson.

»Ja«, bestätigte Cutler und wies nicht darauf hin, dass sie nur den ersten Teil des Abenteuers entworfen hatte. Bevor sie noch mehr Arbeit in dieses Experiment investierte, hatte sie zunächst feststellen wollen, ob genug Interesse bestand.

»Na schön, versuchen wir's«, sagte Mayweather.

Cutler nickte, atmete tief durch, blickte auf ihre Notizen und beschrieb die Situation, die sich den Spielern darbot.

»Sie sind auf der einen Seite einer riesigen roten Sanddüne gelandet, nicht mehr als hundert Schritte vom Rand eines großen Kanals entfernt.«

»Es gibt keine Kanäle auf ...«, begann Hoshi, unterbrach sich und lächelte. »Entschuldigung. Ich gewöhne mich schon noch daran.«

Cutler lächelte ebenfalls. »Der Kanal erstreckt sich neben einer uralten marsianischen Stadt, von der nur noch Ruinen übrig sind. Man hat Ihnen mitgeteilt, dass sich im zentralen Gebäude mitten in der Stadt eine Schatzkammer befindet, die Teile eines automatischen Translators enthalten könnte. Ihre Aufgabe besteht darin, sie zu finden und zu Ihrem Schiff zurückzukehren. Sechs Stunden Tageslicht bleiben Ihnen, um den Kanal zu überqueren, in die Stadt zu gelangen und die Teile zu finden.«

Cutler musterte die drei Spieler. Die Männer erwiderten ihren Blick, während sich Hoshi Notizen machte.

»Denken Sie daran, dass Sie sich an einem gefährlichen Ort befinden«, sagte Cutler. »Sie wissen, dass große Schlangen in den Kanälen leben. Und die grünen Marsianer in der Ruinenstadt greifen gern Menschen und ihre extraterrestrischen Begleiter an.«

»Sind wir unbewaffnet?«, fragte Mayweather.

»Für mich klingt es nach einem Himmelfahrtskommando«, kommentierte Anderson.

Cutler presste sich den Handballen an die Stirn. »Ich wusste doch, dass ich etwas vergessen habe.«

Sie las ihre Waffennotizen durch. »Hören Sie bitte gut zu.«

Mayweather und Anderson holten ihre Handcomputer hervor. Hoshi wartete, zum Schreiben breit.

»Ich hätte nicht gedacht, dass dies auf eine Art Schule hinausläuft«, wandte sich Mayweather leise an Anderson.

»In meiner Schule haben wir nie gegen Marsianer gekämpft«, sagte Anderson und legte seinen Handcomputer auf den Tisch. Mayweather folgte dem Beispiel von Mr. Doom.

Als sie bereit waren, las Cutler die Waffeninformationen vor. Ihre Zuhörer schrieben pflichtbewusst mit.

»Jeder von Ihnen beginnt die Mission mit diesen Waffen«, sagte sie. »Wenn die Waffen zerstört werden oder ihre Munition verbraucht ist, bekommen Sie ohne eine Rückkehr zum Schiff keinen Ersatz. Verstanden?«

Alle nickten.

Cutler gewann den Eindruck, Anderson, Mayweather und Hoshi fast so weit zu haben, dass sie Gefallen am Rollenspiel fanden. »Ich frage Sie, was Sie vorhaben, und Sie können mir Fragen in Hinsicht auf die Situation stellen. Wenn Sie sich für eine Aktion entscheiden, teile ich Ihnen mit, ob und welche Konsequenzen sich daraus ergeben. Anschließend rollen wir die Bolzen, um zu sehen, wie Sie zurechtkommen. In Ordnung?«

»Die Bolzen rollen«, wiederholte Anderson und schien die Worte im Mund hin und her zu drehen.

»Klingt fast wie ein Slang-Ausdruck, den ich einmal gehört habe«, meinte Hoshi.

»Wie lautet der Ausdruck?«, fragte Mayweather.

»Er ...«

»Sind Sie so weit?«, fragte Cutler und unterbrach das Gespräch absichtlich. Sie wusste aus Erfahrung, dass solche Abschweifungen das Spiel in die Länge ziehen konnten. Als Kind hatte sie das in den Computernetzen mehrmals erlebt. »Was möchten Sie als Erstes unternehmen?«

»Na schön, wir stehen also vor dem Kanal«, sagte Anderson, der offenbar versuchte, die Situation einzuschätzen.

Cutler nickte.

»Gibt es einen Weg auf die andere Seite?«, fragte Anderson.

»Ein kleines Boot, gerade groß genug für Sie drei, ist am Ufer festgemacht. Und etwa hundert Schritte trennen Sie von den Überresten einer Brücke, die Sie vielleicht überqueren können.«

Genau in diesem Augenblick drang ein blasses Glühen durch die Fenster des Speiseraums, als die *Enterprise* den Warptransfer beendete. Mayweather, Anderson und Cutler standen auf, gingen zu den Fenstern. Es war immer aufregend, in ein neues Sonnensystem zu fliegen, sogar noch aufregender als ein Rollenspiel, gestand sich Cutler ein.

Sie blickte über die Schulter. Hoshis Gesichtsausdruck war neutral, aber sie wirkte steif und ihre Hände hatten sich fest um die Tischkante geschlossen. Sie verabscheute alle ungewöhnlichen Bewegungen des Schiffes und Veränderungen der Geschwindigkeit schienen sie geradezu zu entsetzen.

Cutler wandte sich ab. Die Crew hatte sich stillschweigend darauf geeinigt, Hoshis Reaktionen keine Beachtung zu schenken, vielleicht in der Hoffnung, dass sie irgendwann verschwanden.

Cutler glaubte, den Schein der fremden gelben Sonne im Gesicht zu spüren, obgleich es unmöglich war, Wärme durchs Fenster wahrzunehmen. Ein rötlicher Planet geriet in Sicht, zeigte grüne, blaue und rote Bereiche, als die *Enterprise* in einen hohen Orbit schwenkte.

»He, das könnte der Mars nach dem Terraforming sein«, sagte Anderson.

»Zu viel Wasser«, sagte Mayweather und deutete auf die Ozeane, die etwa ein Drittel des Planeten bedeckten.

Captain Archers Stimme drang aus den Interkom-Lautsprechern. »Ensign Hoshi und Ensign Mayweather, bitte kommen Sie zur Brücke.«

»Wir beginnen das Spiel später«, sagte Anderson, als die beiden Genannten zur Tür des Speiseraums gingen.

»Darauf können Sie sich verlassen«, erwiderte Mayweather. »Nach all den Vorbereitungen möchte ich wenigstens feststellen, ob wir den Kanal überqueren können.«

»Ein Kinderspiel«, sagte Anderson und lachte.

Cutler schwieg, als sie nach den bemalten Bolzen und dem Becher griff. Sie wusste, was bei der Überquerung des Kanals alles geschehen konnte. Leicht war es bestimmt nicht, zur anderen Seite zu gelangen.

2

Captain Jonathan Archer stand neben dem Kommandosessel, die Arme auf die Rückenlehne gestützt, als er das Geräusch des Lifts hörte, das immer seine Aufmerksamkeit weckte. Nach wie vor erfüllte es ihn mit jungenhafter Aufregung, den Befehl über ein eigenes Raumschiff zu führen. Selbst das Wort »Raumschiff« ließ Begeisterung in ihm prickeln.

Travis Mayweather und Hoshi Sato kamen aus dem Lift. Hoshis Wangen waren ein wenig gerötet und sie hielt den Blick gesenkt, als sie zu ihrer Station ging. In Mayweathers Augen zeigte sich ein verräterischer Glanz. Vermutlich hatte er Hoshi geneckt – ihre Unsicherheit in Hinsicht auf viele Dinge machte sie immer wieder zur Zielscheibe von gutmütigem Spott.

Archer unterdrückte ein Lächeln, als er wieder zum Bildschirm sah. Was Erfahrung und persönliche Einstellung betraf, konnten Mayweather und Hoshi Sato nicht unterschiedlicher sein. Doch es gab auch ein gemeinsames Element, das sie mit den anderen Crewmitgliedern verband: In ihrem jeweiligen Fachgebiet waren sie die Besten.

Die Darstellungen des Bildschirms fesselten Archer und er vergaß Mayweather und Hoshi. Der rote, blaue und grüne Planet bot einen prächtigen Anblick. Manchmal überraschte sich der Captain dabei, dass er fremde Welten oder irgendwelche Anomalien im All mit offenem Mund beobachtete.

Und wenn er bei solchen Gelegenheiten T'Pols Blick

bemerkte, kam er sich wie ein Idiot vor. Kein Wunder, dass es ihr schwer fiel, ihn ernst zu nehmen. Die Aufregung, die er allem Neuen und Unbekannten entgegenbrachte, erschien ihr wahrscheinlich wie Inkompetenz.

Er zwang sich, tief durchzuatmen und seine Gefühle zu kontrollieren. Die Anzeigen in der Armlehne des Kommandosessels deuteten darauf hin, dass alles in Ordnung war. Die *Enterprise* befand sich in einer hohen Umlaufbahn über dem Planeten, auf dem es offenbar eine schon ziemlich hoch entwickelte Zivilisation gab.

»Die Sensoren registrieren eine frische Warpspur-Signatur«, sagte T'Pol und sah von ihrer wissenschaftlichen Station auf. Ihre dunklen Augen waren sehr ausdrucksvoll, doch das Gesicht der Vulkanierin blieb eine starre Maske.

Eine Warpspur-Signatur? Noch dazu eine frische? Fremden Intelligenzen zu begegnen – das war für Archer ebenso aufregend wie die Entdeckung neuer Planeten. Vielleicht sogar noch aufregender.

»Können Sie die Spur zu ihrem Ausgangspunkt zurückverfolgen?«, fragte Archer und versuchte, ebenso ruhig und gelassen zu klingen wie T'Pol. Es gelang ihm nicht, aber wenigstens schaffte er es, den kindlichen Enthusiasmus aus seiner Stimme zu verbannen.

»Ich kann«, bestätigte T'Pol. »Die Spur beginnt hoch über dem zweiten Planeten und endet nach einer relativ kurzen Strecke.«

»Ein Testflug«, sagte Archer mehr zu sich selbst.

»Das wäre eine logische Schlussfolgerung«, erwiderte T'Pol.

»In tieferen Umlaufbahnen gibt es Satelliten und ›Weltraummüll‹«, sagte Lieutenant Malcolm Reed. »Es lässt sich nichts Gefährliches feststellen.«

Archer drehte sich zum Geländer um, das ihn von Hoshi trennte. Das Metall war kalt. »Versucht jemand, sich mit uns in Verbindung zu setzen?«

»Nein, Sir. Es werden unterschiedliche Radio-Frequenzbänder verwendet, vielleicht zu zivilen Zwecken, vielleicht auch nicht.« Hoshi hob den Kopf und Archer begegnete ihrem Blick. Wie immer erstaunte ihn das Leuchten in ihren dunklen Augen. »Die Sprache der Fremden ist ein Problem.«

»Warum?«, fragte Archer.

T'Pol sah erneut von ihrer wissenschaftlichen Station auf und wartete ebenfalls auf Hoshis Antwort. Die Bewegungen der Vulkanierin waren immer knapp und auf Effizienz bedacht, was sie von allen anderen an Bord unterschied. Dass sie den Kopf hob, deutete auf Interesse hin.

Archer konnte sich kaum vorstellen, dass die beste Linguistin der Erde irgendeine Sprache für ein Problem hielt. Es gelang ihr fast immer sofort, die Grundlagen zu verstehen. Genau deshalb hatte Archer darauf bestanden, dass sie beim ersten Flug der *Enterprise* zur Crew zählte.

»Wegen der Struktur«, sagte Hoshi und neigte den Kopf ein wenig zur Seite, während sie den Sendungen der Fremden lauschte. »So etwas habe ich nie zuvor gehört. Ich hätte es nicht einmal für *möglich* gehalten. Die Struktur eines Satzes scheint mehr zu bedeuten als die einzelnen Worte. Das ist zumindest mein erster Eindruck.«

Ihre Finger huschten über die Tasten und übermittelten dem Computer Anweisungen.

»Setzen Sie Ihre Analysen fort«, sagte Archer, wandte sich dann an T'Pol und Reed. »Nun?«

»Offenbar sind wir auf eine Kultur von Humanoiden gestoßen.« Reed sah auf den Computerschirm und betätigte Tasten, während er sprach. »Soweit ich das bisher feststellen kann, ist ihre technische Entwicklung auf dem Stand der Erde vor hundert Jahren.«

»Aufgrund eines Krieges?«, fragte Archer und erinnerte sich: Als die Vulkanier vor hundert Jahren auf der Erde gelandet waren, erholte sich die Menschheit gerade von einem schrecklichen Krieg.

»Nein«, sagte Reed.

Der Hauptschirm zeigte die Nachtseite des Planeten und deutlich ließen sich die Lichter von Städten erkennen. Archer konnte ihr Glück kaum fassen. Ihre Mission bestand darin, fremde Völker zu entdecken, und hier, nicht sehr weit von der Erde entfernt, gab es intelligente Geschöpfe, die ihre ersten Schritte ins All unternahmen.

»Es gibt noch eine zweite Spezies auf dem Planeten«, sagte T'Pol. »Sie bewohnt den südlichen Kontinent.«

»Was?« Archer beugte sich vor und betätigte die Kontrollen der Scanner.

Das Bild auf dem Hauptschirm wechselte und der Captain sah sofort, dass T'Pol Recht hatte. Anderenorts auf dem Planeten gab es Straßen und Städte, doch dieser Kontinent wirkte fast unberührt. Überall an der Küstenlinie gab es sehr fremdartig wirkende Dörfer. Ihre Zahl ging in die tausende, und sie hatten nicht die geringste Ähnlichkeit mit den Städten. Sie schienen auch nicht annähernd so hoch entwickelt zu sein.

»Sind Sie sicher, dass es nicht Angehörige der gleichen Spezies sind, nur weniger entwickelt?«, fragte Archer. Über lange Zeit hinweg hatte sich die Entwicklung der Menschen unterschiedlich schnell vollzogen, was vor allem an den unterschiedlichen Kulturen lag. Erst in jüngster Vergangenheit, historisch gesehen, hatte die Menschheit zu einer technologischen Einheit gefunden.

»Ja, ich bin sicher«, sagte T'Pol und Archer hörte Kühle in ihrer Stimme. Glaubte sie vielleicht, dass seine Frage ihren Sachverstand in Zweifel zog? Fühlte sie sich dadurch beleidigt? Archer hatte nur eine Bestätigung haben wollen, aber er verzichtete darauf, einen entsprechenden Hinweis an die Vulkanierin zu richten.

»Captain, die Sprache ist mir noch immer rätselhaft«,

ließ sich Hoshi vernehmen. »Aber einige Dinge sind mir inzwischen klar geworden.«

»Ich höre«, sagte Archer.

»Das Volk, das den größten Teil des Planeten bewohnt, nennt sich ›Fazi‹.« Hoshi zögerte kurz, lauschte und schüttelte den Kopf. »Alles deutet darauf hin, dass ihre Gesellschaft extrem durchstrukturiert und streng reglementiert ist. Die Regierungsgewalt scheint bei einer Art Rat zu liegen.«

»Und an diesen Rat sollten wir uns bei der Kontaktaufnahme wenden?«, fragte Archer.

»Ich denke schon«, antwortete Hoshi.

Archer sah ihr deutlich an, dass sie nicht hundertprozentig sicher war.

»Ich empfehle Geduld und weitere Untersuchungen«, sagte T'Pol. »Wir benötigen zusätzliche Daten, um einen genaueren Eindruck von der Situation zu gewinnen.«

»Derzeit stimme ich Ihnen zu.« Archer nahm im Kommandosessel Platz. Das Leder gab nach und passte sich seiner Körperform so an, als wäre der Sessel nach Maß für ihn angefertigt worden. Er beugte sich vor und beobachtete den Planeten, als die *Enterprise* über den Terminator hinwegflog. Der Glanz der aufgehenden Sonne überstrahlte die Lichter einer Stadt.

Dort unten erwachten intelligente Wesen nach der Nachtruhe und begannen mit ihrem Tag. Vielleicht würde es für sie ein Tag sein, an den sie sich lange erinnerten. Der Tag, an dem die Fazi erfuhren, wie vielfältig das Universum jenseits ihres Sonnensystems war. Und dass sie nicht allein waren, wie die Menschheit bei der Landung der Vulkanier vor hundert Jahren festgestellt hatte.

Zu Beginn seiner Mission hatte sich Archer versprochen, dass er es bei seinen Erstkontakten besser machen würde als die Vulkanier.

Dieses Versprechen wollte er jetzt halten.

3

Elizabeth Cutler wischte ihren Tisch im Speisesaal ab. Sie fühlte sich angenehm gesättigt – diesmal hatte sie unmittelbar nach der Zubereitung ihren eigenen Eintopf gegessen und nicht die vulkanische Brühe, mit der sie gelegentlich experimentierte. Alle fanden den Eintopf am zweiten Abend schmackhafter als am ersten, aber Cutler hatte noch nicht den mikrobiologischen Unterricht während ihres Studiums vergessen. Jedes Essen, das älter als einige Stunden war, drehte ihr den Magen um.

Sie führte es auf ihre Vorstellungskraft zurück. Immer wieder sah sie vor dem inneren Auge, wie Mikroben in dem, was ihre Mahlzeit sein sollte, Kolonien bildeten. Die imaginären Probleme wurden noch größer, wenn sie an Fleisch dachte.

Auf der einen Seite des Tisches warteten die bemalten Bolzen und ein dickes Tuch auf ihren Einsatz. Cutler war bereit, das Rollenspiel fortzusetzen, auch wenn es einem Teil von ihr widerstrebte.

Jenseits der Fenster drehte sich der rot-blaue Planet im All und ließ unterschiedliche Farben durch den Speisesaal wandern. Sie änderten sich immer wieder, während die *Enterprise* über verschiedene Bereiche der fremden Welt hinwegflog. Seit zwölf Stunden befand sie sich in einer hohen Umlaufbahn.

Cutler hatte ihren Dienst in der Hoffnung begonnen, die Biologie der fremden Wesen untersuchen zu können, doch sie bekamen nicht genügend Informationen vom Planeten. Hinzu kam: Für ihre Arbeit brauchte Cutler Proben.

Am liebsten wäre sie sofort aufgebrochen, um die erforderlichen Proben auf dem Planeten zu sammeln, aber sie musste sich gedulden, wie alle anderen. Beim Essen hatte Mayweather gebeichtet, dass er sich versucht fühlte, einen Shuttle zu stibitzen und damit durch die Atmosphäre des Planeten zu fliegen. Natürlich würde er sich nicht zu so etwas hinreißen lassen, ebenso wenig wie seine Zuhörer, aber Cutler teilte den Drang, der in jenen Worten zum Ausdruck kam.

So nah und doch so fern.

Anderson hatte nicht viel gesagt und den Tag damit verbracht, geographische Daten des Planeten auszuwerten und die Unterschiede zwischen diesem und der Erde zu katalogisieren. Dabei stieß er auf die gleichen Probleme wie Cutler. Früher oder später musste er der fremden Welt einen Besuch abstatten, um Proben zu sammeln und genauere Untersuchungen anzustellen.

Aber noch war es nicht so weit.

Anderson stand jetzt vor den Fenstern, die Hände auf den Rücken gelegt. Die Luft im Speiseraum roch verbraucht und war ein wenig zu warm. Manchmal überlasteten Kochdampf und die zusätzliche Wärme von vielen menschlichen Körpern während der Essenszeit die ambientalen Systeme. Zum Glück hatten inzwischen die meisten Besatzungsmitglieder ihre Mahlzeit eingenommen und den Speiseraum wieder verlassen.

Cutler breitete das Tuch auf dem Tisch aus und betrachtete das Spiel. Sie musste sich bemühen, es so interessant zu machen wie den Planeten, der so verlockend war.

Sie wusste, dass Ensign Hoshi Sato kaum Gelegenheit finden würde, an dem Rollenspiel teilzunehmen, solange sie sich in der Nähe des Fazi-Planeten befanden. Die Sprache der Fazi, so hatte Cutler gehört, bereitete ihr einige Probleme. Sie konnte sich kaum vorstellen, dass sich die ruhige, geniale Hoshi über irgendetwas ärgerte, aber nach dem, was man sich erzählte, kam Hoshi bei ihren linguistischen Analysen nicht weiter und reagierte immer mehr mit Verdruss.

Cutler konnte natürlich warten, bis dieses Drama im wirklichen Leben vorüber war, aber das wollte sie nicht. Sie brauchte irgendetwas, um sich von ihren Phantasievorstellungen in Hinsicht auf den Planeten abzulenken. Deshalb hatte sie Besatzungsmitglied Alex Nowakowitsch gebeten, an ihrem ersten Abenteuer auf dem Mars teilzunehmen.

Inzwischen bedauerte Cutler, ihn nicht gleich gefragt zu haben. Vermutlich lag es daran, dass sie es vermeiden wollte, an den Außeneinsatz zu denken, an dem sie zusammen mit Nowakowitsch teilgenommen hatte. Jene Mission hatte sie zutiefst erschüttert und manchmal an ihrem Verstand zweifeln lassen. Wenn sie die Augen schloss, konnte sie noch immer die Halluzinationen sehen, die ihr so real erschienen waren – in Wirklichkeit hatte es sich um visionäre Trugbilder gehandelt, hervorgerufen von Blütenstaub.

Zum Glück war Captain Archer nachsichtig und T'Pol, die die schlimmsten Auswirkungen von Cutlers paranoiden Delirien hatte ertragen müssen, meinte schlicht, Begegnungen auf fremden Welten könnten unvorhergesehene Folgen nach sich ziehen. *Deshalb lassen Vulkanier immer Vorsicht walten,* hatte sie mit einem Blick auf Archer hinzugefügt.

Nun, Vorsicht zählte nicht zu Captain Archers Lieblingsworten und das war einer der Gründe, warum sich Cutler darüber freute, seiner Crew anzugehören.

Aber so unangenehm jene Mission für Cutler auch gewesen sein mochte – für Nowakowitsch war es noch schlimmer gekommen. Er erholte sich noch immer von dem Nottransfer aus einem Sandsturm.

Nach dem Retransfer hatten sich Pflanzenteile, Zweige und Sand unter seiner Haut befunden. Wenn Cutler daran dachte, schauderte sie. Von Anfang an hatte sie einen weiten Bogen um den Transporter gemacht und sie nahm sich vor, ihn noch weiter werden zu lassen.

Dr. Phlox hatte alle größeren Objekte entfernt und Nowakowitschs Wunden heilten gut, fast ganz ohne Narben. Das eigentliche Problem, so hatte er ihr anvertraut, bestand aus dem Sand. Beim Nottransfer war er gewissermaßen mit der Haut verschmolzen und die Körner waren zu klein und zu zahlreich, als dass sie operativ entfernt werden konnten. Dr. Phlox meinte nur, der Sand würde sich um sich selbst kümmern.

»Haut kann sich selbst heilen«, hatte Nowakowitsch gesagt, als Cutler ihre Verblüffung über sein Erscheinungsbild zeigte.

Die Selbstheilung der Haut bedeutete in diesem Fall, dass Eiterpickel überall dort entstanden, wo das Gewebe der Haut Sandkörner abstieß. In all ihren Jahren hatte Cutler nie einen schlimmeren Fall von Akne gesehen als bei Nowakowitsch und sie glaubte, dass er sich über eine Möglichkeit freuen würde, auf andere Gedanken zu kommen. Er war sofort bereit gewesen, an dem Spiel teilzunehmen.

Mayweather hatte seinen Teller fortgebracht und kehrte zurück. »Nun, wann beginnen wir mit dem Abenteuer?«

Cutler glaubte zuerst, dass er den fremden Planeten und das Abenteuer meinte, das sie dort erwartete. Aber dann holte er einen Handcomputer hervor und wählte seinen üblichen Platz am Tisch. Er meinte natürlich das marsianische Abenteuer.

Anderson wandte sich vom Fenster ab und kehrte zum Tisch zurück. Nowakowitsch saß bereits dort und las die Waffeninformationen, die Anderson ihm beim Essen gegeben hatte.

»Zuerst muss auch Nowakowitsch eine Figur bekommen«, sagte Cutler.

Anderson nahm Platz. »Ich hoffe, Ihre ist nicht so mittelmäßig wie meine«, sagte er zu Nowakowitsch.

»Wieso kann Alex nicht einfach Hoshis Figur benutzen?«, fragte Mayweather.

»Vielleicht möchte sie später wieder am Spiel teilnehmen«, antwortete Cutler. »Außerdem ist es bei Rollenspielen so üblich, dass man selbst die Eigenschaften seiner Figur bestimmt.«

Mayweather seufzte. Ganz offensichtlich wollte er endlich aktiv werden – im imaginären marsianischen Abenteuer oder auf dem Planeten.

»Wie soll Ihre Figur heißen?«, wandte sich Cutler an Nowakowitsch.

»Rust«, sagte er.

»Kurz für Rusty?«, fragte Anderson.

»Nein«, widersprach Nowakowitsch. »Einfach nur Rust. Ich hatte einmal einen Hund, der so hieß.«

»Vielleicht wäre es besser, eine derartige emotionale Verbindung mit der Figur zu vermeiden«, sagte Cutler und reichte ihm die Bolzen.

»Warum?«, fragte Nowakowitsch.

»Während des Rollenspiels könnte die eine oder andere Figur ums Leben kommen.«

»Ich habe mich schon gefragt, warum wir keine Wiederauferstehungspunkte bekommen haben«, sagte Mayweather in einem scherzhaften Ton.

»Bei manchen Spielen ist es tatsächlich möglich, mehrere Leben oder Möglichkeiten zur Wiederauferstehung zu haben«, erklärte Cutler. »Aber das sind *Fantasy*-Rollenspiele.«

»Ja«, sagte Anderson und lächelte. »Unser Spiel hingegen wurzelt ganz klar in der Realität.«

Cutler lächelte. »Mal sehen, wer Rust ist.«

Nowakowitsch ließ die Bolzen auf den Tisch rollen und das Tuch verhinderte ein lautes Klappern, wie Cutler zufrieden feststellte. Jenes laute Geräusch hätte sie nicht auf Dauer ertragen.

Nowakowitsch' Figur erhielt sechs rote Bolzen für Kraft und neun für Intelligenz. Ihr Charisma betrug klägliche drei und die Geschicklichkeit neun. Ihr Glück beschränkte sich auf nur zwei Punkte.

»Ich weiß nicht, wer von uns beiden die schlechtere Figur hat«, sagte Anderson. »Meine ist geradezu phänomenal durchschnittlich, Ihre kennt nur Extreme.«

»Eigentlich typisch«, meinte Mayweather. »Ein kluger Bursche, der immer Pech bei den Frauen hat.«

»Manche Frauen mögen kluge Männer«, sagte Cutler, sah kurz zu Anderson und wandte den Blick dann ab. Aber Mayweather hatte ihn bemerkt.

»Ich bin hingerissen«, flüsterte er so leise, dass nur Cutler ihn hörte.

»Sie sind ein kluger Bursche«, sagte Nowakowitsch ahnungslos.

»Ach?« Mayweather wandte sich ihm zu. »Soll das heißen, dass ich Pech bei Frauen habe?«

Nowakowitsch schüttelte den Kopf. »Spielen wir jetzt oder nicht?«

»Von mir aus kann's losgehen«, sagte Cutler. Sie entsann sich nicht daran, wie viele Einzelheiten sie Nowakowitsch genannt hatte, beschloss deshalb, die Situation noch einmal zu schildern. »Es geht um Folgendes: Sie müssen Komponenten eines vollautomatischen Translators aus einem Gebäude im Zentrum der Ruinenstadt holen und sind am Rand eines marsianischen Kanals gelandet. In dem Kanal gibt es gefährliche Geschöpfe. Sie haben zwei Möglichkeiten, den Kanal zu überqueren:

mit einem kleinen Boot, das am Ufer festgemacht ist, oder auf einer alten Brücke.«

»Arbeiten wir bei dieser Mission zusammen?«, fragte Nowakowitsch.

Cutler zuckte mit den Schultern. »Die Wahl liegt bei Ihnen.«

Sie war bei ihren Vorbereitungen von einer Zusammenarbeit der Gruppe ausgegangen, aber die Spieler konnten sich auch teilen. Cutler hatte sie gebeten, Handcomputer mitzubringen und mit ihnen Aufzeichnungen über den jeweils zurückgelegten Weg anzufertigen. Wenn sie beschlossen, sich zu teilen, wollte sie ihnen nicht gestatten, einen Blick auf die Displays der anderen Spieler zu werfen, obgleich sie natürlich gehört hatten, was an den einzelnen Orten geschehen war. Sie musste hier und dort Veränderungen vornehmen, wenn sich jemand für einen Weg entschied, den schon jemand anders beschritten hatte.

»Ich hätte nichts gegen den einen oder anderen Begleiter einzuwenden«, sagte Mayweather.

»Ich auch nicht«, pflichtete ihm Anderson bei.

»Sie hören keinen Widerspruch von mir«, sagte Nowakowitsch.

Cutler schwieg, denn die Reaktionen waren so ausgefallen, wie es das Spiel verlangte. Wenn Anderson und Nowakowitsch lieber allein losgezogen wären, hätte sie darauf hinweisen müssen, dass Mayweather nach Hoshi über den höchsten Charismawert verfügte und damit zum Anführer der Gruppe geworden war.

»Ich bin für die Brücke«, sagte Anderson.

»Ich auch«, meinte Nowakowitsch.

Mayweather hob und senkte nur die Schultern, lehnte sich zurück und lächelte. »Warum nicht? Ich bin mit von der Partie.« Er zögerte kurz. »Wir gehen jetzt also zur Brücke, nicht wahr?«

»Sie sind bereits da«, sagte Cutler. Am Landeort des

Raumschiffs hatte sie keine Probleme vorgesehen, obwohl das natürlich möglich gewesen wäre. Sie erinnerte sich an die Computer-Rollenspiele; die besten von ihnen hatten manchmal sofort mit einer brenzligen Situation begonnen.

»Wie sieht die Brücke aus?«, fragte Anderson.

Cutler sah auf ihre Notizen, um sich zu vergewissern, dass sie alle Details im Kopf hatte. »Der erste Teil der Brücke wirkt recht stabil. Aber nach etwa einem Drittel sehen Sie ein Loch. Es ist zu groß, um darüber hinwegzuspringen, und unter Ihnen gibt die Brücke allmählich nach.«

»Wie wär's, wenn wir ein Brett nehmen, das lang genug ist, um einen Steg über das Loch zu bilden?«, schlug Anderson vor.

»Meinetwegen«, sagte Cutler und sah erneut auf ihre Notizen. Diese Möglichkeit hatte sie berücksichtigt. »Woher nehmen Sie das Brett?«

»Keine Ahnung«, sagte Anderson.

»Aus dem instabilen Teil der Brücke?«, fragte Nowakowitsch.

»Dadurch wird das Loch größer«, gab Cutler zu bedenken.

»Von der anderen Seite können wir es nicht nehmen«, sagte Mayweather.

Cutler rollte die Bolzen, um festzustellen, ob ein Brett gelöst werden konnte, ohne dass die ganze Brücke einstürzte. Das war tatsächlich möglich. Sie hatte den Anfang des Rollenspiels absichtlich einfach gestaltet. Als das Brett übers Loch gelegt worden war, sagte sie: »Sie haben eine Chance von siebzig Prozent, es zur anderen Seite zu schaffen.«

»Ich gehe als Erster«, bot sich Anderson an.

Cutler reichte ihm den Becher mit den Bolzen. »Mehr als zwei rote Bolzen – und Mr. Doom erreicht die andere Seite.«

Anderson nickte, nahm den Becher und schüttelte ihn, was einige in der Nähe sitzende Besatzungsmitglieder veranlasste, in seine Richtung zu sehen. Dann ließ er die Bolzen aufs Tuch fallen.

Nur ein roter.

Mayweather und Nowakowitsch lachten.

»Mr. Doom ist vom Brett ins Wasser des Kanals gefallen«, sagte Cutler und lachte ebenfalls. Einmal mehr konsultierte sie ihre Notizen. »Mit seinen fünf Kraftpunkten hat er den Sturz überlebt. Was haben Sie jetzt vor?«

»Ich schwimme zum Ufer«, sagte Anderson, dem die Situation nicht sonderlich gefiel. »Und zwar schnell.«

»Rollen Sie die Bolzen, um festzustellen, ob Mr. Doom es schafft.« Cutler griff nach den Bolzen und gab sie in den Becher. »Mit einem Wert von fünf für Kraft braucht Mr. Doom mindestens sieben Rote, um das Ufer zu erreichen.«

Anderson nahm den Becher entgegen und entleerte ihn auf dem Tuch.

Drei rote Bolzen.

»Eine über fünfzehn Meter lange, mutierte marsianische Kanalforelle hat Mr. Doom gesehen und ihn in der Mitte durchgebissen«, sagte Cutler. »Mr. Doom ist tot.«

»Tot?«, fragte Anderson. Es klang verblüfft.

»Tot«, bestätigte Cutler.

Mayweather und Nowakowitsch fielen vor Lachen fast von ihren Stühlen.

Anderson starrte auf die drei roten Bolzen. »Das ist nicht fair. Sie wollten, dass Mr. Doom aus dem Spiel verschwindet.«

»Nein«, erwiderte Cutler. »Ich habe Ihnen die Chancen genannt, bevor Sie die Bolzen rollten.«

»Aber meine Figur kann nicht *sterben*.«

»Elizabeth hat darauf hingewiesen, dass die Figuren sehr wohl sterben können«, betonte Mayweather. Er lachte nicht mehr, aber in seinen Augen glitzerte es amüsiert. »Vor einigen wenigen Minuten.«

»Ich habe es für einen Scherz gehalten.«

»In Hinsicht auf die Regeln erlaube ich mir keine Scherze«, sagte Cutler. »Ich habe Sie gewarnt: Es ist eine gefährliche Mission.«

»Genau wie im richtigen Leben«, meinte Nowakowitsch. »Die Pickel in meinem Gesicht und der Sand in der Haut beweisen es.«

Das ließ sie alle ernst werden und zum rot-blauen Planeten jenseits der Fenster sehen.

»Manchmal ist es ein Risiko wert«, sagte Mayweather.

»Aber es kann wohl kaum das Risiko wert sein, auf einem Planeten, der so gar nicht existiert, eine verdammte Brücke zu überqueren, auf der Suche nach einem Gerät, das völlig unmöglich ist«, brummte Anderson.

»Ihre Figur ist ebenso imaginär wie der Planet und die Brücke«, sagte Nowakowitsch und wandte sich wieder dem Spiel zu.

»Ja«, bestätigte Mayweather. »Im Gegensatz zum richtigen Leben können Sie mit einer neuen Figur weitermachen. Stimmt's, Elizabeth?«

Cutler nickte. »Das ist möglich, falls Mayweather und Nowakowitsch nichts dagegen haben.«

»Ich erhebe keine Einwände«, sagte Nowakowitsch.

Anderson lächelte. »Na schön. Was halten Sie von Dr. Mean?«

Alle lachten, als Cutler den Becher mit den Bolzen füllte und ihn Anderson reichte. Diese Krise war überstanden.

»Zuerst die Kraft«, sagte sie.

Andersons zweite Figur, Dr. Mean, bekam eine Kraft von sechs, eine Geschicklichkeit von sechs, ein Glück von vier, ein Charisma von fünf und eine Intelligenz von vier.

»Dümmer als Mr. Doom«, sagte Mayweather.

»Ja«, meinte Anderson. »Aber ich kann schneller schwimmen.«

Sie lachten und kehrten dann zur Brücke über dem marsianischen Kanal zurück. Diesmal schafften es alle drei Abenteurer zur anderen Seite.

4

CAPTAINS LOGBUCH

Seit einem halben Tag befinden wir uns in einer hohen Umlaufbahn über dem Planeten, den wir jetzt Fazi nennen, nach den Humanoiden, die auf ihm leben. Um ganz ehrlich zu sein: Das Warten macht mich verrückt. Doch derzeit bleibt uns nichts anderes übrig. Ensign Hoshi Sato ist noch immer nicht sicher, in Bezug auf die Sprache der Fazi einen Ansatzpunkt gefunden zu haben. Sie hat zweimal versucht, es mir zu erklären, aber derzeit lasse ich die Aufzeichnungen ihrer Analyseversuche für sich selbst sprechen. Doch eines steht fest: Diese Sprache ist völlig anders als alle, mit denen sich Hoshi bisher beschäftigt hat.

Die Fazi haben fast genau den gleichen Entwicklungsstand erreicht wie die Menschheit, als sie von den Vulkaniern Besuch erhielt. Der einzige Unterschied, den ich auf der Oberfläche des Planeten erkennen kann, besteht darin, dass sie keinen Krieg überleben mussten. Das ist eine gute Entdeckung, obwohl noch immer eine Erklärung für die ungleichmäßige technologische Entwicklung dieser Welt fehlt.

Wir haben auch Sondierungen in Hinsicht auf die zweite intelligente Spezies vorgenommen, die auf dem kleineren Südkontinent beheimatet ist. Zwischen den beiden Völkern gibt es ganz offensichtlich gegenseitigen Respekt oder ein Abkommen, denn auf dem Südkontinent haben die Fazi weder Straßen gebaut noch Gebäude errichtet.

Das zweite Volk, bei dem abgesehen von einfachen Bauwerken Hinweise auf eine hoch entwickelte Technik fehlen, lebt offenbar sowohl an der Küste als auch im Wasser. Wir müssen näher heran, um detaillierte Bilder zu bekommen. T'Pol hat uns davor gewarnt und empfohlen, wir sollten uns noch nicht zu erkennen geben. An diese Empfehlung halte ich mich zunächst, hauptsächlich wegen Hoshis Problemen mit der Sprache der Fazi. Aber meine Aufregung wächst und ich kann es kaum mehr abwarten, den Erstkontakt herzustellen.

Auf der Brücke roch es nach geschmortem Fleisch, aber das kümmerte Archer nicht. Er hatte beschlossen, sein Mittagessen einzunehmen, während er im Kommandosessel saß und die Anzeigen der Instrumente im Auge behalten konnte. Das Vorrecht des Captains. Außerdem: Wenn die Dinge interessant wurden, verabscheute Archer die Vorstellung, Zeit mit essen zu vergeuden. Schon vor Jahren hatte er festgestellt: Wenn er während der Arbeit aß, bekam der Körper wenigstens alle notwendigen Nährstoffe.

Der Hauptschirm zeigte den größten Kontinent des Planeten. Die grünen und roten Bereiche bildeten einen auffallenden Kontrast zu den blauen Flächen und dem Weiß der Wolken.

Porthos lag neben dem Kommandosessel auf dem Boden und schlief. Seine Beine zuckten, während er im Traum ein Tier verfolgte. Manchmal wünschte sich Archer, ebenso tief und fest schlafen zu können wie sein Hund. Aber damit durfte er nicht rechnen, solange ihnen der Erstkontakt mit den Fazi noch bevorstand.

Die anderen anwesenden Personen arbeiteten stumm. Chefingenieur Charles »Trip« Tucker lag in der Nähe von Hoshis Station unter einer Konsole, um Rejustierungen vorzunehmen.

»Eigentlich erstaunt es mich, dass uns die Fazi noch nicht entdeckt haben, Captain«, sagte Lieutenant Reed und sah ebenfalls zum Hauptschirm.

Der Planet schien ihn ebenso zu faszinieren wie Archer, aber er versteckte seinen Enthusiasmus hinter eher vorsichtigen Formulierungen. T'Pol schien mit Reeds Zurückhaltung besser zurechtzukommen als mit Archers offener Begeisterung.

»Ganz gleich, welche Frequenzen ich auch untersuche – nirgends wird ein Raumschiff im Orbit oder eine Gefahr am Himmel erwähnt«, fügte Reed hinzu.

»Zivilisationen in diesem Entwicklungsstadium halten am Himmel nicht nach Besuchern Ausschau«, sagte T'Pol. »Es ist unlogisch, zum Himmel zu sehen, wenn man nicht erwartet, dort irgendetwas zu finden.«

»Unterstellt das nicht, dass sich die Fazi für den Mittelpunkt des Universums halten?«, fragte Trip, während er auch weiterhin unter der Konsole hantierte. »Ich meine, das ist doch keine universelle Konstante, oder? Ich erinnere mich daran, über einen Stamm auf der Erde gelesen zu haben, der vor einigen hundert Jahren entdeckt wurde und kein Wort für den Begriff ›ich‹ hatte.«

»Das stimmt«, bestätigte Hoshi. »Jene Sprache war eine der faszinierendsten Entdeckungen der damaligen Zeit.«

»Wie sind Gespräche ohne ein Wort für ›ich‹ möglich?«, fragte Reed.

»Das ist unglaublich schwer«, sagte Hoshi. »So einfache Dinge wie eine Beschreibung der Stelle, an der man steht, sind fast unmöglich. Die Anthropologen, die den Stamm damals untersucht haben ...«

»Das ist sicher faszinierend und vielleicht sogar relevant«, warf Archer ein. »Aber sind Sie nicht schon mit einem ausreichend großen linguistischen Rätsel konfrontiert, auch ohne auf ein irdisches zurückgreifen zu müssen?«

Hoshi sah von ihrer Station auf und lächelte. »Das irdische Rätsel ist längst gelöst, Captain. Mir fällt es leichter, etwas zu erklären, das ich verstehe, als etwas, das nach wie vor unklar ist.«

»Schon gut.« Archer stellte den Teller neben den Kommandosessel auf den Boden; Porthos erwachte nicht einmal. »Wie dem auch sei: Ich halte T'Pols Argument nicht für stichhaltig. Vor der Landung der Vulkanier haben die Menschen oft zum Himmel gesehen.«

»Sie haben nach den Raketen Ihrer Feinde Ausschau gehalten«, sagt T'Pol. »Und Ihre entsprechende Aufmerksamkeit galt nur den niedrigen Umlaufbahnen. Derzeit befinden wir uns in einem weit höheren Orbit. Es gibt keinen Grund zu der Annahme, dass uns die Fazi entdecken könnten, es sei denn durch Zufall.«

»Mir erscheint das irgendwie seltsam«, sagte Reed. »Die Fremden sind zur überlichtschnellen Raumfahrt fähig. Sollten sie nicht annehmen, dass auch jemand anders dazu in der Lage ist?«

»Auf ihrem Planeten sind sie die einzigen«, meinte Trip und eröffnete damit eine ganz neue Perspektive.

Archer lächelte, als T'Pol seine Erwartungen erfüllte – sie ließ sich von Trips Einwand ablenken.

»Ich dachte, Sie hielten mein Argument für inkorrekt.«

»Das habe nicht ich gesagt, sondern der Captain.«

Trips Hand kam unter der Konsole hervor, tastete nach einem Werkzeug und fand es.

»Ich habe Ihr Argument nicht ›inkorrekt‹ genannt«, sagte Archer und unterdrückte ein Lächeln. »Ich habe nur darauf hingewiesen, dass es ihm meiner Meinung nach an Stichhaltigkeit mangelt.«

»Ich weiß nicht, ob T'Pol Recht hat«, sagte Hoshi. »Aber eines steht fest: Die Gesellschaft der Fazi ist stärker durchstrukturiert, als ich es bei einer natürlichen Entwicklung für möglich gehalten hätte. Ich habe nicht die geringste Ahnung, wie so etwas entstehen konnte, aber ich schätze, diese Frage bleibt späteren Untersuchungen vorbehalten.«

»Gibt es einen Zusammenhang zwischen der starken Strukturierung und dem Umstand, dass uns die Fazi nicht sehen?«, fragte Archer.

Neben dem Kommandosessel brummte Porthos und rollte auf die andere Seite. Er schmatzte, doch die Augen blieben geschlossen.

»Einen solchen Zusammenhang gibt es tatsächlich.« Hoshi beugte sich zur Seite und reichte Trip ein anderes Werkzeug. »Die Fazi würden nur dann nach uns Ausschau halten, wenn dies sorgfältig und in allen Einzelheiten geplant wäre.«

»Das verstehe ich nicht ganz ...«, sagte Archer.

»Ich auch nicht.« Trip rutschte unter der Konsole hervor und brachte die Verkleidungsplatte an. »Wie soll man planen, nach etwas Ausschau zu halten, wenn man gar nicht weiß, dass es existiert?«

»Genau da liegt das Problem.« Hoshi wandte sich von ihrer Station ab und der Brückencrew zu. »Jeder Satz ihrer Sprache hat eine exakte Struktur. Und die Struktur bestimmt die Bedeutung des Satzes, manchmal noch mehr als die Worte. Zwei Worte in umgekehrter Reihenfolge können die ganze Bedeutung eines Satzes verändern.«

»Da kann ich Ihnen noch folgen«, erwiderte Archer. »Aber warum ergibt sich daraus, dass uns die Fazi hier oben nicht sehen?«

»Es existiert jeweils nur ein Wort für alles, was sie tun«, erklärte Hoshi. »Im Gegensatz zu den meisten irdischen Sprachen, in denen es meist mehrere Synonyme für eine bestimmte Tätigkeit gibt.«

Archers Nicken forderte Hoshi auf fortzufahren.

»Jedes Wort der Fazi hat eine exakte Bedeutung. Mir scheint, jeder einzelne Gedanke der Fremden wird von der Struktur ihrer Sprache kontrolliert.«

»Ich dachte, darauf läuft es bei allen Sprachen hinaus«, sagte Trip. »Wir versuchen ständig, die vorgefassten Meinungen zu überwinden, die in unserer Sprache zum Ausdruck kommen.«

Archer wölbte eine Braue. Manchmal ließ Trip die Maske des ungehobelten Südstaatlers fallen und zeigte die Intelligenz, die sich darunter verbarg. In den meisten Fällen war er sich dessen nicht einmal bewusst.

»Ja und nein«, entgegnete Hoshi. »Die meisten Sprachen passen sich Veränderungen schnell an, indem neue Begriffe geprägt oder welche aus anderen Sprachen übernommen werden. Ich bin nicht einmal sicher, ob so etwas bei dieser Sprache möglich ist. Außerdem deutet das, was T'Pol und Reed bisher entdeckt haben, darauf hin, dass sich die Struktur der Fazi-Sprache in allen Einzelheiten ihrer materiellen Welt widerspiegelt.«

»Das scheint tatsächlich der Fall zu sein«, sagte Reed. »Die Straßen sind gleichförmig. Die Städte sind perfekt geplant und das Muster der Dienstleistungen ist überall gleich. Selbst die Sendungen der Fazi sind exakt und stark strukturiert.«

»Und in allen Sendungen, die wir bisher empfangen und analysiert haben, kommt kein Wort über Kunst, Musik oder Sport vor«, sagte Hoshi.

»Wie langweilig«, kommentierte Reed.

»Und ob«, meinte Trip.

»Vielleicht finden die Fazi Gefallen an Spielen«, spekulierte Archer. »Spiele sind strukturiert.«

»Aber ihre Ergebnisse nicht«, wandte T'Pol ein. »Meine bisherigen Untersuchungen lassen den Schluss zu, dass die Fazi großen Wert auf Kontrolle und Präzision legt. Ein unerwartetes Ergebnis verletzt ihren Sinn für Struktur.«

»Also blickt nur dann jemand hierher, wenn es geplant war, genau diese Stelle des Himmels zu beobachten?«, fragte Archer.

»Das nehme ich an«, sagte Hoshi.

»Im Vergleich damit erscheint die vulkanische Gesellschaft praktisch zügellos«, sagte Trip und lachte, als T'Pol eine Braue hob.

Archer lehnte sich zurück und sah zum Hauptschirm, der noch immer den Planeten zeigte. »Mir scheint, wir sind bereit für den Erstkontakt.«

»Ich rate dringend davon ab«, sagte T'Pol.

»Warum?«, fragte Archer und sah zur Vulkanierin, die den Rang eines Subcommanders bekleidete.

»Aus genau den Gründen, über die wir gerade gesprochen haben«, sagte T'Pol. »Ein Erstkontakt könnte den Sinn für Struktur der Fazi verletzen.«

»Sie müssen imstande sein, irgendwie mit Überraschungen fertig zu werden«, meinte Archer. »Niemand kann sein Leben bis zur letzten Nanosekunde planen.«

»Sie gehen von einer Annahme aus«, sagte T'Pol. »Wir haben nicht genug Informationen, um den Erfolg eines Kontakts zu garantieren.«

»Was brauchen wir denn noch?«, fragte Archer. »Wir wissen, dass die Fazi nicht gefährlich sind. Sie stehen an der Schwelle der überlichtschnellen Raumfahrt und haben erst vor kurzer Zeit ein Warptriebwerk getestet. Und wir wissen, dass sie Struktur und Ordnung lieben.

Ich glaube, Ihr Volk wusste nicht viel mehr über uns, als es den Erstkontakt herstellte.«

»Ich fürchte, ich muss T'Pol zustimmen, Captain«, sagte Hoshi. »Was die Einzelheiten der Fazi-Sprache betrifft, bin ich nicht sicher genug, um einen Erfolg zu gewährleisten.«

Archer sah erst Hoshi an und dann T'Pol.

»Na schön«, sagte er, seufzte und blickte wieder zum Hauptschirm. »Ich gebe Ihnen weitere vierundzwanzig Stunden Zeit, bevor ich eine Entscheidung treffe – wenn uns die Fazi bis dahin noch nicht entdeckt haben.«

»Ausgezeichnet«, erwiderte Trip zufrieden. »Das gibt mir die Möglichkeit, drei verschiedene Tests durchzuführen.«

»Aber sorg dafür, dass wir von hier verschwinden können, wenn uns die Umstände dazu zwingen sollten«, sagte Archer.

»Oh, vertrau mir.« Trip ging zum Lift. »Wir können jederzeit aufbrechen.«

Neben dem Kommandosessel kam ein schlabberndes Geräusch vom Boden. Porthos schlief nicht mehr und leckte gerade die Reste von Archers Teller.

»Porth... ach, schon gut«, sagte Archer. Immerhin hatte er den Teller selbst dorthin gestellt. Porthos vertrat den Standpunkt, dass alles, was sich auf dem Boden befand und Nahrung enthielt, ihm gehörte. Archer hatte ihm diese Vorstellung nie abgewöhnt.

Erneut sah der Captain zum Planeten. Der Wunsch, ihn zu besuchen, wurde immer stärker in ihm, vibrierte im Kern seines Wesens. Doch derzeit hatte es mehr Sinn, seinen Offizieren und ihrem Rat zu vertrauen – obgleich es ihm immer schwerer fiel, seine Aufregung über den bevorstehenden Erstkontakt mit den Fazi unter Kontrolle zu halten.

Er griff nach seinem Teller und Porthos richtete einen erwartungsvollen Blick auf ihn. »Komm, mein Junge«, sagte Archer. »Vertreten wir uns die Beine. Ich schätze, wir können beide ein wenig Bewegung gebrauchen.«

Bevor er den Lift betrat, ließ er noch einmal den Blick über die Brücke schweifen. T'Pol, Hoshi und Trip sahen auf die Displays und setzten ihre Bemühungen fort, mehr über den Planeten und die Fazi herauszufinden.

5

Das Lachen und Klappern der Bolzen vertrieb entweder die anderen Besatzungsmitglieder aus dem Speisesaal oder lockte sie an. Die Zuschauer wollten ihren Rat anbieten, aber das konnte Cutler nicht zulassen. Sie bot ihnen die Möglichkeit, mit eigenen Figuren an dem Spiel teilzunehmen, beharrte aber darauf, dass die neuen Spieler ganz von vorn beginnen mussten und nicht ins laufende Abenteuer einsteigen konnten.

Das lehnten alle ab und daraufhin verschwanden die Kiebitze, einer nach dem anderen.

Jenseits der Fenster drehte sich langsam der Planet, zeigte seine sonderbaren Farben und faszinierte alle durch seine Fremdartigkeit. Cutler war an den Anblick der Erde gewöhnt – eine blauweiße Kugel vor dem Hintergrund des Alls. Hier aber gab es viel Unvertrautes: die rötlichen Bereiche, die Form der Kontinente und Wolken.

Die gelegentlichen Blicke aus dem Fenster erinnerten sie daran, dass es noch andere Abenteuer in ihrem Leben gab, echte Abenteuer, die nur darauf warteten, dass sie sie in Angriff nahm.

»Warten«, so hieß derzeit das Schlüsselwort. Niemand hatte Cutler darauf hingewiesen, dass Geduld im All eine Tugend sein würde.

Das Rollenspiel half ihr, Mayweather, Anderson und Nowakowitsch, sich die Zeit zu vertreiben. Abgesehen davon, dass Andersons erste Figur, Mr. Doom, einen vorzeitigen Tod gestorben war und durch Dr. Mean ersetzt werden musste, lief alles glatt. Die Spieler hatten nicht nur die Brücke überquert, sondern auch eine Straßenkreuzung mit Fallen hinter sich gebracht. Nowakowitsch's Figur, Rust, hatte eine handgranatenähnliche Bombe verwendet, um ein Hindernis zu beseitigen, mit Erfolg. Ansonsten waren Waffen und Munition der Gruppe noch komplett.

»Sie nähern sich jetzt dem Rand der marsianischen Ruinenstadt«, sagte Cutler und beschrieb die Szene. »Die Hauptstraße vor Ihnen führt an hohen Gebäuden vorbei und an vielen Stellen hat sich Schutt angesammelt. Auf der rechten Seite reicht eine Treppe nach unten in ein U-Bahn-System.«

»Können wir auch nach oben?«, fragte Anderson, der sich als ein besonders einfallsreicher Spieler erwies. »Sind die Gebäude miteinander verbunden?«

Cutler versuchte, ihre Überraschung nicht zu zeigen. Für den Weg in die Stadt hatte sie drei Hauptrouten vorgesehen: auf dem Boden, darunter durch die U-Bahn-Tunnel oder darüber durch die Verbindungen zwischen den Gebäuden. Der Hinweis auf jene Verbindungen sollte erst bei einer direkten Frage erfolgen, und Cutler war sicher gewesen, dass es nicht zu einer solchen Frage kommen würde.

»Himmelsbrücken verbinden die meisten Gebäude miteinander«, sagte sie. »Einige von ihnen sind in einem ebenso schlechten Zustand wie die Gebäude der Ruinenstadt.«

Eine Zeit lang schwiegen die Spieler und überlegten. Nowakowitsch zog seinen Handcomputer zu Rate, als könnte dieser ihm einen Hinweis darauf geben, welchen Weg es zu nehmen galt. Doch das Gerät sagte ihm nur, wo er bereits gewesen war. Als einziger beherzigte er Cutlers Rat, genaue Aufzeichnungen anzufertigen. Die anderen hatten das schon nach einer Stunde Spielzeit aufgegeben.

»Meiner Ansicht nach sollten wir zusammen und auf der Straße bleiben«, sagte Mayweather schließlich.

»Warum?«, fragte Anderson. »Der Weg über die Himmelsbrücken erscheint mir sicherer.«

»Der steht uns immer noch als Alternative zur Verfügung«, erwiderte Mayweather. »Ich finde, wir sollten eine möglichst große Strecke im Freien zurücklegen, wo wir sehen können, was sich uns nähert.«

»Ja«, sagte Nowakowitsch. »Das gefällt mir. Rust bleibt bei Unk.«

»Ich bin ebenfalls einverstanden«, meinte Anderson. »Auch Dr. Mean leistet Unk Gesellschaft. Wir gehen gemeinsam über die Straße.«

Cutler seufzte erleichtert. Bisher kamen die drei Männer als Team gut zurecht. In ihrer Kindheit hatte sie es mit Spielern zu tun bekommen, die sich bei jeder Abzweigung stritten. Darin erinnerte sie sich sogar noch besser als an die Regeln.

Vielleicht arbeiteten diese Spieler so gut zusammen, weil sie die Kooperation aus dem wirklichen Leben kannten. Ihnen war die Bedeutung von Teamwork klar, auch wenn niemand von ihnen direkte Kommandoverantwortung trug.

»Einen Block weiter vorn sehen Sie eine Ansammlung alter Transportfahrzeuge«, sagte Cutler und sah auf ihre Notizen. »Die Transporter sind lang und schmal und waren dazu bestimmt, viele Passagiere zu befördern. Die Fahrzeuge blockieren den größten Teil der Straße.«

»Jetzt gibt es viele Möglichkeiten«, sagte Anderson und rieb sich die Hände. »Wir können entscheiden, über die Transporter hinwegzuklettern, durch eine der Nebenstraßen rechts und links zu gehen oder ein Gebäude zu betreten.«

»Wie wär's, wenn wir *durch* die Fahrzeuge gehen?«, fragte Mayweather.

»Durch sie?«, wiederholte Nowakowitsch verwundert.

»Ja.« Mayweather sah Cutler an und lächelte. »Die Fahrzeuge sind schmal und lang. Können wir hindurchgehen?«

»Sie können es versuchen«, sagte Cutler und gab sich geheimnisvoll. Sie wusste, dass sie bereits einmal den besten Weg durch ihren Tonfall verraten hatte.

»Unk geht durch die Wagen«, verkündete Mayweather.

»Ich folge ihm«, sagte Anderson.

»Rust ist direkt hinter Ihnen.«

Cutler konsultierte einmal mehr ihre Notizen. Bisher kamen die drei Spieler gut voran. Für den Fall, dass sie durch die Transporter gehen wollten, hatte Cutler beschlossen, sie mit einer blockierten Tür zu konfrontieren. Darauf wies sie nun hin, auf die klemmende Tür eines Fahrzeugs.

»Rust ist der stärkste von uns«, sagte Nowakowitsch. »Schadet es, wenn er versucht, die Tür zu öffnen?«

»Nein«, erwiderte Cutler. »Aber die Tür bleibt geschlossen. Sie brauchen jemanden mit mindestens acht Kraftpunkten, um sie zu öffnen.«

»Wo ist Hoshis Figur, wenn man sie braucht?«, fragte Anderson.

»Sie wartet, so wie wir alle, und gleichzeitig erlebt sie ein richtiges Abenteuer«, sagte Mayweather.

Die Spieler sahen wieder zum Planeten. Er schien direkt hinter den Fenstern des Speisesaals zu schweben, in dem es kühler wurde, als sich immer weniger Besatzungsmitglieder in ihm aufhielten. Der Duft von Essen verflüchtigte sich, und es blieb der Geruch von Reinigungsmitteln, mit denen die Teller gesäubert worden waren.

»Ich bin mir nicht sicher, ob Hoshi ihre derzeitigen Schwierigkeiten für ein Abenteuer hält«, sagte Anderson.

»Das stimmt«, meinte Nowakowitsch. »Wie ich hörte, hat sie diesmal echte Probleme.«

»Ich dachte, sie sei ein Genie, wenn es um Sprachen geht«, sagte Anderson. »Warum kommt sie mit dieser nicht klar?«

»Vielleicht aus dem gleichen Grund, der sie dazu veranlasst, einen vollautomatischen Translator für unmöglich zu halten«, sagte Cutler und fühlte sich verpflichtet, Hoshi in Schutz zu nehmen. »Vielleicht gibt es zwischen den Sprachen, die sie kennt, und der Fazi-Sprache nicht genug Gemeinsamkeiten.«

»Man sollte meinen, dass irgendwelche Parallelen existieren«, sagte Mayweather. »Immerhin kennt sie mehr Sprachen als sonst jemand.«

Cutler nickte und beobachtete, wie sich Nowakowitsch mit dem Handballen über die Wange strich. Dr. Phlox hatte ihm ganz offensichtlich verboten, sich zu kratzen, doch die Pickel schienen zu jucken.

»Nun, wir müssen ohne Hoshi zurechtkommen und Rust hat nur eine Kraft von sechs«, meinte Nowakowitsch. »Suchen wir nach einer anderen Möglichkeit, die Tür zu öffnen.«

Cutler lächelte dankbar. Die Rückbesinnung auf das Spiel erleichterte sie, obgleich sie noch einmal zum Planeten sah.

»Wie wär's, wenn wir sie aufsprengen?«, fragte Anderson.

»Möglich«, erwiderte Cutler und sprach wieder mit geheimnisvoller Stimme.

»Könnte dadurch alles auf uns herabfallen?«, fragte Mayweather.

»Auch das ist möglich.« Cutler lächelte und wies nicht auf die hohe Wahrscheinlichkeit einer solchen Konsequenz hin – darüber konnten die Figuren in ihrer Situation nicht Bescheid wissen.

»Ich finde, wir sollten den Fahrzeughaufen umgehen

und den Weg durch eine Seitenstraße fortsetzen«, sagte Nowakowitsch.

Mayweather nickte, aber Anderson war nicht so sicher. »Kehren Sie beide nach draußen zurück und warten Sie dort. Ich stelle den Zünder der Granate ein und laufe los. Ich habe vier Sekunden Zeit, nicht wahr?«

Cutler nickte. Die Granaten, mit denen die Spieler ausgerüstet waren, explodierten nach einer solchen Verzögerung.

»Gut. Ich sollte fast draußen sein, wenn das Ding hochgeht.«

»Wollen Sie das versuchen?«, fragte Cutler und hörte mehr Besorgnis in ihrer Stimme, als ihr lieb war. Sie fühlte sich von der Vorstellung beunruhigt, den Spielern erneut eine Entscheidung nahe gelegt zu haben.

Mayweather musterte sie aufmerksam und ihm entging nichts. Cutler mied seinen Blick und sah auf ihre Notizen. Sie musste eine geringfügige Anpassung vornehmen, weil Andersons Figur lief, um den Folgen der Explosion zu entgehen.

»Ja«, bestätigte Anderson.

»Ihr Wert für Glück ist nicht besonders hoch«, gab Mayweather zu bedenken.

Cutler wartete. Wenn Mayweather Anderson aufforderte, seine Idee aufzugeben, so mussten die Bolzen darüber entscheiden, ob Anderson den Rat beherzigte. Wahrscheinlich konnte Dr. Mean Unks Charisma nicht standhalten.

Anderson zuckte mit den Schultern. »Aber ich habe mehr Glück als Nowakowitsch.«

»Seht mich nur an«, sagte Nowakowitsch und lächelte schief. Erneut rieb er sich die Wange mit dem Handballen.

»Niemand hat einen Glückswert für den Transporter bestimmt«, sagte Cutler.

»Oh, vielleicht doch«, entgegnete Nowakowitsch.

»Und ich glaube, ich habe großes Glück gehabt. Das Ding hätte die Nase mit einem Arm vertauschen können.«

»Dann würde es Ihnen schwer fallen, den Tisch zu sehen«, kommentierte Anderson.

»Sie lässt wohl alles kalt, wie?«, fragte Nowakowitsch.

»Von wegen«, widersprach Mayweather. »Er ist nicht annähernd so cool, wie er sich gibt.«

Anderson bedachte ihn mit einem betont finsteren Blick. Mayweather lächelte.

»Was wollen Sie in Hinsicht auf die Tür unternehmen?«, fragte Cutler, um die Aufmerksamkeit der Männer wieder aufs Spiel zu richten.

»Unk wartet draußen«, sagte Mayweather. »In der Nähe eines Gebäudes und in Deckung, nur für den Fall.«

Nowakowitsch nickte. »Rust ist bei ihm.«

»Dr. Mean betätigt den Zünder einer Granate und läuft«, sagte Anderson.

Cutler griff nach dem Becher und ließ die Bolzen rollen. »Es besteht eine Wahrscheinlichkeit von fünfzig Prozent dafür, dass die Explosion den Fahrzeughaufen einstürzen lässt.«

Dreimal rot.

»Der Haufen ist eingestürzt«, stellte Cutler fest.

Sie nahm die Bolzen und reichte sie Anderson. »Dr. Mean hat eine Kraft von sechs, hinzu kommen zwei Punkte fürs Laufen. Acht oder weniger bedeutet, dass er sich in Sicherheit bringen kann.«

»Na los, Dr. Mean, lauf was das Zeug hält.« Anderson warf die Bolzen.

Vier rote.

»Mit heiler Haut davongekommen«, sagte Anderson. »Und es war nicht einmal eine knappe Sache.«

Mayweather ließ den angehaltenen Atem entweichen und wirkte erleichtert. Erneut sah er Cutler an und sie wusste, was er dachte – er wollte nicht, dass Anderson am gleichen Abend zwei Spielfiguren verlor.

Cutler wandte sich an die Spieler und lächelte. »Die Explosion hat die Aufmerksamkeit der Marsianer geweckt. Zehn von ihnen kommen über die Straße und nähern sich Ihrer gegenwärtigen Position.«

»Oh, großartig«, sagte Mayweather, sah Anderson an und schüttelte den Kopf. »Das haben wir Ihnen zu verdanken. Ich möchte nicht an einem echten Außeneinsatz mit Ihnen teilnehmen.«

»Im richtigen Leben bin ich viel vorsichtiger«, erwiderte Anderson.

»Aus irgendeinem Grund bezweifle ich das«, sagte Nowakowitsch so leise, dass nur Cutler ihn hörte.

6

CAPTAINS LOGBUCH

Aufgrund der Empfehlungen von T'Pol und Hoshi habe ich mich bereit erklärt, weitere vierundzwanzig Stunden zu warten, bevor ich den Erstkontakt mit den Fazi herstelle. Ich kann nicht behaupten, dass mir das Warten gefällt, aber diesmal scheint es das Beste zu sein. Hoshi geht von folgenden Überlegungen aus: Wenn die Sprache der Fazi einen Hinweis auf ihre Kultur bietet, so könnte sie stärker durchstrukturiert sein als alle Organisationen auf der Erde. Sie hält bei den Fazi sogar mehr Kontrolle für möglich als bei den Vulkaniern und eine solche Vorstellung fällt mir schwer.

Glücklicherweise hat sich T'Pol bisher zurückgehalten. Ich glaube, uns ist beiden klar, dass sich die *Enterprise* den Fazi gegenüber in einer ähnlichen Position befindet wie die Vulkanier gegenüber den Menschen. Sie beobachtet mich aufmerksam und rechnet vermutlich damit, dass ich sie um Rat frage. Nun, ich bin bereit, eigene Fehler zu machen, aber die alten werde ich nicht wiederholen.

In zweiundzwanzig Stunden stellen wir fest, welche Methode die bessere ist. Bis dahin werde ich noch einige gute Mahlzeiten genießen, eine Bordnacht schlafen und mich mit den Dingen be-

schäftigen, die wir bisher über die Fazi herausgefunden haben. Anschließend versuchen wir, uns von unserer besten Seite zu zeigen.

»Hoshi, möchten Sie sehen, wie weit bei den Fazi die Strukturierung reicht?«, fragte Reed und blickte dabei auf sein Display.

Stille herrschte auf der Brücke. T'Pol befand sich in ihrer Unterkunft, um auszuruhen, und Captain Archer war nicht zurückgekehrt, seit er der Crew noch einmal vierundzwanzig Stunden Zeit gegeben hatte, um weitere Informationen über die Fazi zu sammeln. Derzeit führte Reed das Kommando. Hoshi saß an der Kommunikationsstation und Angehörige der sekundären Brückencrew bedienten die übrigen Kontrollen. Sie arbeiteten mit den Scannern und Sensoren, um zusätzliche Daten über den Planeten und seine Bewohner zu gewinnen.

Hoshi trat zu Reed und blieb neben ihm stehen. Er spürte ihre Anspannung, als sie sich vorsichtig am Rand der Konsole abstützte. Vor einigen Stunden hatte ihr der Captain praktisch befohlen, eine Pause einzulegen und etwas zu essen. Wenn es so weiterging, musste er ihr bald befehlen, sich schlafen zu legen – andernfalls brach sie vor Erschöpfung zusammen.

»Was möchten Sie mir zeigen?«, fragte Hoshi.

Der Bildschirm vor Reed präsentierte eine Karte des nördlichen Kontinents mit der Hauptstadt der Fazi. Sie war im Zentrum der Landmasse errichtet worden und kleinere Städte waren ringsum strahlenförmig angeordnet. Dieses Muster hatte Reeds Aufmerksamkeit geweckt.

Er fror das Bild ein und ließ einen blinkenden Punkt dort erscheinen, wo sich der Versammlungssaal des Fazi-Rates befand. »Dies ist der Mittelpunkt ihres Universums«, sagte er.

»So scheint es.« Hoshi beugte sich vor und betrachtete die Darstellungen auf dem Schirm.

»Ich benutze den Saal als Zentrum und lasse strahlenförmige Linien von ihm ausgehen, wie die Speichen eines Rads, in einem Abstand von jeweils zehn Grad«, sagte Reed. »Sechsunddreißig Linien. Sehen Sie?«

Er betätigte Tasten und blaue Linien erschienen, führten vom Versammlungssaal des Fazi-Rates fort.

»Sie hören am Rand des Kontinents auf, aber das Muster bleibt selbst dann gleich, wenn man es fortsetzt.«

Hoshi nickte und blickte kurz zu ihrer eigenen Station. Reed spürte ihre Ungeduld – sie wollte zu ihrer Arbeit zurückkehren, sich wieder der linguistischen Herausforderung stellen.

»Als Nächstes füge ich Kreise hinzu, mit einem Abstand von jeweils einem Grad«, sagte Reed.

Rote Kreise erschienen auf dem Schirm und wurden immer größer, je weiter sie sich von der Hauptstadt entfernten.

»Blenden wir nun eine Karte der Straßen und anderen Städte ein.«

Die anderen Städte der Fazi und ihre wichtigsten Straßen erschienen; sie lagen exakt auf den blauen und roten Linien.

»Meine Güte ...«, hauchte Hoshi.

»Beeindruckend, nicht wahr?«, sagte Reed. »Alle wichtigen Straßen folgen dem Verlauf einer der Linien, ohne eine einzige Ausnahme. Man sollte meinen, dass es hier und dort Abweichungen gibt.«

»Ja, das sollte man meinen«, erwiderte Hoshi und ahmte Reeds Akzent nach, ohne sich dessen bewusst zu sein.

Mit dem Zeigefinger folgte Reed dem Verlauf einer Linie und staunte erneut über das Ausmaß an Kontrolle, das in dem Muster zum Ausdruck kam. »Alle Städte wurden an den Schnittpunkten errichtet, die sich jeweils in ihrer genauen Mitte befinden. Dies ist ohne jeden Zweifel das erstaunlichste Meisterstück der Planung und Durchführung, das ich kenne.«

»Wenn die Städte der Fazi so systematisch angeordnet sind …«, sagte Hoshi. »Wie sieht es dann mit ihrem Leben aus?«

»Ja, das habe ich mich ebenfalls gefragt«, erwiderte Reed. Er liebte Ordnung in seinem Leben – sie spielte eine große Rolle für ihn –, aber er wünschte sie sich nicht in einem solchen Ausmaß. Er wusste auch die unvorhersehbaren Aspekte des Abenteuers zu schätzen, denn sonst hätte er sich wohl kaum der *Enterprise*-Crew hinzugesellt.

»Warum sollte irgendeine Zivilisation eine derartige Besessenheit in Hinsicht auf Kontrolle und Ordnung entwickeln?«, fragte Hoshi.

»Keine Ahnung«, sagte Reed. »Klar ist jedoch, dass die ganze Zivilisation mit großer Sorgfalt *konstruiert* wurde, vielleicht sogar *rekonstruiert* – immerhin kennen wir nicht die Geschichte dieser Welt.«

»So ist es auch mit der Sprache. Warum so viel Struktur? Wie kam es dazu?«

»Ich glaube, wir müssen eine Antwort auf diese Frage finden, bevor Captain Archer den Fazi einen Besuch abstatten kann.«

Hoshi runzelte die Stirn. »Ich bezweifle, dass er sich so lange in Geduld fasst.«

»Ich *weiß*, dass er nicht so lange warten wird«, sagte Reed. Er sah wieder auf die Linien und schauderte.

7

Noch immer rotierte der Planet hinter den Fenstern des Speisesaals, aber Cutler sah ihn selbst dann nicht, wenn sie den Kopf hob. Der Raum selbst mit seinen dunklen Wänden und hellem Licht schien unsichtbar zu werden.

Vor dem inneren Auge sah sie die von ihr selbst erfundene marsianische Ruinenstadt, die Reste der Transportfahrzeuge auf den Straßen, die zerfallenden Gebäude. Sie glaubte fast, den roten Sand zu riechen und die Hitze zu spüren. Eine feuchte, schwüle Hitze, wegen der Kanäle.

Mayweather, Anderson und Nowakowitsch schienen die Umgebung ebenfalls zu sehen. Sie beugten sich vor und trafen ihre Entscheidungen, als fänden die daraus resultierenden Aktionen tatsächlich statt. Ein erster Kampf zwischen den drei unerschrockenen Forschern und den unheilvollen Resten der marsianischen Zivilisation stand unmittelbar bevor.

»Die Marsianer kommen! Die Marsianer kommen!«, rief Mayweather und schaffte es, einen ernsten Gesichtsausdruck zu wahren, als er sich zurücklehnte.

»Wir sollten uns zurückziehen und irgendwo in Deckung gehen«, sagte Nowakowitsch so, als befände er sich tatsächlich auf dem Mars. »Wo könnten wir uns verstecken?«

»Es gibt ein offenes Gebäude rechts von Ihnen«, erwiderte Cutler. »Am linken Straßenrand erheben sich einige Schutthaufen.«

»Ins Gebäude!«, sagten Nowakowitsch und Anderson wie aus einem Mund.

»Die Marsianer kommen«, wiederholte Mayweather. Er sang die Worte fast. Dann erstarrte er, als ihm plötzlich etwas einfiel. »Womit sind sie bewaffnet?«

»Mit langen Messern, scharfen Krallen und spitzen Zähnen«, sagte Cutler.

»Und vermutlich sind ihre Bisse giftig«, spekulierte Mayweather.

»Ihre Überlebenschancen wären recht gering, wenn Sie von einem Marsianer gebissen würden«, sagte Cutler und bedauerte, dass er diesen Punkt erraten hatte.

»Wie viele sind es?«, fragte Anderson.

»Ihre Zahl ist inzwischen von zehn auf zwölf angewachsen«, sagte Cutler.

»Schießt erst, wenn ihr das Grüne in ihren Augen seht«, forderte Mayweather seine Mitspieler auf.

»Sie nähern sich«, warnte Cutler.

»Können wir das Grüne in ihren Augen sehen?«, fragte Mayweather.

»Ich weiß es nicht«, sagte Cutler. »Wir haben die Bolzen nicht darüber entscheiden lassen, wie gut Ihr Sehvermögen ist.«

Anderson warf ihr einen bösen Blick zu. »Ich schieße!«

»Ich auch«, sagte Nowakowitsch.

»Ziel tief, Sheriff«, brummte Mayweather, »die Marsianer reiten Ponys.«

Cutler sah den jungen Piloten an. »Wie bitte?«

»Ein alter Witz«, erklärte Mayweather und winkte ab. »Mein Vater hat ihn mir erzählt.«

Cutler schüttelte den Kopf. Die Worte hatten den Bann gebrochen, und als die Aufregung aus ihr verschwand, merkte sie plötzlich, wie kühl es geworden war.

»Sie wissen, dass ich ebenfalls schieße, nicht wahr?«, fragte Mayweather.

»Ich weiß es jetzt.« Cutler ließ die Bolzen rollen.

»Haben wir die Marsianer aufgehalten?«, erkundigte sich Anderson.

Cutler sah auf die Bolzen hinab. Acht rote. Dreimal acht – die Marsianer waren nicht nur aufgehalten. »Sie haben sie regelrecht niedergemäht.«

»Aber ich schätze, der Lärm lockt noch mehr an«, sagte Anderson.

»Daran zweifle ich nicht«, meinte Mayweather. »Ich bin sicher, Elizabeth hat noch einige Tricks im Ärmel.«

Cutler lächelte. Solche Bemerkungen hörte der Spielleiter gern. »Sie haben Recht«, beantwortete sie Andersons Frage. »Marsianische Verstärkung ist unterwegs.«

»Wie viele?«, fragte Nowakowitsch.

»Sie können es nicht feststellen«, sagte Cutler.

»Das ist nicht fair«, nörgelte Anderson.

»Dies ist ein Spiel, James«, erinnerte ihn Cutler. »Niemand hat gesagt, dass es fair sein muss.«

»Wir brauchen ein Ortungsgerät, mit dem sich Dinge aus sicherer Entfernung feststellen lassen«, meinte Mayweather. »Warum haben Sie uns keins gegeben?«

»Genau aus diesem Grund«, sagte Cutler.

»Wie weit sind die Marsianer entfernt?«, fragte Nowakowitsch.

Cutler zuckte mit den Schultern. »Auch das lässt sich nicht feststellen, denn Sie können sie nicht sehen. Ich habe nur Ihre Vermutung bestätigt, was ich jetzt bedauere – eigentlich hätten Sie gar nicht wissen können, dass marsianische Verstärkung unterwegs ist.«

»Sie haben nichts verraten«, meinte Anderson. »Wir sind von allein dahinter gekommen.«

Das stimmte nicht, aber Cutler schwieg jetzt, um nicht noch mehr preiszugeben. Sie hätte sich die Vermutungen der Spieler anhören und sie mit einigen verborgenen Überraschungen konfrontieren sollen, damit sie die Marsianer vergaßen – um sie *dann* von der marsianischen Verstärkung angreifen zu lassen. Beim nächsten Mal. Beim nächsten Spiel würde alles einfacher sein.

»Wie viel Munition haben wir?«, fragte Anderson.

Ausgezeichnet. Cutler hatte sich gefragt, ob die Spieler diesen Punkt berücksichtigen würden.

»Sie haben ein Viertel Ihrer Munition verbraucht«, sagte sie.

»Ich halte den Zeitpunkt für gekommen, meinen Lieblingsaußerirdischen namens Unk ein Gebäude betreten zu lassen«, meinte Mayweather. »Kommen Dr. Mean und Rust mit?«

»Ich bin direkt hinter Ihnen«, sagte Anderson.

»Rust begleitet Sie ebenfalls«, fügte Nowakowitsch hinzu.

»Welches Gebäude betreten Sie?«, fragte Cutler. In ihrem Handcomputer lief ein Countdown, aber darauf wies sie die Spieler nicht hin. Wenn sie das Spiel in Echtzeit fortsetzten, blieben ihnen noch fünfzehn Minuten, bis die zweite Welle der Marsianer angriff.

»Welches Gebäude.« Mayweather rollte mit den Augen. »Welches Gebäude, will sie wissen. Natürlich das nächste.«

Die Disziplin ließ nach, stellte Cutler fest und unterdrückte ein Lächeln. Wenn jemand während eines Einsatzes so mit dem Captain sprach, brachte er sich dadurch in erhebliche Schwierigkeiten.

»Na schön«, sagte sie. »Im Innern des nächsten Gebäudes finden Sie einen großen Raum. Er ist größtenteils dunkel, und im wenigen Licht sehen Sie eine nach oben führende Rampe.«

»Gehen wir nach oben«, sagte Anderson.

Die anderen beiden nickten.

»Im ersten Stock sieht es praktisch genauso aus wie im Erdgeschoss. Zwar gibt es keine Fenster, aber durch Löcher in den Wänden fällt genug Licht, sodass Sie nicht über den Schutt auf dem Boden stolpern. Eine weitere Rampe führt in den zweiten Stock.«

»Hier sind wir zunächst einmal sicher«, sagte Mayweather.

Cutler lachte.

Das Lachen besorgte Mayweather. Er hatte sich inzwischen an den Rhythmus des Spiels gewöhnt und wusste, dass die imaginäre Welt nirgends völlige Sicherheit bot.

»Sind wir im ersten Stock sicher genug, um eine Pause bis nach dem nächsten Dienst zu machen?«, fragte Mayweather. »Ich brauche Schlaf. Der Kampf gegen die Marsianer hat mich ermüdet.«

»Gute Idee.« Nowakowitsch sah Cutler an. »Unser Dienst beginnt in sieben Stunden.«

»Ich schätze, so lange droht Ihren Figuren keine Gefahr«, erwiderte Cutler und lachte erneut. Sie legte die Bolzen in den Becher, wickelte das Tuch darum und stand zusammen mit den anderen auf. Es war erstaunlich, wie schnell die Zeit bei diesem verrückten Spiel verging. Genauso wie damals am Computer. Aber es machte weitaus mehr Spaß, Gedanken miteinander zu verbinden als Computer zu vernetzen.

Und es war schön, mit Personen zu spielen, die zusammenarbeiteten, anstatt sich zu streiten.

8

Aufregung und Sorge schufen deutlich spürbare Anspannung auf der Brücke. Archer konnte nicht still sitzen oder stehen, ging um den Kommandosessel herum. Er hatte Porthos in seinem Quartier gelassen, weil er wusste, dass die nächsten Stunden schwierig sein würden.

Die Brückencrew beobachtete den Captain bei seiner unruhigen Wanderung. Vor zweiundzwanzig Stunden hatte Archer Hoshi und den anderen einen Tag Zeit gegeben. Er war zunächst entschlossen gewesen, erst nach Ablauf dieser Frist auf die Brücke zurückzukehren, damit die Crew ungestört ihrer Arbeit nachgehen konnte, aber schließlich hatte er es nicht mehr ausgehalten – er musste einfach wissen, was vor sich ging.

Er nahm Berichte entgegen und las sie, hörte mit wachsender Unruhe den Diskussionen zu, die seine Offiziere führten, wenn er ihnen Gelegenheit gab, Informationen auszutauschen. Seine weitgehend passive Rolle dabei passte ihm nicht, aber er hatte sich geschworen, keine Lagebesprechungen stattfinden zu lassen, und deshalb musste er manchmal zu unorthodoxen Methoden greifen, so wie in diesem Fall.

Die Offiziere erwarteten mehr Organisation und einen Captain, der nicht unruhig umherwanderte. Vor allem T'Pol stand seiner Methodologie skeptisch gegenüber. Zwar herrschte eine Art Waffenstillstand zwischen ihnen, aber sie machte ihn noch immer nervös. Derzeit erinnerte sie ihn vor allem an all das, was die Vulkanier den Menschen vorenthalten hatten.

Den Fazi gegenüber wollte er sich anders verhalten.

Die einzigen beiden Personen, die nichts zu berichten hatten, waren Mayweather – er saß an den Pilotenkontrollen und erweckte den Eindruck, nicht genug Schlaf bekommen zu haben – und Trip, der neben dem Lift an der Wand lehnte. Trip Tucker schien die allgemeine Anspannung nicht zu teilen, und der Blick, den er auf Archer richtete, wirkte amüsiert.

Bei den Fazi spielte Struktur offenbar eine noch größere Rolle, als irgendjemand dies für möglich gehalten hatte. Ihre auf einem perfekten Gittermuster basierende Zivilisation erstaunte Archer noch mehr als die Struktur der Sprache, die Hoshi ihm zu erklären versucht hatte.

Schließlich blieb Archer stehen und sah zu T'Pol. »Glauben Sie, dass die Fazi diesen Planeten irgendwann kolonisiert haben? Und dass die Spezies auf dem Südkontinent zuerst hier war?«

»Das wäre eine mögliche Erklärung für das Rätsel der Fazi«, erwiderte T'Pol. »Ein solches Baumuster wäre logischer, wenn man es von Anfang an plant. Außerdem unterscheiden sich die Fazi sehr von der Spezies auf dem Südkontinent, nicht nur in Bezug auf ihre technische Entwicklung, sondern auch in körperlicher Hinsicht.«

»Ist es ungewöhnlich, dass sich zwei intelligente Spezies auf dem gleichen Planeten entwickeln?«, fragte Archer.

T'Pol öffnete den Mund, um zu antworten, erkannte dann aber die Falle. Der Captain wollte Informationen von ihr, die ihm nicht zustanden.

»Die großen Unterschiede zwischen den beiden Kulturen deuten darauf hin, dass eine von ihnen woanders entstanden ist«, entgegnete T'Pol und vermied es, auf Archers Frage einzugehen.

»Ich bin nicht so sicher«, sagte Hoshi.

»Was meinen Sie damit?«, fragte Archer.

»Die Struktur. Ich glaube, wir gehen von Annahmen aus, die sich auf unsere Denkweise stützen. Sicher, wir neigen dazu, die Dinge besser zu organisieren, wenn wir Kolonien gründen, aber das Sozialverhalten mancher Geschöpfe ist von Natur aus strukturiert, zum Beispiel das der Ameisen.«

Archer sah zu T'Pol, die ihrerseits Hoshi musterte, wobei ihr Gesicht ausdruckslos blieb. Hoshi hatte die Vulkanierin unabsichtlich beleidigt, nicht indem sie ihrer Einschätzung widersprach, sondern mit dem Hinweis darauf, dass T'Pol bei ihrer Extrapolation von einer eingeengten Perspektive ausgegangen war und nicht etwa von der breiteren, auf die sie sonst abonniert zu sein schien.

»Angeborene Strukturierung ist durchaus möglich«, sagte Archer. »Aber woher sollen wir wissen, dass dies bei den Fazi der Fall ist?

»Ihre Sprache«, erwiderte Hoshi. »Sie teilt mir mit, dass alles bei den Fazi durchstrukturiert ist. Und dann ergibt es durchaus einen Sinn, wenn sie diese Strukturen auch auf ihre Gebäude und alles andere übertragen. Auf einer solchen Grundlage könnte ihre Zivilisation langsam gewachsen sein.«

»Aber wie kam es zu einer derartigen Strukturiertheit?«, fragte Archer.

Niemand bot ihm eine Antwort an, was bedeutete: Niemand hatte auch nur eine blasse Ahnung.

»Na schön«, sagte der Captain und versuchte es auf eine andere Weise. »Gibt es einen offensichtlichen Grund dafür, warum die Fazi nicht auch auf dem Südkontinent präsent sind und dort den anderen intelligenten Geschöpfen Gesellschaft leisten?«

»Die beiden Spezies sind inkompatibel.« T'Pol betätigte Tasten und deutete dann zum Hauptschirm, der eins der seltsamen Dörfer zeigte. »Die Bewohner dieser Siedlungen sind imstande, sowohl an Land als auch im Wasser zu leben.«

»Jene Wesen sehen aus wie Krabben oder Spinnen«, sagte Reed und zögerte kurz, um den nächsten Worten eine größere Wirkung zu geben. »Allerdings sind sie so groß wie Kühe.«

Archer schauderte unwillkürlich. »Spinnen so groß wie Kühe?«

Reed hob und senkte die Schultern.

»Bei *dem* Erstkontakt bleibe ich lieber an Bord«, meinte Trip.

»Ich rate davon ab, unter den gegenwärtigen Umständen einen Kontakt zu einem so primitiven Volk herzustellen«, sagte T'Pol.

»Einverstanden.« Archer war nicht unbedingt versessen darauf, kuhgroßen Spinnen zu begegnen. Einige Sekunden lang ging er hinter dem Kommandosessel auf und ab, blieb dann stehen und sah zu T'Pol. »Ich nehme an, Sie erheben Einwände gegen einen Erstkontakt mit den Fazi, nicht wahr?«

»Ja«, bestätigte die Vulkanierin. »Wir haben es hier mit einer komplexen Kultur zu tun, die genauer untersucht werden muss.«

»Wie viel genauer?«, fragte Archer.

»Wenn wir genauso intensiv arbeiten wie während der vergangenen zweiundzwanzig Stunden, neun Minuten und sieben Sekunden, dauern die Untersuchungen mindestens noch sechs Tage, vielleicht auch länger.«

»Vielleicht auch länger«, wiederholte Archer und fragte sich, wie T'Pol überhaupt eine solche Angabe machen konnte. Griff sie dabei auf vulkanische Erfahrungswerte zurück?

»In der Fazi-Sprache gibt es Nuancen, für deren Analyse Monate nötig sein könnten«, sagte Hoshi.

Archer lächelte. »Die Nuancen bereiten Ihnen bei allen

neuen Sprachen Sorge. Bisher sind Sie trotzdem gut zurechtgekommen.«

Hoshi erwiderte das Lächeln nicht. »Mit einer so detaillierten Sprache bin ich zum ersten Mal konfrontiert.«

»Ich habe nicht vor, eine Woche oder länger im Orbit zu warten.« Allein beim Gedanken daran überkam Archer das kalte Grausen. Er wandte sich an Hoshi. »Können Sie die Translatoren gut genug mit der Sprache programmieren, um eine Verständigung zu ermöglichen?«

»Für eine Verständigung? Ja, aber ...«

»Sind die Translatoren programmiert?«

»Soweit das möglich ist, Sir«, sagte Hoshi.

Archer nickte und begriff nun: Seine Entscheidung stand fest, seit er auf die Brücke zurückgekehrt war. Nichts von dem, was er bisher gehört hatte, konnte ihn umstimmen.

»Na schön. Trip, bereite eine Shuttlekapsel auf den Start vor. Hoshi, Sie, Reed und Trip begleiten mich. Sie fliegen das Ding, Mayweather. T'Pol, Sie haben das Kommando über die *Enterprise*. Wir brechen in zwei Stunden auf.«

»Sir«, sagte Hoshi, »ich brauche etwas Zeit, um Sie mit der Sprache und ihrer Struktur vertraut zu machen.«

Archer lachte. »Sie können mir zu Hilfe kommen, wenn ich stottere oder nicht mehr weiter weiß.«

»Nein, Sir, das kann ich nicht«, erwiderte Hoshi. »Wenn ein Untergebener bei einer solchen Gelegenheit das Wort ergreift, so ist das vielleicht ein sehr ernster Verstoß gegen das Protokoll, der unabsehbare Folgen nach sich zieht.«

Archer sah sie an. Hoshi meinte es ganz offensichtlich ernst. »Na schön, Ensign, bereiten Sie mich vor, aber im Speisesaal – ich brauche etwas zu essen.«

»Sir«, ließ sich T'Pol vernehmen, »ich möchte noch auf etwas anderes hinweisen.«

Archer blieb stehen und wandte sich der Vulkanierin zu. »Ja?«

»Sie sollten den Fazi eine Mitteilung schicken, in der Sie Ort und Zeitpunkt der Landung ankündigen sowie um einen Empfang beim Rat bitten.«

»Ich soll einen Termin vereinbaren?«, fragte Archer. »Für einen Erstkontakt?«

»In gewisser Weise«, bestätigte T'Pol.

»Das halte ich für eine sehr gute Idee, Sir«, sagte Hoshi. »Denken Sie daran, wie versessen die Fazi darauf sind, dass alles seine Ordnung hat.«

Archer schüttelte den Kopf. Er hatte sich einen Erstkontakt immer sehr aufregend vorgestellt, nie auf diese Weise. »Erledigen Sie das, T'Pol. Es sei denn, Sie sind der Ansicht, ich sollte mich selbst an den Rat wenden.«

»Nein, Sir«, erwiderte T'Pol. »Angesichts der kulturellen Hierarchie der Fazi wäre es nicht ratsam, dass Sie dem Rat eine solche Nachricht übermitteln.«

Hoshi nickte.

Zum ersten Mal fragte sich Archer, ob der Erstkontakt mit den Fazi wirklich eine gute Idee war. Er fühlte, wie die Anspannung auf der Brücke wuchs.

Der Captain rang sich ein Lächeln ab. »Kopf hoch, Leute. Wir sind hier draußen im All, um fremden Völkern zu begegnen, und meiner Ansicht nach wird es Zeit, dass wir den Fazi gegenübertreten. Zwei Stunden.«

»Na schön.« Trip klatschte in die Hände, bevor er sich dem Lift zuwandte. »Ein kleiner Ausflug.«

Archer lächelte. Trip Tuckers Lässigkeit schuf einen Ausgleich zu T'Pols Vorsicht und Hoshis Furcht.

Eine Stunde später, nachdem Hoshi ihn über Sprache und Bräuche der Fazi informiert hatte, während er einen Teller Hühnersuppe aß, verschwand Archers Aufregung. Er fühlte sich mehr wie ein Schauspieler, der auf die Bühne trat und sich nur an die Hälfte seines Textes erinnerte.

Er fragte sich, ob die Vulkanier bei ihrem ersten Gespräch mit den Menschen ähnliche Gefühle hatten.

Dann fiel ihm ein: Vulkanier fühlten gar nichts.

Zum ersten Mal beneidete er sie.

9

Archer zwang sich, aus dem Fenster der Shuttlekapsel zu sehen, als Mayweather sie durch die Atmosphäre des Planeten lenkte. Am liebsten hätte er die Kapsel selbst geflogen und zum vorgesehenen Landeplatz gesteuert, um dort als erster den Boden des Planeten zu betreten.

Aber das kam natürlich nicht in Frage. So sehr er es sich auch wünschte – er wusste es besser. Dieser Erstkontakt war eine gemeinsame Mission, bei der sich niemand einen Alleingang erlauben durfte.

Plötzlich glitt die Shuttlekapsel über einen blauen Himmel.

»Hübsch«, sagte Trip und lehnte sich zurück.

»Interessant sind vor allem die Unterschiede«, meinte Reed und blickte ebenfalls aus dem Fenster.

Neben Archer rutschte Hoshi auf ihrem Sitz hin und her. Sie war nervös, seit sie die *Enterprise* verlassen hatten. Zunächst führte der Captain ihre Unruhe auf die Furcht vor allem zurück, das mit Reisen durchs All in Zusammenhang stand, aber inzwischen glaubte er, dass noch mehr dahinter steckte.

»Sir, ich glaube, wir sollten eine Warteschleife drehen«, sagte Hoshi.

Archer wollte nach dem Grund dafür fragen, doch dann bemerkte er die Zeitanzeige auf dem digitalen Display vor ihm – sie waren zu früh dran.

Er drehte den Kopf und musterte Hoshi. Starr und steif saß sie da. Nun, wenn sie es für wichtig hielt, genau zum vorgesehenen Zeitpunkt zu landen ...

»Fliegen Sie einen weiten Bogen, Ensign«, wies Archer Mayweather an.

Es schien Mayweather Spaß zu machen, die Shuttlekapsel zu steuern. Die langen Finger der linken Hand betätigten Tasten, während die rechte am Steuerknüppel verharrte, den Trip manchmal »Joystick« nannte.

»In Ordnung, Sir«, erwiderte der Pilot. »Ich sorge dafür, dass wir pünktlich landen.«

Hoshi wirkte noch immer besorgt.

»Bestimmt geht alles gut«, wandte sich Archer an sie. »Sie werden sehen.«

Sie nickte, aber der Captain wusste, dass sie nicht überzeugt war. Die Shuttlekapsel kreiste über der Hauptstadt der Fazi und Archer fragte sich, ob die Fazi zum Himmel sahen und sie beobachteten.

Vielleicht musste auch dafür ein Termin vereinbart werden.

»Meine Güte, die hiesige Architektur sieht aus, als würden sie Ausstechformen für Kekse benutzen«, sagte Trip. »Ein Gebäude gleicht dem anderen.«

»Das spart Material«, kommentierte Reed. »Außerdem müssen die Arbeitskräfte nicht ständig neu eingewiesen werden.«

Archer sah erneut aus dem Fenster und blickte über die beeindruckend große Stadt der Fazi hinweg. Sie war so perfekt strukturiert, dass sich überall Muster erkennen ließen. Selbst die Schornsteine auf den Dächern befanden sich immer an der gleichen Stelle, was vermutlich darauf hindeutete, dass die Gebäude sich nicht nur äußerlich glichen, sondern auch im Innern gleich beschaffen waren. Für Archer, dem es schon schwer genug fiel, in seinem kleinen Quartier Ordnung zu halten, konnte eine Stadt kaum fremdartiger sein.

Hoshi hatte den Angehörigen dieser speziellen Einsatzgruppe erklärt, worauf es zu achten galt, sie sogar darauf hingewiesen, wo sie stehen mussten und wie Archer sie vorstellen sollte. Aber sie hatte auch betont, dass es bei Sprache und Kultur der Fazi noch immer viele Dinge gab, die sie nicht verstand. Eine der wichtigsten unbeantworteten Fragen lautete nach wie vor: Wie war es möglich gewesen, dass sich ein so enormes Maß an Struktur entwickeln konnte?

Archer maß dieser Frage weniger Bedeutung bei als Hoshi. Sie verstand Sprache und Kultur gut genug, um über gewisse Details des Protokolls Bescheid zu wissen, und das genügte ihm. Historische Einzelheiten konnten sie später in Erfahrung bringen.

»Wir landen in fünf Sekunden«, sagte Mayweather. Die Shuttlekapsel drehte sich und sank einem leeren Promenadenbereich neben dem Ratsgebäude entgegen.

Dies war der vorgesehene Landeplatz. Er erinnerte Archer an die Parks in San Francisco: große Grünflächen, von blühenden Pflanzen gesäumte Gehwege. Aber hier wiesen die Gehwege keine Kurven auf und die Pflanzen bildeten Muster, so wie alles andere.

Der Landeplatz befand sich genau im Mittelpunkt der Parkanlage: eine gepflasterte Fläche, die den Eindruck erweckte, extra für diesen Zweck angelegt worden zu sein.

»Gute Arbeit«, sagte Archer.

Von Hoshi kam ein erleichtertes Seufzen, das in der Shuttlekapsel widerzuhallen schien.

Mayweather hörte es und lachte. »Danke für Ihr Vertrauen. Ich wusste nicht, dass ich so schlecht geflogen bin.«

»Das meine ich nicht«, sagte Hoshi. »Es ist nur ...«

»Schon gut.« Mayweather winkte ab. »Ich weiß, wie ungern Sie fliegen.«

Hoshi lächelte, aber die Anspannung fiel nicht ganz von ihr ab. Archer musterte sie, ohne den Kopf zu drehen. Eine neue Nervosität überlagerte diesmal ihre Furcht vor dem Fliegen.

Der Erste Kontakt.

War sie besorgt, weil sie zum ersten Mal an einer solchen Mission teilnahm oder weil sie glaubte, die Sprache der Fazi nicht gut genug zu kennen? Manchmal fiel es Archer schwer, ihre Reaktionen zu deuten. Hoshis allgemeine Vorsicht war ihm fremd und er verstand sie nicht immer so gut, wie er es sich wünschte.

»Glauben Sie mir, manchmal empfinde ich ebenso«, sagte Trip und lachte.

Archer lachte ebenfalls und sah auf die Uhr. »Lasst uns gehen, Leute. Achten Sie darauf, in der Formation zu bleiben, die Hoshi beschrieben hat.«

Mayweather stand auf und öffnete die Luke. Warme, ein wenig feuchte und nach Jasmin duftende Luft wehte ihnen entgegen. Nach den letzten Wochen im Raumschiff fand Archer sie wundervoll.

»Der Geruch eines fremden Planeten am Morgen«, sagte Trip. »Herrlich, nicht wahr?«

Einige Sekunden lang saßen sie einfach nur da und genossen die frische Luft. Archer mochte das Schiff, aber er liebte auch eine natürliche Umgebung. Wenn er sich konzentrierte, konnte er die Unterschiede zur Erde feststellen.

Die Luft roch nach Jasmin, ja, aber hinzu kam noch etwas anderes, ein unvertrauter, würziger Duft. Auf der Erde gab es nichts, das so roch. Und auch der Sauerstoffgehalt der Luft war anders – darauf hatte T'Pol vor dem Flug der Shuttlekapsel hingewiesen. Atemgeräte waren nicht erforderlich, aber man bemerkte den Unterschied.

Archer fragte sich, ob er diesen Unterschied wirklich spürte oder nur darauf reagierte, weil T'Pol ihn erwähnt hatte.

Er hätte die Einzelheiten des Planeten stundenlang analysieren können, aber dazu fehlte ihm die Zeit. Archer stand auf. »Konzentrieren wir uns auf unsere Aufgabe. Es gilt, einen Erstkontakt herzustellen.«

Das Fazi-Protokoll ähnelte den Protokollen der alten Aristokratien auf der Erde. Das Oberhaupt war nicht immer der Erste der Gruppe, wie man es eigentlich erwarten sollte. Manchmal überließ der Boss Untergebenen den Vortritt, vermutlich aus Sicherheitsgründen. Archer lächelte schief. Als ob Gefahren ihn davon abgehalten hätten, die Spitze zu übernehmen.

Mayweather stieg als erster aus und die Absätze seiner Stiefel klackten auf dem Pflaster. Es war erstaunlich still. Es zwitscherten keine Vögel und es summten auch keine Insekten. Selbst Verkehrsgeräusche fehlten.

Archer fand die Stille fast unheimlich.

Hoshi folgte dem Piloten nach draußen und trat zur anderen Seite.

Dann kamen Reed und Trip an die Reihe. Archer bildete den Abschluss.

Der Captain befolgte Hoshis Rat, sah seine Begleiter nicht an und richtete kein Wort an sie, als er losging.

Die Form des Ratsgebäudes entsprach der aller anderen Bauwerke in der Stadt – es war nur größer. Während des Anflugs hatte Archer die Häuser für weiß gehalten, aber als er sie nun aus der Nähe sah, stellte er fest: Es handelte sich um ein rötliches Weiß, fast ein blasses Rosa.

Quadratische Säulen stützten einen Balkon in Höhe des zweiten Stocks; sie bestanden aus dem gleichen Material wie das Pflaster, aus backsteinartigen Komponenten. Diese zeichneten sich durch eine verblüffende Uniformität aus. Archer kannte Backsteine von der Erde her und wusste, dass sie manchmal zerbröckelten und man ihnen unterschiedliche Formen geben konnte. Aber hier war jeder von ihnen genauso beschaffen wie alle anderen; nirgends zeigten sich Risse oder abgebröckelte Stellen.

Und nirgends zeigte sich Leben.

Versteckten sich die Fazi? Hielten sie nichts von Wachen? Archer fühlte sich beunruhigt. Er hatte mit einem förmlicheren Empfang gerechnet.

Trip ging rechts und einen Schritt hinter ihm, gab damit zu erkennen, dass er den zweithöchsten Rang bekleidete.

Dann kam Reed, links von Archer und einen Schritt hinter Trip.

Hoshi und Mayweather marschierten hinter Reed, zu beiden Seiten des Captains und auf einer Höhe.

Andere Gebäude säumten den Platz und Archer fühlte sich von tausend Augen beobachtet, obwohl weit und breit kein Fazi zu sehen war. Auf einer so großen offenen Fläche erwartete man viele Leute, und sie leer zu sehen ... Dadurch fühlte sich Archer irgendwie hilflos und verwundbar.

Sowohl T'Pol als auch Hoshi hatten ihm versichert, dass es keinen Grund gab, Waffen mitzunehmen. Sie waren beide davon überzeugt, dass die Fazi nicht zum Mittel der Gewalt griffen. Hoshi hatte darüber hinaus betont, dass eine so durchstrukturierte Kultur auf keinen Fall das Chaos gewaltsamer Auseinandersetzungen oder Krieg zulassen würde. Vielleicht erklärte das die Entwicklung. Was Archer betraf: Er persönlich war bereit, das Risiko eines Krieges hinzunehmen, wenn es dafür Freiheit, Musik und Kunst gab.

Als er die viereckigen Säulen erreichte, öffnete sich das breite Portal des Ratsgebäudes. Die Fazi hatten der *Enterprise* beim Kom-Kontakt mitgeteilt, dass sich der Eingang zu einem bestimmten Zeitpunkt öffnen würde – die Einsatzgruppe war also pünktlich zur Stelle. Archer zögerte nicht und ging so weiter, als hätte er diesen Ort schon oft besucht.

Das breite Portal führte in einen saalartigen Raum, in dem es ebenso hell war wie draußen. Das überraschte

Archer – er hatte damit gerechnet, dass sich seine Augen an ein dunkleres Ambiente gewöhnen mussten. Doch offenbar legten die Fazi Wert darauf, dass es bei der Helligkeit keinen Unterschied zwischen Drinnen und Draußen gab. Vermutlich kam auch hierin die Strukturiertheit ihrer Kultur zum Ausdruck. Archer stellte fest: Das Licht kam nicht etwa von Lampen, sondern aus zahlreichen Löchern in der Decke, wirkte sowohl diffus als auch fokussiert.

Archer ging mit zielstrebigen Schritten und folgte damit den übermittelten Instruktionen. Er trat in den großen Saal, wo zwölf Fazi im Halbkreis saßen; die Abstände zwischen ihnen waren genau gleich.

Der Jasminduft war hier intensiver als draußen. Kleine Brenner standen auf Sockeln und dünne Rauchfäden stiegen von ihnen auf. Nirgends gab es Schatten oder eine Möglichkeit, etwas oder jemanden zu verstecken. Alles war zu sehen, auch die kleinsten mimischen Nuancen.

Die Fazi selbst überraschten Archer nicht. Hoshi und T'Pol hatten ihm an Bord der *Enterprise* Bilder von ihnen gezeigt. Die Fazi waren humanoid, wie die meisten Außerirdischen, die Archer kannte. Wenn er ihnen auf der Erde begegnet wäre, hätte er sie vielleicht für Menschen gehalten.

Es gab nur einige wenige Unterschiede. Alle Fazi, die ihm gegenübersaßen, hatten drahtiges weißes Haar und Koteletten. Sie waren auch kleiner als Menschen. Der größte von ihnen kam nicht über einen Meter fünfundsechzig hinaus.

Archer und seine Begleiter erschienen ihnen vermutlich wie Riesen.

Die Fazi zeigten überhaupt keine Reaktion. Wenn die Ankunft der Außenweltler sie verblüffte, so gaben sie das nicht zu erkennen. Stumm beobachteten sie, wie Archer zu der Stelle ging, die Hoshi ihm beschrieben hatte.

Auf dem blanken steinernen Boden zeigten sich Halbkreise, die immer kleiner wurden und zu einem Punkt vor den Ratssitzen führten. Dort blieb Archer stehen, im genauen Mittelpunkt des großen Raums.

Gleichzeitig verharrten Trip und die anderen hinter ihm, und sie alle verbeugten sich, mit Ausnahme des Captains. So weit, so gut.

Direkt vor Archer erhob sich ein Fazi. »Ich bin Ratsmitglied Draa.«

Er formulierte diese Worte in seiner Sprache und Hoshis Translator übersetzte sie.

Draa unterbrach sich nicht, als für ihn fremd klingende Laute aus dem Translator kamen. »Ich repräsentiere den Hohen Rat und das Volk der Fazi.«

»Ich bin Captain Jonathan Archer vom Raumschiff *Enterprise*. Ich repräsentiere das Volk des Planeten Erde.«

Archer wartete darauf, dass Draa sprach. Hoshi hatte mehrmals betont, dass er hinsichtlich der Satzlänge und des Inhalts sich an die Vorgaben seines jeweiligen Gesprächspartners halten sollte. Aber was jene Themen sein mochten, das wusste sie natürlich nicht.

»Dies ist ein historischer Tag für das Volk der Fazi«, sagte Ratsmitglied Draa.

»Es ist auch für das Volk der Erde ein historischer Tag«, erwiderte Archer. Er fühlte sich wie gefesselt von der Struktur des Protokolls. Alles in ihm drängte danach, mit den Fremden zu reden; ihm lag nichts daran, ihre Worte nachzuplappern.

Aber er wollte sie auch nicht erschrecken. Wenn er ihnen genug Zeit ließ, gewöhnten sie sich vielleicht an die menschliche Impulsivität.

Nachdem Archer gesprochen hatte, nahm Ratsmitglied Draa Platz.

Die Stille im großen Saal schien mit jeder verstreichenden Sekunde mehr Substanz zu gewinnen. Archer wusste nicht, wie er sich jetzt verhalten sollte, und er wagte es nicht, sich umzudrehen und eine entsprechende Frage an Hoshi zu richten. Deshalb blieb er einfach stehen, dem Rat gegenüber, reglos und mit hoch erhobenem Kopf.

Die zwölf Fazi sahen ihn stumm an.

Weitere Sekunden verstrichen.

Die Stille im Saal erschien dem Captain noch unheimlicher als die draußen. Er hörte nicht einmal Atemzüge. Verfügte der Saal vielleicht über schalldämpfende Eigenschaften? Er konnte sich selbst atmen hören und sein schneller werdender Herzschlag schien von den Wänden widerzuhallen.

Warum sprach niemand?

Waren die Fazi nicht neugierig?

Wollten sie nicht mehr über die vor ihnen stehenden Besucher aus dem All erfahren?

Wollten sie nicht mehr über die Erde oder das Raumschiff wissen?

Warum fragten sie nicht, aus welchem Grund die Besucher gekommen waren?

Vielleicht erklärte ihr Mangel an Neugier das Fehlen von Kunst und Musik, vielleicht sogar das Fehlen von Krieg.

Archer wollte sich bewegen, einen Fuß vor den anderen setzen. Er brauchte seine ganze Willenskraft, um auch weiterhin still stehen zu bleiben. Erst jetzt, konfrontiert mit Wesen, die Stille und Untätigkeit liebten, wurde ihm die eigene Ruhelosigkeit in ihrem ganzen Ausmaß klar.

Die Fazi sahen ihn nicht einmal mehr an. Zumindest nicht direkt. Ihre Blicke waren auf das geöffnete Portal gerichtet. Von den Brennern stieg noch immer nach Jasmin duftender Rauch auf; abgesehen davon bewegte sich nichts im Saal.

Aus irgendeinem Grund hatte Archer mehr erwartet

als nur Stille. Das galt sicher auch für Hoshi und T'Pol, denn sonst hätten sie ihn vorgewarnt.

Sollte er sprechen?

Sollte er sich umdrehen und fortgehen?

Was war die schlimmste Sünde? Archer wusste es nicht und begriff nun, warum T'Pol und Hoshi weitere Untersuchungen für nötig hielten. Die Fazi schienen ein sehr seltsames Volk zu sein.

Archer stand noch immer reglos und blickte starr geradeaus. Die Fazi saßen ebenso reglos da, die dunklen Augen und hellen Gesichter von weißem Haar und Koteletten umgeben. Wie Statuen wirkten sie. Blinzelten sie nicht einmal?

Archer spürte, wie ihm ein Schweißtropfen über die Schläfe glitt. Er wagte es nicht, ihn fortzuwischen.

Vielleicht warteten die Fazi darauf, dass er etwas sagte, dass er erklärte, warum sie gekommen waren. Immerhin war die Initiative von ihm ausgegangen – er hatte sich selbst und seine Begleiter mit einer Kom-Botschaft angekündigt.

Jeder Moment schien sich zu dehnen.

Es war die reinste Qual. Er musste irgendetwas tun, und zwar schnell. Entweder sprach er – oder er wandte sich ab und verließ den Saal.

Wenn er ging, erreichte er nichts. Immerhin war er hier, um einen Kontakt mit den Fazi herzustellen und den Grundstein für ein zukünftiges Bündnis zu legen.

Archer holte Luft, raffte sich auf und beendete das Schweigen. »Ratsmitglied Draa, Hoher Rat der Fazi, das Volk der Erde ...«

Die falsche Entscheidung.

Wie auf ein geheimes Zeichen hin standen alle Ratsmitglieder auf, kehrten Archer den Rücken und verließen den Saal durch Türen hinter ihren Sitzen, noch bevor das letzte Wort des Captains ganz verhallt war.

»Freut mich, Sie kennen gelernt zu haben«, sagte Archer, als sich die Türen schlossen.

Er drehte sich um. Hoshis Gesicht war kalkweiß und Trip schien alle Mühe zu haben, ein Grinsen zu unterdrücken. Reed und Mayweather wirkten verdutzt.

»Ich schätze, das lief nicht besonders gut«, sagte Archer und ging an seinen Begleitern vor zum großen Portal.

Trip prustete leise.

Reed brummte etwas Unverständliches.

Archer vermutete, dass Hoshi nicht einmal zu atmen wagte.

Draußen setzte er den Weg über den Platz fort, während ihm Trip und die anderen auf die gleiche Weise folgten wie zuvor. Er spürte warmen Sonnenschein im Gesicht. Ein leichter, angenehmer Wind wehte und die frische Luft war ebenso wundervoll wie zuvor.

»Genau das richtige Wetter für einen Spaziergang«, sagte er gerade laut genug, damit Trip ihn hörte.

»Was würden die Fazi wohl davon halten, wenn wir ein bisschen umherwandern und uns die Stadt ansehen?«, fragte Trip so leise, dass nur Archer ihn hörte.

»Ich glaube, ich habe schon genug Schaden angerichtet«, erwiderte der Captain.

»Ja.« Etwas in Trips Stimme wies darauf hin, dass er am liebsten laut gelacht hätte. »Aber du hast eine großartige Rede gehalten.«

10

Abgesehen von einigen wenigen scherzhaften Bemerkungen schwiegen sie während der Dekontamination und anschließend machten sie sich sofort auf den Weg zur Brücke. T'Pol sah vom Navigationstisch auf, als der Captain und die anderen hereinkamen. Ihr Gesicht zeigte eine Missbilligung, mit der Archer gerechnet hatte. Ihn überraschte nur, dass er selbst glaubte, Kritik verdient zu haben.

Er hatte die Vulkanierin absichtlich nicht zum Planeten mitgenommen, weil dieser Erstkontakt allein von Repräsentanten der Erde durchgeführt werden sollte. Natürlich war alles aufgezeichnet worden, deshalb wusste T'Pol, was sich im Ratssaal zugetragen hatte.

Archer befürchtete, dass sie jetzt noch schlechter von ihm dachte als vorher.

Er straffte die Schultern, ging am Geländer vorbei und trat zum Kommandosessel, nahm aber nicht darin Platz. Die Ruhelosigkeit, die er auf dem Planeten gefühlt hatte, war noch stärker geworden.

Begegnungen mit anderen Völkern sollten eigentlich ganz einfach sein. Man nehme einige kulturelle Unterschiede zur Kenntnis und komme dann zu den Gemeinsamkeiten. *Hallo, wie geht es euch? Wir erzählen euch von unserer Kultur und ihr erzählt uns von eurer.* Einige Fragen, einige Antworten, und schon kamen die Gespräche in Gang.

Oder auch nicht.

Archer hatte vom Erstkontakt zwischen Vulkaniern

und Menschen gelesen. Selbst wenn man die natürliche Zurückhaltung der Vulkanier berücksichtigte – damals war alles gut gelaufen. Oberflächliche Konversation, eine leichte Meinungsverschiedenheit in Hinsicht auf Musik und Essen, und dann begannen ernsthafte Gespräche. Wie sich später herausstellte, gaben die Vulkanier nicht viel preis, weil sie es für besser hielten, ihr Wissen nicht mit den immer noch recht »primitiven« Menschen zu teilen. Aber der Anfang musste großartig gewesen sein.

Primitive Menschen ... Archer dachte daran, dass sein Verhalten genau zu diesem Klischee passte.

Er legte eine Hand aufs kühle Leder des Kommandosessels und beobachtete, wie die anderen ihre Plätze einnehmen. Es herrschte keine besonders gute Stimmung und alle mieden T'Pols Blick. Sie befürchteten einen Fehlschlag der Mission, so wie er selbst. Und es wurde Zeit, offen darüber zu reden.

»Kann mir jemand erklären, was dort unten geschehen ist?«, fragte Archer.

»Sie haben den Hohen Rat der Fazi beleidigt«, erwiderte T'Pol. Natürlich sprach sie als Erste. Sie war nicht einmal auf dem Planeten gewesen und gab trotzdem sofort ihre Meinung zum Besten. Sie hatte weder die grässliche Stille ertragen müssen, noch den sonderbaren Jasminduft wahrgenommen. Die Luft an Bord der *Enterprise* mochte recycelt sein, aber Archer war froh, sie wieder zu atmen.

»Ja«, sagte Archer. »So viel habe ich mitbekommen. Es ist schwer zu übersehen, wenn einem die Leute, mit denen man reden möchte, plötzlich den Rücken kehren.«

Er hatte nicht so viel Sarkasmus zum Ausdruck bringen wollen, aber er musste die Kontrolle über die Diskussion behalten. Dies war seine Crew und er konnte mit ihr kommunizieren.

Das hoffte er jedenfalls.

»Die Frage lautet: Womit habe ich die Fazi beleidigt?«, sagte Archer.

»Sie haben unaufgefordert gesprochen«, erwiderte Hoshi. Sie hatte die Hände gefaltet und beobachtete ihn von ihrer Station aus. Die Anspannung, die Archer während des Aufenthalts auf dem Planeten bei ihr gespürt hatte, existierte nicht mehr. Hoshi schien das Schlimmste befürchtet zu haben, und es war eingetroffen.

Ärger stieg in Archer empor und er unterdrückte ihn schnell. Er galt nicht etwa der Crew, sondern seiner Ungeduld. Mehrmals war er gebeten worden, noch etwas zu warten, aber er hatte nicht darauf gehört. Die Verantwortung dafür, diesen Erstkontakt vermasselt zu haben, lag nicht bei Hoshi und den anderen, sondern bei ihm. Sie verdienten es nicht, für einen Fehler bestraft zu werden, den er selbst begangen hatte.

»Was sollte ich machen?«, fragte er. »Niemand sagte etwas, deshalb konnte ich nicht antworten. Und es wäre unhöflich gewesen, wenn ich mich umgedreht und den Saal verlassen hätte.«

»In unserer Kultur wäre das unhöflich gewesen, ja«, meinte Hoshi. »Aber nicht in ihrer.«

T'Pol nickte knapp.

»Warum?« Es gelang Archer nicht, den Ärger ganz aus seiner Stimme zu verbannen.

»Die Begegnung war vorbei«, sagte Hoshi.

Archer schüttelte den Kopf. »Nicht für mich. Es gab viele Dinge, über die ich gern gesprochen hätte.«

»Aber offenbar wollten die Fazi nicht darüber reden«, sagte Hoshi. »Vermutlich haben sie kein Protokoll für den Umgang mit Außenweltlern. Sie empfingen und begrüßten Sie. Anschließend erwarteten sie von Ihnen, wieder zu gehen.«

»Ohne Fragen zu stellen? Ohne irgendetwas über uns herauszufinden?«

»Wie lernt eine so stark strukturierte Gesellschaft?«, ließ sich Reed vernehmen. Es hätte auch eine rhetorische Frage sein können.

Archer sah ihn an und runzelte die Stirn.

Reed zuckte mit den Schultern. »Die Fazi haben Regeln für alles, vermutlich auch fürs Lernen. Protokolle, Prozeduren. Ein gewisser Rhythmus, in dem Dinge erledigt werden.«

»Und darüber hätte ich Bescheid wissen sollen?«, brummte Archer.

Hoshi seufzte. »Es hätte mir klar sein müssen. Ich meine, wir hatten es direkt vor uns.«

»Es waren weitere Untersuchungen nötig«, sagte T'Pol.

»Wenn die Kultur der Fazi so stark strukturiert ist, dass es keine Möglichkeit gibt, mit Fremden zu kommunizieren, so hätten wir das auch mit noch so vielen Untersuchungen nicht feststellen können«, meinte Archer. »Die fehlende Kommunikation hätte uns daran gehindert, eine Antwort auf die Frage zu finden, warum sich keine Kommunikation herbeiführen lässt.«

»Nach einer Weile wäre uns klar geworden, dass entsprechende Protokolle fehlen«, sagte T'Pol.

»Tatsächlich?«, erwiderte Archer. »Wie lange hätte das gedauert?«

»Derartige Untersuchungen können sich über Jahre hinziehen«, sagte T'Pol.

»Es wäre Zeitverschwendung, Jahre auf einem einzelnen Planeten zu verbringen«, meinte Archer.

»Da bin ich anderer Ansicht«, sagte T'Pol. »Vorsicht ist Hast immer vorzuziehen.«

Archer sah die Vulkanierin an. Sie neigte den Kopf ein wenig zur Seite und der Blick ihrer dunklen Augen blieb kühl. Die Kappe aus braunem Haar veränderte sich nicht, als T'Pol den Kopf bewegte, aber ihre spitz zulaufenden Ohren kamen dadurch besser zur Geltung. Die äußerlichen Unterschiede zwischen Vulkaniern und Menschen waren gering, doch ihre Einstellungen dem Universum – und sich selbst – gegenüber hätten kaum verschiedener sein können.

»Sie schätzen Vorsicht zu hoch ein«, sagte Archer.

»Ihre Hast war es, die Sie in diese Situation brachte«, erwiderte T'Pol.

Archer wandte sich ab und blickte zu Hoshi. »Na schön. Wir wissen also, dass ich den Hohen Rat beleidigte, als ich erneut zu sprechen begann. Aber vielleicht wäre er auch beleidigt gewesen, wenn ich mich umgedreht und den Saal verlassen hätte.«

»Ganz auszuschließen ist das nicht«, räumte Hoshi ein. »Aber die meisten Regeln der Fazi betreffen die Sprache. Aktivitäten scheinen nicht im gleichen Maß reglementiert zu sein. Bevor wir aufbrachen, habe ich die Regeln des Rats erwähnt. Sie waren klar. Niemand darf einfach so sprechen.«

»Aber man darf einfach so gehen«, sagte Archer und versuchte, seine Gedanken zu ordnen.

»Ich glaube, dass es durchaus angebracht gewesen wäre, wenn wir den Saal verlassen hätten«, sagte Hoshi. »In einer normalen Situation hätte ich Sie darauf hingewiesen.«

»Aber da Sie sich an die Regeln der Fazi halten mussten, durften Sie nicht sprechen«, sagte Archer.

»Stimmt«, bestätigte die Linguistin.

»Was für eine verzwickte Situation«, murmelte der Captain.

»Mit weiteren Untersuchungen …«, begann T'Pol.

»Sie schicken sich an, gegen eine Brückenregel zu verstoßen«, warnte Archer. »Sie lautet: Man nörgele nicht am Captain herum.«

»Niemand hat mich über diese Regel informiert«, entgegnete T'Pol würdevoll.

Archer lächelte. »Verstehen Sie jetzt mein Dilemma? Und wie lange befassen sich die Vulkanier schon mit Menschen?«

T'Pol kniff andeutungsweise die Augen zusammen und Archer begriff, dass es ihm gelungen war, sie in die Enge zu treiben. Das bereitete ihm eine gewisse Genugtuung.

»Die Beleidigung kam nicht in Ihren Worten zum Ausdruck, sondern in dem Umstand, *dass* Sie gesprochen haben«, erklärte Hoshi. »Das war nicht vorgesehen, und deshalb blieb den Ratsmitgliedern gar nichts anderes übrig, als zu gehen.«

»Wie schaffen es die Fazi, irgendetwas fertig zu bringen?«, fragte Archer und atmete tief durch, um sich zu beruhigen.

»Indem sie Regeln beachten«, sagte Trip. »Und wenn es keine Regeln gibt, müssen sie warten, bis welche geschaffen werden.«

»Genau.« Hoshi nickte. »Eine Gesellschaft der vollständigen Kontrolle, in Struktur und Sprache.«

Archer seufzte und sah zum Hauptschirm. Der Planet wirkte so harmlos und vertraut. Ebenso vertraut wirkten die Fazi. Und die Gesichter der Vulkanier.

»Na schön«, sagte er. »Habe ich wenigstens bei der Begrüßung alles richtig gemacht?«

Hoshi lächelte. »Ja, Captain.«

»Dann gibt es also noch Hoffnung für mich.« Archer trat vor den Kommandosessel, zögerte kurz, nahm Platz und blickte erneut zum Planeten. Vielleicht war ihm diese Sache wichtiger als den Fazi. Vielleicht scherten sie sich nicht um Besucher aus dem All. Vielleicht fehlte es ihnen so an Neugier, wie es den Vulkaniern an Emotionen fehlte. Vielleicht hatten sie ihre Neugier so tief verdrängt, dass sie sie nicht wieder beleben konnten.

Niemand ging auf seine Bemerkung über die Hoffnung ein. Er hatte erwartet, dass T'Pol ihr widersprach. Aber vielleicht befürchtete sie, gegen ein Protokoll zu verstoßen, das sie nicht verstand.

Archer unterdrückte ein Lächeln und spürte, wie sich seine Stimmung verbesserte. Er beugte sich vor. »Na schön. Wie komme ich aus dem Fettnäpfchen heraus, in das ich versehentlich hineingetreten bin?«

»Wenn Sie mir einen Tag Zeit geben, kann ich Ihnen möglicherweise eine Antwort anbieten«, sagte Hoshi. »Mit T'Pols Hilfe.«

Archer sah zu der Vulkanierin.

Ruhig begegnete sie seinem Blick. »Ich habe bereits betont, dass ich weitere Untersuchungen für notwendig halte«, sagte sie.

»Ja, das haben Sie.« Archer ließ einen Teil des Lächelns auf den Lippen erscheinen. »Ein Tag.«

T'Pols Nicken lief fast auf eine Verbeugung hinaus. Der unweit des Lifts stehende Trip lächelte und schien dem Missmut der Vulkanierin mit der gleichen Schadenfreude zu begegnen wie Archer.

»Aber diesmal möchte ich, dass Sie mich ständig auf dem Laufenden halten«, fügte der Captain hinzu. »Ich fürchte, ein weiteres Schweigen wie das im Ratssaal wäre zu viel für mich.«

»Es ist wie bei einer verpatzten Verabredung, nicht wahr?«, fragte Trip.

Von Mayweather kam ein Geräusch, das verdächtig nach einem unterdrückten Lachen klang.

»Keine Ahnung«, erwiderte Archer. »Glaubst du?«

Mayweather beugte sich vor und seine Schultern bebten. T'Pol hörte dem Wortwechsel stumm zu.

Reed achtete nicht darauf. Er sah auf ein Display seiner Station und runzelte die Stirn. »Captain?«

»Ja, Lieutenant?«

»Wenn Sie gestatten ...«, begann Reed. »Ich würde mich gern eingehender mit der Spezies befassen, die auf dem Südkontinent lebt. Mir scheint, dort geht irgendetwas nicht mit rechten Dingen zu.«

Das zweite intelligente Volk auf dem Planeten hatte schon seit einer ganzen Weile niemand mehr erwähnt. Archer wusste nicht einmal, ob Informationen darüber gesammelt worden waren.

Er wandte sich Reed zu.

»Eine Ahnung, Lieutenant?«

»Ich habe das Gefühl, als hätte ich etwas gesehen, das keinen Sinn ergibt«, sagte Reed. »Eine Anomalie. Aber ich weiß nicht genau, was es ist.«

»Auf dem Planeten gibt es tonnenweise anormales Zeug«, warf Trip ein.

Aber so leicht wollte sich Archer nicht über die Ahnungen des Sicherheitschefs hinwegsetzen. Er war auch deshalb froh, Reed an Bord zu haben, weil dieser eine Situation rasch einschätzen und beurteilen konnte. Wenn er noch nicht die richtigen Worte fand, um seine Einschätzung zum Ausdruck zu bringen, so musste er die Untersuchungen eben fortsetzen – bis er der Anomalie einen Namen geben konnte.

Oder bis etwas schief ging.

So wie beim Erstkontakt ... Archer hoffte, dass die Untersuchungen Ergebnisse brachten, *bevor* etwas passierte.

Er richtete einen fragenden Blick auf Reed.

»Ich brauche bessere Bilder, als sie von dieser hohen Umlaufbahn aus möglich sind«, sagte Reed. »Habe ich Ihre Erlaubnis, mit einer Shuttlekapsel loszufliegen, um die nötigen Aufnahmen zu machen?«

»Ich rate dringend von einer Landung ab«, sagte T'Pol. Sie sah Archer an und befürchtete vielleicht, sich zu viel herausgenommen zu haben.

Eine nervöse Vulkanierin. Wie seltsam. Archer hielt es für besser, sie nicht darauf hinzuweisen.

»Einverstanden«, sagte er. »Nur ein tiefer Flug, mehr

nicht. Und ich erwarte auch von Ihnen, dass Sie mich auf dem Laufenden halten. Vielleicht verstehe ich ja noch irgendetwas auf diesem Planeten, bevor wir ihn verlassen.«

»Danke, Sir«, sagte Reed.

Archer nickte geistesabwesend. Er dachte nicht mehr an den südlichen Kontinent, sondern an den Erstkontakt. Wenn er sich noch einen Tag oder eine Woche Zeit nahm, um einen Kontakt mit den Fazi herzustellen, so lohnte sich das bestimmt für die Erde. Außerdem diente es auch der eigenen Genugtuung. Die Dinge einfach so zu lassen, wie sie jetzt waren – das kam nicht in Frage.

CAPTAINS LOGBUCH

Die Fazi haben mich dazu gebracht, über das Thema Protokoll nachzudenken, ein Konzept, das mir nie sehr gefallen hat. Zu Beginn dieser Angelegenheit wies T'Pol darauf hin, dass wir ein Protokoll für den Erstkontakt brauchen, und ein Teil von mir stimmt ihr zu.

Ein derartiges Protokoll hätte mich vielleicht daran gehindert, den Erstkontakt mit den Fazi zu überstürzen. Ich gebe zu, dass mich Ensign Hoshi und Subcommander T'Pol vor jeder Hast warnten, und ich habe nicht auf sie gehört. Hoffentlich lässt sich mein Fehler den Fazi gegenüber korrigieren. Alles deutet darauf hin, dass der Umgang mit dieser Kultur ebenso frustrierend sein kann wie der Umgang mit den Vulkaniern.

Ich weiß nicht, wie sehr uns ein Protokoll geholfen hätte. Die Regeln der Fazi haben sie an einer echten Interaktion mit uns gehindert. Wenn man sich von zu vielen Vorschriften einengen

lässt, bleibt kein Platz mehr fürs Abenteuer. Das kann ich nicht zulassen.

Vielleicht sind Richtlinien die Antwort – Hinweise und Vorschläge, die man nicht unbedingt beachten muss. Ich werde mit T'Pol später darüber sprechen.

Ich habe mich auch gefragt, was geschehen könnte, wenn es uns tatsächlich gelingt, Beziehungen zu den Fazi zu knüpfen. Wie viel sollte ich ihnen dann von dem riesigen Universum jenseits der Grenzen ihres Sonnensystems erzählen? Und welche Technik, wenn überhaupt, darf ich mit ihnen teilen? Ich weiß, welche Ansichten die Vulkanier vertreten, wenn es um dieses Thema geht. Und ich weiß auch, dass ich ihnen den Vorwurf mache, der Erde zu viel vorenthalten zu haben.

Aber derartige Informationen könnten Elemente der Instabilität in die starren Strukturen der Fazi-Gesellschaft bringen und es liegt mir fern, ihrer Kultur zu schaden.

Als wir die Erde verließen, erschien mir ein Erstkontakt ganz einfach. Allmählich wird mir klar, wie kompliziert so etwas sein kann.

11

Auch an diesem Abend verzichtete Cutler auf ihre vulkanische Brühe und aß stattdessen den Gemüsesalat, der eigentlich nur als Beilage vorgesehen war. Der Eintopf roch besser als am vergangenen Abend und der Duft führte sie in Versuchung. Doch dann dachte sie wieder an Mikrobenkolonien und blieb beim Salat.

Die anderen dachten an den fehlgeschlagenen Erstkontakt mit den Fazi. Mayweather hatte die Ereignisse auf dem Planeten mehrmals in allen Einzelheiten beschrieben, aber dann schien er dieser Sache überdrüssig zu werden. Vielleicht fand er alles so entmutigend, dass er nicht mehr darüber reden wollte.

Der Vorschlag, das Spiel fortzusetzen, stammte von ihm. Cutler hatte nicht damit gerechnet, dass sich nach den Geschehnissen dieses Tages noch jemand dafür interessierte. Wer brauchte ein imaginäres Abenteuer, wenn um sie herum ein echtes stattfand? Aber der Captain ließ weitere Untersuchungen durchführen und derzeit war keine zweite Landung auf dem Planeten vorgesehen.

Das Spiel würde sie auf andere Gedanken bringen, hatte Mayweather gesagt.

Es befanden sich noch mehr als zehn Besatzungsmitglieder im Speisesaal, als Cutler das Tuch auf dem Tisch ausbreitete. Nowakowitsch brachte frischen Kaffee für alle, setzte sich und lächelte.

»Rechnen Sie mit einem langen Abend?«, fragte Cutler.

»Ich rechne damit, Teile eines vollautomatischen Translators zu finden, Sir!«, erwiderte er forsch.

Sie wölbte amüsiert die Brauen. »Nun, warten wir's ab.«

Cutler nahm ihre Tasse und stellte sie auf den Nebentisch, um zu vermeiden, Kaffee auf die Bolzen zu schütten. Vielleicht war die von ihr verwendete rote Farbe wasserlöslich; das hatte sie nicht überprüft.

»Erinnern Sie sich daran, wo wir das Spiel unterbrochen haben?«, fragte sie.

Mayweather nickte und hob einen bemalten Bolzen. »Wir könnten uns irgendwie Würfel besorgen.«

»Mit den Bolzen ist soweit alles in Ordnung«, sagte Anderson. »Ich mag ihr Gewicht im Becher, bevor sie auf den Tisch rollen.«

»Ihr Gewicht?«, wiederholte Nowakowitsch. »Warum? Erscheinen Ihnen die einzelnen Entscheidungen dadurch bedeutsamer?«

»Nein«, erwiderte Anderson. »Es erinnert mich nur daran, dass es bei diesem Spiel immer um Grundsätzliches geht.«

»Sie hätten Trip bitten können, Würfel für Sie herzustellen«, sagte Mayweather. »Dazu wäre er bestimmt in der Lage gewesen.«

»Ich bin sicher, Trip Tucker hat wichtigere Dinge zu tun«, entgegnete Cutler. »Vermutlich wäre ich auch selbst imstande gewesen, Würfel herzustellen, aber ihre Seiten gleichmäßig zu glätten und sie auszubalancieren … Das schien mir übertriebene Mühe für dieses Spiel zu sein.«

»Soll das etwa heißen, dass wir hier alles improvisieren?«, fragte Anderson mit einem Funkeln in den Augen.

»Natürlich improvisieren wir«, sagte Cutler. »Andernfalls säßen wir an vernetzten Computern, jeder von uns in seinem Quartier. Und wir hielten uns an klare, vorher bestimmte Regeln.«

»Wieso hat man den Datenbanken des Bordcomputers keine Rollenspiele hinzugefügt?«, fragte Nowakowitsch.

»Weil man den Speicherplatz für wichtige Dinge brauchte und ihn nicht für Unterhaltung vergeuden wollte«, sagte Mayweather.

»An Bord von Raumschiffen wird man Freizeit und Entspannung nie viel Platz einräumen«, prophezeite Anderson. »Andernfalls wäre der Speisesaal größer und bequemer. Dieser hier ist so gestaltet, dass die Besucher schon nach kurzer Zeit wieder gehen.«

»Da haben Sie Recht.« Cutler stellte den Bolzenbecher auf den Tisch. »Wissen Sie, wo Sie sind?«

»Wir stecken in der Klemme«, sagte Nowakowitsch und kratzte sich im Gesicht.

Anderson griff nach seinem Handgelenk. »Das sollten Sie besser lassen.«

Nowakowitsch lächelte schief. »Entschuldigung. Hab's vergessen.«

Anderson schluckte und wirkte ein wenig blass. Nowakowitsch's Transporterunfall schien ihn ziemlich mitzunehmen.

Er ging ihnen allen nahe.

»Im Spiel befinden wir uns im ersten Stock eines Gebäudes«, sagte Anderson und beugte sich vor.

»Dort verstecken wir uns, nachdem wir eine Gruppe Marsianer ins Jenseits geschickt haben«, fügte Mayweather hinzu.

»Aber weitere Marsianer sind unterwegs«, sagte Nowakowitsch.

»Welche Möglichkeiten haben wir?«, fragte Anderson.

Cutler sah auf ihre Notizen. »Sie können die Rampe hinabgehen und ins Erdgeschoss zurückkehren oder über eine andere Rampe in den zweiten Stock gelangen. Im vierten Stockwerk gibt es Himmelsbrücken, die Ihr Gebäude mit drei anderen verbinden.«

»Und bestimmt erwartet uns das eine oder andere Problem«, vermutete Anderson.

»Darum geht es bei diesem Spiel«, meinte Mayweather. »Man löse alle Problem und streiche die Belohnung ein.«

»Ich schlage vor, wir gehen nach oben und versuchen, die Himmelsbrücken zu erreichen«, sagte Nowakowitsch.

Anderson und Mayweather stimmten ihm zu. Cutler blickte erneut auf ihre Notizen. »Es besteht eine geringe Wahrscheinlichkeit dafür, dass Sie im zweiten Stock in einen marsianischen Hinterhalt geraten.«

Sie nahm den Becher und ließ seinen Inhalt auf den Tisch fallen. Zwar dämpfte das Tuch das Klappern der Bolzen, aber es blieb laut genug, um die Aufmerksamkeit einiger anderer Besatzungsmitglieder zu wecken, die in der Nähe ihr Abendessen einnahmen.

»Vier rote«, sagte Cutler. »Der Weg ist frei.«

»Weiter in den dritten Stock«, meinte Mayweather.

Erneut warf Cutler die Bolzen. »Fünf rote«, stellte sie fest. »Im dritten Stock droht ebenfalls keine Gefahr.«

»Noch eine Etage bis zu den Himmelsbrücken«, sagte Anderson.

Cutler warf die Bolzen zum dritten Mal. Ihre Unterlagen wiesen darauf hin, dass mit jedem Stockwerk die Wahrscheinlichkeit eines marsianischen Hinterhalts stieg. Zwei oder weniger für den ersten Stock, drei oder weniger für den zweiten und vier oder weniger für den dritten. Der dritte Wurf erbrachte sieben rote Bolzen.

Die drei Männer sahen Cutler an, als sie lächelte. »Noch immer keine Gefahr.«

»Was sehen wir jetzt?«, fragte Anderson.

Cutler lächelte erneut und rief die entsprechende Datei aufs Display ihres Handcomputers. Sie hatte eine Karte des Zentralbereichs der marsianischen Ruinenstadt angefertigt: Quadrate kennzeichneten die einzelnen Gebäude und die Linien zwischen ihnen waren Himmelsbrücken.

Sie legte den kleinen Computer auf den Tisch, hielt jedoch die Hand über die Schaltflächen, damit niemand die Spielnotizen abrufen konnte.

»Die Teile des vollautomatischen Translators befinden sich im Keller dieses Gebäudes«, sagte sie und deutete auf ein drei Stockwerke hohes Haus in der Kartenmitte. Dann deutete sie auf ein Gebäude am Rand der Stadt. »Sie sind hier, im vierten Stock.«

»Meine Güte, Sie haben wirklich eine Menge Arbeit in diese Sache investiert«, sagte Mayweather.

»Das musste ich, um Ihnen ein Stück voraus zu bleiben«, erwiderte Cutler.

Nowakowitsch lachte. »Und um die Regeln zu bestimmen, bevor wir nach ihnen fragen, nicht wahr?«

»Ja«, bestätigte Cutler. »Jemand musste festlegen, was geschieht, und diese Aufgabe kommt mir zu – immerhin habe ich diese Welt geschaffen.«

»Wünschen Sie sich nicht, dass es im wirklichen Leben manchmal ebenso einfach wäre?«, fragte Anderson.

»Manchmal ist es das«, entgegnete Cutler.

»Das bezweifle ich.« In Mayweathers Gesicht deutete jetzt nichts mehr auf Heiterkeit hin. »Captain Archer bestimmt seine Regeln selbst und er hat den heutigen Tag wohl kaum als leicht empfunden.«

»Ich habe nicht behauptet, dass es *immer* leicht ist«, sagte Cutler. Sie beneidete den Captain nicht um seinen Job und war froh, nur ein Ensign zu sein und an ihren wissenschaftlichen Projekten arbeiten zu können. »Ich kann mir nicht vorstellen, dass sein Job jemals einfach ist.«

»Warum?«, fragte Anderson.

»Weil wir das erste Raumschiff der Erde hier draußen sind«, sagte Cutler. »Ich glaube, er ist gezwungen, die

Regeln selbst zu bestimmen. Und vermutlich geht es ihm dabei ähnlich wie mir bei diesem Spiel. Ich hatte eine allgemeine Vorstellung davon, wie es funktionieren sollte, und seitdem fügen wir der Grundidee immer neue Einzelheiten hinzu.«

»Klingt genau richtig«, meinte Mayweather.

Nowakowitsch schüttelte den Kopf. »Wenigstens stößt Captain Archer nicht auf Marsianer mit spitzen Zähnen und scharfen Messern.«

»Ich schätze, nachdem er vor dem Hohen Rat der Fazi gestanden hat, würde sich der Captain über einen angriffslustigen grünen Marsianer freuen«, sagte Mayweather.

»Vielleicht kann man mit spitzen Messern und scharfen Zähnen eher fertig werden als mit den Regeln anderer Leute«, ließ sich Nowakowitsch vernehmen.

Anderson sah Cutler an. »Da bin ich nicht so sicher. Ich habe das Gefühl, dass wir dieses Gespräch noch bereuen werden.«

Cutler lächelte nur. »Setzen wir das Spiel fort?«, fragte sie.

12

Archer stand neben dem Sicherheitschef Lieutenant Reed an der wissenschaftlichen Station und blickte auf den Bildschirm. T'Pol saß vor ihnen und bearbeitete die Bilder, die sie bereits gesehen hatte.

Die anderen Brückenoffiziere arbeiteten an ihren Konsolen. Hoshi trug ein Kom-Modul am Ohr und erweckte den Eindruck, aufmerksam zu lauschen. Trip hatte ihr zweimal etwas zu essen gebracht und ihr geraten, eine Ruhepause einzulegen, aber das lehnte sie ab. In der Zeit, die Archer ihnen allen gegeben hatte, wollte sie möglichst viele Antworten finden.

Archer spürte, dass seine Crew die Vierundzwanzig-Stunden-Frist für zu knapp hielt. Aber wie er bereits zu T'Pol gesagt hatte: Er beabsichtigte nicht, für immer im Orbit dieses Planeten zu bleiben. Es gab andere Welten zu entdecken, andere Wunder zu bestaunen. Er wollte nur einen richtigen Erstkontakt herstellen und den Flug dann fortsetzen.

War das vielleicht zu viel verlangt?

Er konzentrierte sich auf die Bilder, die der Schirm zeigte. Reed war mit einer Shuttlekapsel über den südlichen Kontinent geflogen, hatte die dabei aufgenommenen Bilder bereits analysiert und sie T'Pol gezeigt. Jetzt teilten sie ihre Informationen mit dem Captain.

Archers Hinweis darauf, dass er auf dem Laufenden gehalten werden wollte, hatte nicht bedeutet, dass es genügte, wenn er als Letzter von Neuigkeiten erfuhr. Er beschloss, diesen Punkt bei passender Gelegenheit zur Sprache zu bringen.

Er sah nun, was Reed sonderbar erschienen war. Selbst aus der Ferne betrachtet schien irgendetwas verkehrt an diesen Bauwerken zu sein; sie wirkten wie ein für Touristen errichtetes primitives Dorf. Aber wie zuvor Reed hatte Archer zunächst nicht bestimmen können, was ihm seltsam erschien – bis er diese Bilder sah, die Einzelheiten zeigten.

»Die Konstruktion dieser Gebäude ist weitaus komplexer, als wir bisher annahmen«, sagte Reed. »Sie geht weit über ein primitives Niveau hinaus.«

Er deutete auf drei verschiedene Bereiche des südlichen Kontinents. Archer betätigte einige Tasten und vergrößerte eins der Bilder. Das dargestellte Gebäude wirkte einfach genug: eine Hütte mit einer einzelnen Tür. Aber im Gegensatz zu den meisten primitiven Bauwerken ließ sich hier nicht feststellen, wie die »Hütte« gebaut worden war. Nichts deutete auf die Art der Konstruktion oder irgendwelche Abnutzungserscheinungen hin.

Einfach und komplex. Archer schauderte, ohne zu wissen warum.

»Wie weit über dem primitiven Niveau?«, fragte er. Architektur war nicht seine starke Seite.

»Ziemlich weit, glaube ich.« Reed sah T'Pol an und schien eine Bestätigung von ihr zu erwarten.

»Entwurf und Bauart deuten auf ein hoch entwickeltes Volk hin, nicht auf eine primitive Spezies«, sagte die Vulkanierin.

»Haben Sie während Ihres Flugs Signale empfangen?«, fragte Archer. »Hat man versucht, sich mit Ihnen in Verbindung zu setzen?«

»Es gab keine Hinweise darauf, dass irgendjemand Interesse an der Shuttlekapsel zeigte.« Reed verschränkte die Arme und runzelte die Stirn. »Auf dem südlichen

Kontinent habe ich nirgends energetische Signaturen festgestellt. Aber als ich die Justierung der Sensoren veränderte, um nach unterirdischen Energiequellen Ausschau zu halten, fand ich das hier.«

Er rief ein anderes Bild auf den Schirm. Es zeigte keine Energiequellen auf dem Land – oder darunter –, aber viele im Meer. In einem schmalen Streifen entlang der Küstenlinie waren sie so zahlreich, dass sie wie die Lichter einer Stadt in der Nacht wirkten.

Archer betrachtete das Bild, das ihm auf eine besondere Art und Weise schön erschien. Er streckte die Hand aus, um den Schirm zu berühren und herauszufinden, ob das Bild dann verschwand. Natürlich verschwand es nicht.

»Sind Sie ganz sicher?«, fragte er. »Dies kann nicht das Ergebnis einer Fehlfunktion sein?«

»Nein«, erwiderte Reed. »Ich habe die Systeme mehrmals überprüft. Als ich nach unterirdischen Energiesignaturen scannte, wie wir sie kennen ...«

»Auf der Erde«, sagte T'Pol wie zu sich selbst.

»... bekam ich dieses Resultat. Sehen Sie sich das nächste Bild an, es ist noch interessanter.«

Der ganze südliche Kontinent erschien auf dem Schirm. »Dieses Bild wurde aus einer niedrigen Umlaufbahn aufgenommen«, erklärte Reed.

Die Landmasse schien von einem Halo umgeben zu sein. »Erstaunlich«, sagte Archer. »Was halten Sie davon?«

»Wenn die Ergebnisse der Sondierungen korrekt sind – und wir haben keinen Grund, daran zu zweifeln –, so müssen wir davon ausgehen, dass die Spezies des Südkontinents hauptsächlich im Wasser lebt und eine Zivilisation geschaffen hat, die ebenso hoch entwickelt ist wie die der Fazi«, sagte T'Pol.

»Soweit ich das feststellen konnte, scheinen die Fremden nicht am Bau von Fortbewegungsmitteln interessiert zu sein«, fuhr Reed fort. »Nirgends habe ich Fahrzeuge irgendeiner Art gesehen. Offenbar sind die Straßen allein für Fußgänger bestimmt.«

»Sie sprechen von den Bereichen auf dem Land«, schränkte T'Pol ein.

»Auch die maritimen Energiesignaturen bewegen sich nicht.«

Die Vulkanierin nickte.

Archer betrachtete das Bild auf dem Schirm mit den vielen energetischen Signaturen an der Küstenlinie. Er fand diese Sache noch faszinierender als die Kultur der Fazi.

Die Fazi, so musste sich Archer eingestehen, nervten ihn ziemlich. Er hielt nichts von ihrer fanatischen Besessenheit in Hinsicht auf Struktur und Organisation. Dünne Falten bildeten sich in seiner Stirn, als ihm dieser Gedanke durch den Kopf ging. Erst jetzt, nach der Entdeckung eines Rätsels auf dem Südkontinent, war er bereit, über seinen Verdruss nachzudenken, der mit den Fazi in Verbindung stand.

Hatten auch die Vulkanier ein solches Unbehagen empfunden, als sie zur Erde gekommen waren? Von gewissen menschlichen Eigenschaften hielten sie ebenso wenig wie Archer von den starren Regeln der Fazi. Gehörte auch dies zu einem Erstkontakt? Musste man lernen, die eigenen Vorlieben und Abneigungen beiseite zu schieben, um eine Kultur so zu sehen, wie sie war, und nicht so, wie man sie sich wünschte?

»Captain?«, fragte Reed.

Archer war so tief in Gedanken versunken gewesen, dass er die letzten Worte des Sicherheitschefs überhört hatte. »Hmm?«

»Ich habe gefragt, ob es irgendeinen Unterschied macht, wenn diese Kultur höher entwickelt ist, als wir bisher angenommen haben.«

Gute Frage. Archer wusste keine Antwort darauf. Als

wenn er nicht schon genug Probleme damit hätte herauszufinden, wie man mit den Fazi kommunizierte. Jetzt bekam er es auch noch mit einer zweiten hoch entwickelten Spezies zu tun.

»Ja, es macht einen Unterschied«, erwiderte er. »Aber ich weiß nicht genau welchen.«

Im Wasser lebende Intelligenzen. Wie schwer mochte die Kommunikation mit ihnen sein? Archer sah zu Hoshi, die noch immer ganz darauf konzentriert war, die Sprache der Fazi zu entschlüsseln.

Er seufzte und entschied, sie zunächst nicht bei ihrer Arbeit zu stören.

»Was schlagen Sie vor?«, wandte sich Archer an Reed und T'Pol.

»Versuchen Sie nicht, einen Kontakt herzustellen«, sagte die Vulkanierin.

»Dem schließe ich mich an«, meinte Reed. »Zuerst sollten wir weitere Untersuchungen anstellen, um mehr herauszufinden.«

Archer nickte und sah noch einmal zu Hoshi. Bisher hatte sie durchs nichts zu erkennen gegeben, etwas von der Arbeit an der wissenschaftlichen Station bemerkt zu haben. Vielleicht war sie sich ihrer Umgebung überhaupt nicht mehr bewusst.

»Ich wüsste nicht einmal, auf welche Weise ein Kontaktversuch erfolgen sollte«, sagte Archer zu Reed. »Was ist mit Ihnen?«

»Ich habe nicht die geringste Ahnung, Sir«, erwiderte Reed.

T'Pol schwieg. Hatte sie eine Idee, vielleicht deshalb, weil Vulkanier bereits mit maritimen Zivilisationen in Kontakt getreten waren? Archer verzichtete darauf, eine entsprechende Frage an sie zu richten. Vielleicht gab T'Pol ihre Informationen preis, wenn sie den richtigen Zeitpunkt für gekommen hielt.

»Nun, nutzen Sie alle Möglichkeiten, um weitere Informationen zu sammeln – abgesehen von dem Versuch, mit den Fremden zu reden. Und seien Sie vorsichtig.«

»Ja, Sir«, sagte Reed.

T'Pol musterte Archer und wölbte eine Braue. Der Captain verstand ihre Verwunderung. Er hatte nicht nur sie überrascht, sondern auch sich selbst. Vorsichtig sein ... Woher kam das?

Woher kam dies alles? Ruhig bleiben, sich Zeit lassen, alle Möglichkeiten sorgfältig prüfen – mit so etwas hatte sich Archer nie anfreunden können. Aber er sollte es besser jetzt lernen; darauf wies die bisherige Erforschung dieses Planeten deutlich hin.

Was aber nicht bedeutete, dass er Gefallen daran finden musste.

13

Erneut wurde das Spiel zu ihrer Welt. Ruinen, grüne Marsianer und Cutlers Lieblingsgeschöpfe, große marsianische Flugechsen – das alles wartete darauf, den Spielern Hindernisse in den Weg zu legen, die ganze Gruppe herauszufordern.

Eine Stunde lang hatten Anderson, Mayweather und Nowakowitsch die Karte der marsianischen Ruinenstadt konsultiert und darüber gesprochen, wie sie vorgehen sollten. Immer wieder stellten sie Fragen, denen Cutler jedoch auswich. Nach und nach standen sie alle einmal auf, um nachdenklich umherzuwandern, die Hände auf den Rücken gelegt – wie einer der Generäle, von denen Cutler in der Schule gehört hatte. Anschließend nahmen sie wieder Platz, um die Diskussion fortzusetzen.

Außer ihnen hielt sich jetzt niemand mehr im Speisesaal auf – alle anderen waren gegangen. Mehrmals erwog Cutler die Möglichkeit, eine Fortsetzung des Spiels mit dem Hinweis zu erzwingen, dass Mayweathers Unk den höchsten Charismawert hatte und somit der Anführer war. Aber sie verzichtete darauf, weil sie die Gespräche der Männer ebenso faszinierend fand wie das Spiel.

Aber wenn sie sich noch mehr Zeit ließen, würde sie einige Marsianer in das Gebäude vorstoßen lassen, in dem sie sich befanden – dann mussten sie eine Entscheidung treffen.

»Wir sollten die rechte Himmelsbrücke nehmen.« Mit

dem Zeigefinger beschrieb Anderson die beste Route zum Zielgebäude in der Stadtmitte. »Dann brauchen wir nur fünf Brücken zu überqueren.«

»Das ist mir gar nicht aufgefallen«, sagte Nowakowitsch. »Und ich habe mir die Karte ganz genau angesehen.«

Das stimmte, fand Cutler. Es war erstaunlich, was man trotz einer genauen Prüfung alles übersehen konnte.

»Na schön«, sagte Mayweather. Er nahm die Waffen- und Ausrüstungsliste, die Cutler vorbereitet hatte. »Wir haben Seile. Damit sichern wir uns gegenseitig, für den Fall, dass Teile der Brücke instabil sind.«

Cutler verbarg ihre Überraschung. Mayweather war ihr erneut voraus. Es gab tatsächlich instabile Himmelsbrücken in der Stadt, aber diese gehörten nicht dazu.

Mayweather sah sie an und lächelte, während sie versuchte, einen möglichst neutralen Gesichtsausdruck zu wahren. Es gelang ihr immer besser, ihre Mimik zu kontrollieren. Zum Glück. Sie glaubte, dass der erste Teil des Spiels zu einfach gewesen war, auch deshalb, weil Mayweather und die anderen ihr zu viel angesehen hatten.

»Na schön, wir haben uns mit dem Seil gesichert«, sagte Nowakowitsch. »Ich glaube, Unk sollte als erster gehen, weil er der Schwächste ist. Wenn etwas passiert, können Rust und Dr. Mean ihn hochziehen.«

»In Ordnung«, sagte Mayweather. »Unk geht über die Brücke.«

Cutler griff nach dem Becher und reichte ihn dem Piloten. »Mal sehen, ob Unk die andere Seite erreicht.«

Mayweather ließ die Bolzen aufs Tuch fallen und bekam vier rote.

»Er hat es geschafft«, stellte Cutler fest. Sie wies nicht darauf hin, dass mindestens drei rote Bolzen nötig gewesen waren, um die erste Brücke zu überqueren. Diese Zahl würde bei weiteren Brücken steigen.

Andersons Dr. Mean folgte Unk und kam mit sechs roten Bolzen ebenfalls zum anderen Ende der Brücke. Nowakowitsch's Rust schaffte es mit drei.

»Wohin jetzt?«, fragte Cutler. »Zwei Himmelsbrücken stehen zur Auswahl. Sie könnten auch in dem Gebäude nach oben oder unten gehen.«

»Da wir noch immer aneinander gebunden sind, sollten wir eine weitere Himmelsbrücke überqueren, um dem Stadtzentrum näher zu kommen«, schlug Anderson vor.

Die beiden anderen Spieler pflichteten ihm bei, und der Vorgang wiederholte sich. Diesmal waren mindestens vier rote Bolzen nötig, um auf die andere Seite zu gelangen, und bei jedem Spieler ergab sich diese Mindestanzahl.

»Jeweils zwei Etagen trennen Sie von den Himmelsbrücken dieses Gebäudes.« Cutler deutete auf die Karten. »Die in Richtung Stadtmitte führende Brücke befindet sich zwei Stockwerke über und die andere zwei Stockwerke unter Ihnen.«

»Na oben«, sagte Nowakowitsch.

»Ist das klug?«, fragte Mayweather. »Wir könnten im oberen Teil eines hohen Gebäudes festsitzen.«

»Gibt es Anzeichen dafür, dass sich Marsianer in diesem Gebäude aufhalten?«, fragte Anderson.

Cutler schüttelte den Kopf. »Innerhalb einer Entfernung von zwei Stockwerken gibt es keinen marsianischen Hinterhalt. Allerdings sind die meisten Fenster zerbrochen und offenbar leben hier große Vögel. Die meisten Leute nennen sie ›Flugechsen‹, wegen ihrer langen scharfen Krallen und der Schuppen an ihren Schwänzen.«

Nur mit Mühe hielt sie ihre Freude unter Kontrolle. An den Flugechsen hatte sie hart gearbeitet und jetzt kamen sie endlich ins Spiel.

»Wie groß sind sie?«, fragte Mayweather.

»Groß genug, um einen Marsianer für einen kleinen mitternächtlichen Imbiss zu halten«, sagte Cutler. »Hässliche grüne Marsianer gehören zu ihren Lieblingsspeisen.«

»Ich bin trotzdem dafür, nach oben zu gehen«, meinte Nowakowitsch.

»Mann, Sie sind wirklich ein Masochist«, sagte Mayweather, widersprach Nowakowitsch's Entscheidung aber nicht.

»Na schön, wir haben das Seil gelöst und gehen nach oben«, meinte Anderson.

Cutler schüttelte den Becher und ließ die Bolzen aufs Tuch fallen. Sechs rote. »Sie haben es problemlos zur nächsten Himmelsbrücke geschafft.«

»In Ordnung, wir sichern uns wieder mit dem Seil ab«, sagte Anderson.

»Auf dieser Brücke haben sich Unrathaufen angesammelt«, teilte Cutler den Spielern mit. »Der marsianische Wind ist ziemlich stark und in der Ferne sehen Sie einige Flugechsen, die im Aufwind kreisen.«

»Können wir eine Pause einlegen und die Aussicht genießen?«, fragte Anderson. »Es klingt ganz nach einem interessanten Panorama.«

»Sie haben einen echten Todeswunsch«, kommentierte Nowakowitsch.

Mayweather achtete nicht auf seine beiden Mitspieler. »Lässt sich von unserem Standort aus feststellen, ob die Flugechsen diese Brücke als Ruheplatz benutzen?«

Gute Frage. Wenn es jemals wieder Probleme während eines Außeneinsatzes geben sollte, so wünschte sich Cutler, dass Mayweather zur Einsatzgruppe gehörte. Er erwies sich immer mehr als ein erstaunlich klarer Denker.

»Ja«, sagte Cutler. »Sie benutzen diese Brücke als Ruheplatz.«

Nowakowitsch schauderte. Er wollte sich erneut im Gesicht kratzen, beherrschte sich im letzten Augenblick und ließ die Hand sinken.

»Befinden sich jetzt Flugechsen auf der Himmelsbrücke?«, fragte Anderson.

»Nein.«

»Wie wär's, wenn wir das Spiel an dieser Stelle unterbrechen?«, fragte Nowakowitsch. »Ich habe den Eindruck, dass diese Brücke nicht so einfach zu bewältigen ist wie die anderen beiden, und inzwischen bin ich ziemlich müde.«

Cutler sah sich im Speisesaal um. Wieder waren sie als Einzige von ihrer Schicht übrig und in der anderen Hälfte des Raums hatte man das Licht gedämpft.

Wann war das geschehen? Während des Spiels verlor sie das Zeitgefühl, so wie damals als Kind am Computer. Eigentlich zog sie es vor, auf diese Weise zu spielen. So wirkte alles weniger ersonnen und unecht. Mit der Kraft ihrer Phantasie schienen die drei Spieler und sie eine ganz neue Welt erschaffen zu haben.

»Gute Idee«, sagte Mayweather. »Ich habe Brückendienst, wenn Captain Archer noch einmal versucht, mit den Fazi Kontakt aufzunehmen. Das möchte ich nicht versäumen.«

Cutler lächelte. »Halten Sie die Fazi für interessanter als marsianische Flugechsen?«

In Mayweathers Augen funkelte es. »Wie soll ich darauf eine Antwort geben? Wenn ich ja sage, beleidige ich Sie und das Spiel.«

»Eine *echte* marsianische Flugechse zu sehen ... Ich schätze, das wäre interessanter als eine Begegnung mit den Fazi.« Anderson schmunzelte.

»Sie haben den Fazi nicht gegenübergestanden«, erwiderte Mayweather.

»Noch nicht.« Anderson sammelte die Bolzen ein. »Aber ich hoffe, dass ich einmal Gelegenheit dazu bekomme.«

»Hoffen Sie auch, eine marsianische Flugechse zu sehen?«, fragte Nowakowitsch.

»Nur im Spiel«, sagte Anderson. »Nur im Spiel.«

14

CAPTAINS LOGBUCH

Wir haben festgestellt, dass es zwei hoch entwickelte Zivilisationen auf dem Planeten gibt. Die humanoiden Fazi ähneln uns so sehr, dass es uns nicht weiter schwer fiel herauszufinden, welche Stufe der Entwicklung sie erreicht hatten. Ohne Lieutenant Reed hätten wir die zweite Spezies fast übersehen.

Einen Namen für sie haben wir noch nicht. Die Geschöpfe ähneln Krabben beziehungsweise Spinnen und sie leben vorwiegend im Wasser, wodurch sich weitere Probleme ergeben.

Ich dachte, die Fazi wären schwer zu verstehen. Eine maritime Kultur bereitet mir zusätzliche Sorgen, denn mit ihr haben wir vielleicht weniger gemeinsam als mit den Fazi.

Ich frage mich, wie sich diese beiden intelligenten Spezies entwickelt haben. Meine Wissenschaftler weisen darauf hin, dass eine unabhängige Entwicklung von zwei so unterschiedlichen Völkern sehr ungewöhnlich ist. Die Existenz von unterschiedlichen Spezies auf einem Planeten – auch von intelligenten – ist keineswegs unüblich, aber normalerweise gibt es keine derart unterschiedlichen Entwicklungsniveaus.

Für gewöhnlich kommt es zwischen den verschiedenen intelligenten Spezies zu Kontakten, die zu einer gleichförmigen Entwicklung führen. Oder ein Krieg führt zur Auslöschung einer der beiden.

T'Pol hat diese Hinweise der Wissenschaftler bestätigt und mich überrascht, indem sie von sich aus Informationen hinzufügte. Während dieser Mission hat sie bisher eine abwartende Haltung eingenommen und sich darauf beschränkt, zur Vorsicht zu mahnen. Leider habe ich diesen Rat nicht beherzigt.

T'Pol teilte mir mit, dass sie nur zwei andere Planeten kennt, auf denen sich zwei so unterschiedliche Spezies entwickelten. In beiden Fällen zerstörte eine Kultur die andere, bevor sie zur Raumfahrt fähig war. Das verstehe ich, wenn ich an die Geschichte der Erde denke. Aber die Fazi sind alles andere als kriegerisch und die beiden Völker haben keine gemeinsame Grenze.

Eigentlich sollte jede Spezies von der Existenz der anderen wissen, aber selbst in dieser Hinsicht kann ich nicht sicher sein. Das Bedürfnis nach Struktur hat die Fazi vielleicht vom Meer fern gehalten und sie daran gehindert, die anderen Intelligenzen zu entdecken. Allerdings erscheint mir das eher unwahrscheinlich. Warum nicht die eigene Welt erforschen, bevor man ins All vorstößt?

Nun, auch in diesem Fall gründen sich meine Annahmen auf eigene Erfahrungen. Aber wie sonst soll man seine Umgebung verstehen? Und welchen Sinn haben Erfahrungen, wenn man sie nicht heranzieht, um Entscheidungen zu treffen?

Unter normalen Umständen bin ich nicht so nachdenklich und kontemplativ. Viel lieber handle ich zuerst, um mich später den Konsequenzen zu stellen. Wenn man über Wochen oder gar Monate hinweg jede Menge Untersuchungen anstel-

len muss, um es dann zaghaft mit einem Dialog zu versuchen ... Nun, in dem Fall bin ich vielleicht der falsche Mann für den Job.

In einer Stunde versuchen wir noch einmal, einen Kontakt mit den Fazi herzustellen. Wenn sie bereit sind, mir zuzuhören, werde ich mich für den Verstoß gegen ihr Protokoll entschuldigen. Wenn sich Gelegenheit ergibt, möchte ich sie nach der Spezies auf dem Südkontinent fragen. Vielleicht können wir dann das Rätsel dieser Welt lösen.

Archer schritt schneller als sonst über die Brücke. Wenn das Gespräch mit den Fazi begann, durfte er sich nicht mehr bewegen. Er versuchte, seine Nervosität jetzt loszuwerden, damit sie ihn später nicht in Versuchung führte.

Die Brückenoffiziere bemühten sich, ihm keine Beachtung zu schenken. Bis auf T'Pol, auf deren Stirn sich dünne Falten zeigten – sie schien zu befürchten, dass er den Verstand verloren hatte. Vielleicht war das tatsächlich der Fall. Ständig dachte er daran, was er beim Kontakt mit den Fazi sagen sollte, und er fühlte eine ähnliche Unsicherheit wie damals, als er sich in das erste Mädchen verguckt und schließlich genug Mut aufgebracht hatte, um es anzusprechen. Damals hatte er hilflos gestottert und die Vorstellung, dass es ihm jetzt genauso ergehen könnte, erfüllte ihn mit Entsetzen.

Dies war keine Verabredung, verdammt! (Und zum Teufel mit Trip, der ihm diese Assoziation eingegeben hatte!) Es ging um einen Erstkontakt – nun, eigentlich um einen zweiten –, und diesmal wollte er alles richtig machen.

Trip nahm seinen üblichen Platz unweit des Lifts ein und beobachtete Archer. Offenbar amüsierte ihn die ganze Aufregung.

Hoshi bereitete den Translator vor. Reed überwachte alle Kommunikationskanäle und hielt nach eventuellen Sicherheitsproblemen Ausschau. Mayweather kontrollierte die Umlaufbahn und sah immer wieder zum dunklen Hauptschirm. Irgendetwas schien ihn zu beunruhigen, doch als Archer danach fragte, murmelte der Pilot etwas von marsianischen Flugechsen.

»Dreißig Sekunden, Captain«, sagte Reed. Als ob Archer das nicht gewusst hätte.

»Entspannen Sie sich, Sir«, riet Hoshi, obgleich sie selbst alles andere als gelassen wirkte. »Der Translator ist programmiert. Ganz gleich, was Sie sagen, es wird in die korrekte grammatikalische Form der Fazi-Sprache übersetzt.«

»Gut.« Archer blieb stehen und wandte sich dem Hauptschirm zu. Er schüttelte die Anspannung aus den Armen, straffte dann die Schultern. *Beweg dich nicht*, erinnerte er sich.

»Denken Sie daran, erst zu sprechen, wenn man es von Ihnen erwartet«, mahnte Hoshi.

»Das fällt ihm bestimmt nicht leicht«, meinte Trip.

Archer drehte den Kopf und warf ihm einen bösen Blick zu, was den Chefingenieur leise auflachen ließ.

»Noch drei Sekunden«, sagte Reed.

Archer sah wieder zum Schirm, auf dem nun Ratsmitglied Draa erschien. Der Fazi stand vor einem schwarzen Tuch, das die Konturen seines Kopfes betonte und das weiße Haar leuchten ließ.

Hoshi hatte den Captain darauf hingewiesen, dass er als Erster sprechen sollte, denn immerhin hatte er um eine zweite Audienz gebeten. Es war ihr nicht leicht gefallen, eine passende Prozedur zu finden, denn normalerweise fand immer nur eine Audienz statt. Nur sehr selten ersuchte jemand um eine zweite.

»Ratsmitglied Draa«, begann Archer, »ich danke Ihnen, dass Sie mir Gelegenheit geben, noch einmal mit

Ihnen zu sprechen. Ich entschuldige mich für meinen Verstoß gegen Ihre Etikette. Ich kenne Ihre Kultur nicht und bitte um Verzeihung.«

»Es ist der Rat, der sich bei Ihnen entschuldigen möchte«, sagte Ratsmitglied Draa.

Archer spürte Bewegung hinter sich. Draas Entschuldigung überraschte auch die Brückencrew. Weder T'Pol noch Hoshi hatten damit gerechnet.

Doch Archer ließ sich von der Reaktion seiner Offiziere nicht ablenken und blieb auf den Bildschirm konzentriert.

»Wir hätten nicht unsere Maßstäbe anlegen dürfen, bei jemandem, der uns und unserer Kultur fremd ist«, fügte Draa hinzu.

Archer fragte sich, ob diese Worte auf eine Beleidigung hinausliefen oder nicht. Alle Kulturen glaubten, den anderen überlegen zu sein, selbst jenen, die einen höheren Entwicklungsstand erreicht hatten. Die Menschen wussten um die bessere Technik der Vulkanier, aber sie waren auch davon überzeugt, dass es diesen an der Fähigkeit mangelte, gute persönliche Beziehungen zu knüpfen.

Draa schwieg. Archer wartete einige Sekunden lang, um sicher zu sein, dass der Fazi nichts mehr sagen wollte. »Das Volk des Planeten Erde hofft auf einen für beide Seiten nützlichen Dialog«, erwiderte er dann.

»Ihre Ankunft hat große Unruhe bei uns geschaffen«, sagte Draa. »Wir mussten unseren Glauben aufgeben, im Universum allein zu sein.«

»Vor nicht allzu langer Zeit musste sich auch mein Volk von diesem Glauben trennen, als es Besuch aus dem All erhielt«, entgegnete Archer.

»Das ist eine willkommene Information«, sagte der Fazi. »Darf ich fragen, wie viele Völker es dort draußen im Weltraum gibt?«

»Leider kann ich Ihnen keine präzise Antwort geben«, sagte Archer. »Ich nehme an, niemand – ganz gleich, welchem Volk er angehört – weiß die genaue Antwort. Wir sind vielen fremden Völkern begegnet, obgleich wir uns noch nicht sehr weit von unserem Heimatplaneten entfernt haben.«

»Dann haben also jene von uns Recht, die glauben, das Universum sei voller Leben?«

Dies deutete darauf hin, dass es Diskussionen und Debatten in der Fazi-Kultur gab. Archer war nicht sicher gewesen und Hoshi hatte ihm keine zuverlässigen Informationen liefern können.

»Ja«, bestätigte Archer. »Wir haben die Angehörige eines anderen Volkes, der so genannten Vulkanier, an Bord.«

Er bedeutete T'Pol vorzutreten. Sie kam der Aufforderung nach, mit knappen, geschmeidigen Bewegungen. Oberhalb der Taille blieb alles an ihr reglos, denn wie sie Archer vor Beginn des Gesprächs mit Draa mitgeteilt hatte: In manchen Kulturen spielten Gesten für die Kommunikation eine noch größere Rolle als Worte.

»Ich grüße Sie«, sagte Draa. Archer war nicht ganz sicher, aber er hatte den Eindruck gewonnen, eine kräuselnde Bewegung bei den Koteletten des Fazi gesehen zu haben.

T'Pol verharrte einen Schritt hinter Archer und deutete aus den Hüften heraus eine Verbeugung an. »Ich grüße Sie im Namen des vulkanischen Volkes, Ratsmitglied.« Im Anschluss an diese Worte trat sie zurück, ohne sich abzuwenden.

Ausgezeichnet, dachte Archer. Vermutlich hätte er sich bei der ersten Begegnung auf diese Weise verhalten sollen.

Die Kürze von T'Pols Gruß verärgerte Draa keineswegs. »Ihr Raumschiff muss wundervoll sein, wenn sich die Repräsentanten von zwei Völkern zur gleichen Zeit an Bord befinden.«

»Es ist tatsächlich wundervoll«, bestätigte Archer. »Aber uns überrascht ebenso der Umstand, dass Ihre Welt zwei Völker beherbergt.«

»Zwei Völker?«, wiederholte der Fazi. »Ich verstehe nicht.«

Archer sah kurz zu der sehr blassen Hoshi. T'Pol stand völlig reglos da und bot ihm keine Hilfe an. Er holte tief Luft. »Ich meine die intelligente Spezies auf Ihrem Südkontinent. Sie ist ebenfalls recht hoch entwickelt.«

Draa starrte Archer so an, als hätte er auf ihn geschossen. Der Captain wagte es nicht, seinen Worten noch etwas hinzuzufügen. Er wartete stumm, als der Fazi ganz offensichtlich um seine Fassung rang, schließlich den Arm ausstreckte, einen Schalter betätigte und die Kom-Verbindung unterbrach.

Das Bild des Ratsmitglieds verschwand vom Schirm und wich der Darstellung des Fazi-Planeten.

»Ich schätze, du bist schon wieder in ein Fettnäpfchen getreten«, sagte Trip.

Archer blickte noch einige Sekunden lang zum Hauptschirm und drehte sich dann um. »Was ist passiert.«

»Sie haben Draa erneut beleidigt«, stellte T'Pol fest.

»Mit der Kopfbewegung?«, fragte Archer. Sein Körper schmerzte vom Stillstehen. Er hatte den Kopf gedreht, bevor er sich dessen bewusst wurde.

Die immer noch blasse Hoshi zuckte mit den Schultern. »Ich kann mir kaum vorstellen, dass eine so geringfügige Bewegung den Fazi derart aus der Fassung brachte.«

»Ausgeschlossen ist es nicht«, sagte T'Pol. »Aber er schien bereits beunruhigt zu sein, noch bevor Sie sich bewegten.«

»Ich dachte, es liefe alles gut«, warf Trip ein. »Bis du die andere Spezies erwähnt hast. Der Bursche reagierte wie eine Ehefrau, der man von der Geliebten ihres Mannes erzählt.«

»Na schön«, brummte Archer. »Bevor ich diesen Erstkontakt zum dritten Mal verpatze, möchte ich so viel wie möglich über die beiden Völker auf dem Planeten unter uns wissen.«

»Genau das habe ich von Anfang an vorgeschlagen«, ließ sich T'Pol ruhig vernehmen.

»Ich weiß, ich weiß«, erwiderte Archer gereizt. »Setzen Sie die Untersuchungen fort. Und beeilen Sie sich dabei. Ich möchte nicht eine Minute länger als unbedingt nötig hier bleiben. Verstanden?«

Stille herrschte auf der Brücke, als alle nickten.

15

Mayweather steuerte die Shuttlekapsel durch die Atmosphäre und näherte sich einem der Dörfer auf dem Südkontinent. Hinter ihm saßen Ensign Elizabeth Cutler und Besatzungsmitglied Jamal Edwards. Während des Flugs blieb Cutler ungewöhnlich still. Mayweather hatte sich daran gewöhnt, dass sie eine Mission leitete, ohne direkt an ihr teilzunehmen, wie beim Rollenspiel.

Es fühlte sich seltsam an, nicht auch Anderson und Nowakowitsch dabei zu haben und zu hören, wie sie nach Einzelheiten fragten, um über die nächste Aktion zu entscheiden. Sie waren bei dem Rollenspiel zu einem Team geworden und diese Kameradschaft wirkte sich auch in der Realität aus.

Das wahre Leben, die *wirkliche* Realität: der Flug zu einem Dorf, erbaut von fremden Wesen. Mayweather lächelte. Er war im Weltraum aufgewachsen, doch so etwas hatte er sich nie vorgestellt. Wie oft übertraf das wahre Leben die eigenen Phantasievorstellungen? Bestimmt nicht sehr oft.

Mayweather lenkte die Shuttlekapsel tief über das Dorf hinweg, um sich zu vergewissern, dass keine Bewohner zugegen waren. Die Sensoren hatten nirgends Lebenszeichen festgestellt, aber er wollte ganz sicher sein, bevor er landete.

Die Siedlung befand sich direkt an der Küste. Ein felsiges Ufer formte eine schmale Barriere zwischen den Gebäuden und dem Wasser. Das Meer war ruhig – so sah es jedenfalls aus. Etwa fünfzig Meter vom Ufer entfernt fiel der Meeresboden steil ab.

Er brachte die Shuttlekapsel übers Dorf und blickte auf Gebäude hinab, wie er sie noch nie zuvor gesehen hatte. Sie bestanden aus einem blauen und orangefarbenen Material und zunächst wirkten sie wie ungestalte Iglus. Wenn man genauer hinsah, bemerkte man ein anmutiges Muster, das sowohl fremdartig als auch schön war.

Hier fehlten die effizienten, präzisen Strukturen der Fazi-Städte. Der Zufall schien die Orte bestimmt zu haben, an denen die Gebäude errichtet worden waren; ästhetische Erwägungen hatten dabei ganz offensichtlich keine Rolle gespielt. Manche Eingänge waren einander zugewandt, andere nicht. Kein einziger zeigte in Richtung Meer.

Hinzu kamen unterschiedliche Größen. Einige Gebäude waren geradezu riesig, andere klein und schmal.

»Erstaunlich«, sagte Edwards und blickte aus dem Fenster. »Sehen Sie nur die Tür dort. Ich schätze, sie durchmisst etwa fünfzig Meter.«

Cutler nickte. »Ähnliche Strukturen habe ich in Spinnennestern gesehen.«

»Oh, das ist beruhigend«, kommentierte Edwards.

Noch immer konnte Mayweather keine Lebenszeichen feststellen. Er hatte auch keine erwartet. Diese Geschöpfe lebten überwiegend im Wasser und T'Pol vermutete, dass sie die Dörfer nur zu bestimmten Zeiten aufsuchten. Derzeit hielt sich hier niemand auf.

»Na schön«, sagte Mayweather und sah zu Cutler. »Die Luft ist rein. Wo soll ich landen?«

Cutler war offiziell Leiterin der Mission und das amüsierte Mayweather. Normalerweise leitete sie keine Einsätze, aber sie war Exobiologin und es ging darum, mehr über die Fremden herauszufinden. Deshalb musste sie über gewisse Dinge entscheiden, wie zum Beispiel über den Landeplatz. Irgendwie schien sich das Blatt gewendet zu haben – er fragte sie, was sie als Nächstes unternehmen wollte.

»Lassen Sie uns neben dem großen Gebäude dort vorn landen.« Cutler griff nach dem Probenbeutel und ihrem Scanner. »Dort sollte ich die notwendigen Proben bekommen können.«

»Wir sollten die Tür öffnen«, schlug Edwards vor. »Um einen Blick ins Innere des Gebäudes zu werfen.«

»Es muss schnell gehen«, betonte Mayweather. »Darauf hat der Captain in aller Deutlichkeit hingewiesen. Wenn wir länger als eine Minute auf dem Boden bleiben, geraten wir in Schwierigkeiten.«

»Es dauert höchstens fünfzig Sekunden, selbst wenn wir eine Tür öffnen.« Cutler richtete einen viel sagenden Blick auf Edwards, der daraufhin lächelte.

»Höchstens fünfzig Sekunden«, bestätigte er. »Versprochen.«

Mayweather hoffte, dass sich seine beiden Begleiter daran hielten – er wollte diese Mission auf keinen Fall vermasseln. Er ging noch tiefer und schaltete die Außenkameras der Shuttlekapsel ein.

»Visuelle Übertragung aktiviert«, teilte er der *Enterprise*-Crew mit.

»Wir sehen die Bilder klar und deutlich, Ensign«, klang Archers feste Stimme aus dem Kom-Lautsprecher.

»Ich lande jetzt«, sagte Mayweather.

Er brachte die Shuttlekapsel in die Nähe des Gebäudes, ließ sie kurz über dem Boden schweben und dann aufsetzen. Gleichzeitig betätigte er einen Hebel, der die Luke öffnete. Fischgeruch wehte herein. Die Außenwand des Gebäudes befand sich in unmittelbarer Nähe – die Shuttlekapsel hätte sie bei der Landung fast berührt.

»Los!«, rief Mayweather.

Cutler kletterte so schnell wie möglich hinaus und

Edwards folgte ihr dichtauf. Mayweather blieb an den Kontrollen sitzen, zu einem raschen Start bereit. Diese Mission beunruhigte ihn und T'Pols Einwände dagegen waren kaum geeignet, ihn von der Unruhe zu befreien. Sie hatte betont, dass die Einsatzgruppe auf keinen Fall gesehen werden sollte; wenn eins der Geschöpfe aus dem Wasser kam, musste die Shuttlekapsel sofort starten.

Mayweather hörte das Geräusch der Meereswellen, die ans Ufer schlugen – ein sonderbar vertrautes Geräusch auf einer fremden Welt. Damit hatte er ebenso wenig gerechnet wie mit dem salzigen Aroma der Luft, das sich hinter dem Fischgeruch verbarg.

Durchs Fenster beobachtete er, wie Cutler mit dem Scanner in der Hand zur einen Seite des großen Zugangs eilte. Edward lief zur Tür und zeichnete alles auf.

Mayweather hörte seine Stimme so deutlich, als befände Jamal sich noch in der Shuttlekapsel.

»Schlamm bedeckt die Hauptwege«, berichtete Edwards. Er wurde langsamer, als er sich der Tür näherte. »Sie beschreiben Kurven und führen dann zum Meer zurück.«

Mit einem kleinen Werkzeug brach Cutler ein Stück aus der Wand des Gebäudes. Ihre Hände zitterten.

»Na los«, flüsterte Mayweather. »Beeilen Sie sich ...«

»Ich habe eine Probe genommen.« Cutler verstaute sie in ihrem Beutel.

»Dreißig Sekunden«, sagte Mayweather und spürte, wie seine Nervosität mit jeder verstreichenden Sekunde zunahm.

»Meine Güte, Sie sollten das Innere sehen!«, entfuhr es Edwards. »Wunderschön.«

»Machen Sie eine Aufnahme und kehren Sie zurück!«, sagte Mayweather. »Jetzt sofort!«

»Bin unterwegs«, erwiderte Edwards, aber es klang widerstrebend. Dies war immerhin das erste Mal, dass er den Fuß auf einen fremden Planeten setzte. Mayweather verstand seine Aufregung, aber er war sich auch der Gefahr bewusst.

Cutler lief zur Shuttlekapsel. Edwards warf dem Gebäude noch einen letzten Blick zu und drehte sich um. Der glitschige Schlamm machte es ihm nicht leicht, das Gleichgewicht zu wahren.

Genau in diesem Augenblick sah Mayweather, wie das erste fremde Wesen aus dem Wasser kam, nicht mehr als hundert Meter entfernt. Es war riesig, wirkte wie ein schwarzer Fels, der die Wasseroberfläche durchstieß.

»Sie haben Gesellschaft«, sagte der Pilot.

Das Geschöpf erreichte den felsigen Uferstreifen. Es hatte acht Beine und Wasser tropfte von seinem harten Rücken. Mayweather konnte kein Gesicht entdecken, und das ließ ihn schaudern.

»Verschwinden Sie von dort«, ertönte Captain Archers Stimme aus dem Kom-Lautsprecher.

Cutler wusste, dass es auf jede Sekunde ankam. Sie erreichte die Shuttlekapsel und sprang durch die offene Luke.

Drei weitere Wesen kamen aus dem Wasser und krochen an Land.

Edwards rutschte aus, fiel und stand wieder auf. Etwa dreißig Meter trennten ihn von der Shuttlekapsel, und das fremde Wesen näherte sich rasch.

»Na komm schon«, brummte Mayweather.

Das große Geschöpf verharrte und der Pilot vermutete, dass es festzustellen versuchte, was es mit der Shuttlekapsel auf sich hatte. Andererseits: Man hatte Mayweather davor gewarnt, menschliche Eigenschaften und Verhaltensmuster auf extraterrestrische Wesen zu übertragen.

Kein Gesicht zu entdecken … Dadurch wurde alles viel schwieriger.

Edwards lief nun. In einigen Sekunden würde er die Kapsel erreichen.

Plötzlich schrie er, drehte sich um und presste beide Hände an die Schläfen.

»Edwards wird angegriffen«, sagte Mayweather. »Das fremde Wesen kommt näher. Er kann die Shuttlekapsel nicht rechtzeitig erreichen.«

»Starten Sie unverzüglich, Mayweather!«, befahl Captain Archer.

»Ich lasse Edwards nicht allein zurück!«, rief Mayweather und zog seine Waffe. Er wollte nach draußen, Edwards am Arm packen und ihn zur Kapsel ziehen. Mit ein wenig Glück konnte er ihn in Sicherheit bringen, bevor die grässlichen Geschöpfe heran waren.

Auch Cutler hielt ihre Pistole in der Hand, stand in der Luke und zielte, schien aber nicht recht zu wissen, worauf sie schießen sollte.

Mayweather beobachtete, wie Edwards noch immer die Hände an den Kopf presste und sich im Kreis drehte. Selbst wenn er jetzt losgelaufen wäre – er hätte die Shuttlekapsel nicht mehr erreichen können; die Wesen waren bereits zu nahe.

»Sie starten jetzt, Ensign!« Archers Stimme drang aus dem Kom-Lautsprecher. »Das ist ein Befehl! Wir holen Edwards mit dem Transporter an Bord.«

Mayweather fluchte. Er verabscheute es, jemanden zurückzulassen, und er wusste, was der Transporter anrichten konnte. Nowakowitsch durfte von Glück sagen, dass er noch lebte, nach Mayweathers Meinung. Er wollte dem Transporterstrahl auf keinen Fall zu nahe kommen – er fand ihn noch erschreckender als die spinnenartigen Wesen dort draußen.

»Fort von der Luke!«, wies er Cutler an und betätigte dann die Start-Kontrollen.

Cutler hielt sich an einem Sitz fest und rief etwas; offenbar ging es um Edwards, doch Mayweather verstand sie nicht. Er brachte die Shuttlekapsel nach oben, ohne dass sie an die Außenwand des Gebäudes stieß, flog dann über die fremden Wesen hinweg, die aus der Vogelperspektive noch hässlicher wirkten.

Alles in ihm sträubte sich dagegen, Edwards zurückzulassen.

Ein Alarmsignal wies Mayweather auf die noch geöffnete Luke hin, aber er achtete nicht darauf. Er wollte einige Kilometer zwischen sich und die abscheulichen Geschöpfe bringen, die Geschwindigkeit dann weit genug drosseln, um die Luke zu schließen.

Wind wehte herein, als sich die Shuttlekapsel vom Dorf entfernte und landeinwärts flog, über Bäume und Felsen hinweg.

Cutler zog sich auf den Sitz des Kopiloten. Ihr normalerweise immer sehr gepflegtes Haar war zerzaust und klebte an der Stirn. Sie schwitzte und wirkte sehr blass.

»Edwards ist fortgebeamt worden«, sagte sie. Offenbar hatte sie es gesehen. Mayweather war froh, kein Augenzeuge des Vorgangs geworden zu sein.

»Aber ich glaube, der Transfer erfasste auch eins der fremden Wesen«, fügte Cutler hinzu.

Mayweather dachte an den Transporteralkoven und stellte sich vor, wie Edwards dort zusammen mit einem riesenhaften fremden Geschöpf materialisierte. Die anwesenden Techniker rechneten bestimmt nicht damit und würden vermutlich vor Schreck die Flucht ergreifen.

Und das Wesen selbst? Was mochte es anstellen, wenn es an Bord der *Enterprise* rematerialisierte? Wozu waren solche Kreaturen fähig? Mayweather hatte weder ein Gesicht noch Klauen gesehen. Aber die Fremden waren imstande gewesen, jene Gebäude zu errichten, was bedeutete, dass sie Werkzeuge verwenden konnten.

Der Pilot schauderte einmal mehr. »Ich bin froh darüber, derzeit nicht an Bord der *Enterprise* zu sein. Mir liegt nichts daran, in einem schmalen Korridor einem großen Spinnenungetüm zu begegnen.«

»Hoffentlich gibt es die *Enterprise* noch, wenn wir die Umlaufbahn erreichen«, sagte Cutler, und sie schien es ernst zu meinen. Nun, Mayweather kannte Cutlers lebhafte Phantasie, in der es genug Platz gab für marsianische Flugechsen, einstürzende Brücken und uralte Ruinenstädte. Daher erstaunte es ihn kaum, dass sie das Schlimmste befürchtete.

Der hereinwehende Wind ließ die Shuttlekapsel immer wieder erzittern. »Könnten Sie etwas langsamer fliegen?«, bat Cutler.

Mayweather maß sie mit einem finsteren Blick.

»Ich möchte die Luke schließen«, erwiderte sie. »Es ist windig hier drin.«

Windig. Darum ging es ihr gar nicht. Sie versuchte sich irgendwie abzureagieren, weil ihr noch immer der Schrecken in den Gliedern saß. Niemand von ihnen konnte wissen, was geschehen wäre, wenn die großen Spinnenwesen die Shuttlekapsel erreicht hätten.

Und niemand von ihnen wusste, was inzwischen mit Edwards passiert war ...

Mayweather versuchte, diese Gedanken aus sich zu vertreiben. Er setzte die Geschwindigkeit herab und ließ die Shuttlekapsel schweben, damit Cutler die Luke schließen konnte. Wenige Sekunden später nahm sie neben ihm Platz.

»Ich schlage vor, wir verlassen den Planeten«, sagte Mayweather, beschleunigte abrupt und lenkte die Shuttlekapsel in den Orbit.

16

Als Captain Archer die Anweisung für den Nottransfer gab, bezogen Lieutenant Reed und zwei seiner Leute neben dem Transporter Aufstellung. Sie hatten sich auf einen solchen Notfall vorbereitet – der Transfer eines von fremden Wesen angegriffenen Besatzungsmitglieds –, aber bisher war es noch nie zu einem Ernstfall gekommen.

Reed wusste, dass praktisch *alles* auf dem Transferfeld des Transporters erscheinen konnte. Vor einigen Wochen hatte er miterlebt, was »alles« bedeutete, als Nowakowitsch nach dem Nottransfer materialisierte – Zweige und andere Dinge waren mit seinem Körper verschmolzen.

Aber bei der Transportertechnik konnte es noch zu ganz anderen Fehlfunktionen kommen. Reed hatte seine Leute auf so etwas vorbereitet, doch er wagte es kaum, über die konkreten Folgen nachzudenken.

Vielleicht hatte der Transporterstrahl nicht Edwards erfasst, sondern eines der fremden Wesen. Vielleicht befand sich Edwards nach wie vor auf dem Planeten, hilflos den Angriffen anderer Geschöpfe ausgesetzt ...

Derzeit gab es keine Möglichkeit, Gewissheit zu erlangen, denn Archer hatte die Rückkehr der Shuttlekapsel angeordnet.

Reed hielt seine Phasenpistole bereit, als der Retransfer begann. Etwas Dunkles erschien, nicht zu identifizierende Körperteile. Haarige schwarze Beine mit eckigen Gelenken. Ein schwarzer Panzer, ein menschlicher Arm ...

Reed erstarrte und befürchtete plötzlich das Schlimmste. Mensch und fremdes Wesen, miteinander verschmolzen, beide tot. Alle wussten, dass eine solche Möglichkeit bestand. Niemand wollte mit so etwas konfrontiert werden, auch Reeds Leute nicht, die unruhig von einem Bein aufs andere traten.

Der Retransfer schien eine Ewigkeit zu dauern, obwohl in Wirklichkeit nur wenige Sekunden verstrichen. Als sich weitere Einzelheiten offenbarten, stellte Reed fest: Das Durcheinander aus menschlichen Armen und haarigen Spinnenbeinen ging nicht etwa auf zwei miteinander verschmolzene Körper zurück, sondern allein auf den Umstand, dass die beiden Leiber dicht nebeneinander rematerialisierten.

Seine Erleichterung verschwand so plötzlich, wie sie entstanden war. Das fremde Wesen schien mindestens doppelt so groß zu sein wie Edwards und es wirkte recht kräftig. Auf dem kleinen Transferfeld ließ sich kaum feststellen, wo der eine Körper begann und der andere aufhörte.

Der Transporterstrahl verblasste und für einen Moment schien alles in der Zeit erstarrt zu sein.

Dann schrie Edwards. Es war der grässlichste Angstschrei, den Reed je gehört hatte.

Das fremde Wesen bewegte seine acht Beine gleichzeitig, zog sie an und streckte sie zur Seite. Es stieß gegen Edwards und die Wände.

Reed und seine beiden Männer schossen.

Ihre Waffen waren auf Betäubung justiert und die Strahlen erfassten sowohl das Spinnenwesen als auch Edwards. Beide sanken zu Boden, bildeten erneut ein Durcheinander.

Reed trat zum nächsten Interkom und schaltete es ein. »Reed an Dr. Phlox. Medizinischer Notfall. Ich bringe

Ihnen Besatzungsmitglied Edwards und ein fremdes Wesen.«

»Eines der Geschöpfe vom Südkontinent des Planeten?« Phlox klang so, als riebe er sich erfreut die Hände – zweifellos eine Reaktion, die Reed nicht erwartet hatte. Im Bereich des Transporters roch es stark nach toten Fischen und der Gestank trieb dem Sicherheitschef der *Enterprise* Tränen in die Augen.

»Ja«, bestätigte er. »Und ich glaube, es ist ziemlich gefährlich.«

»Das *glauben* Sie?«, erwiderte Phlox.

»Derzeit ist es bewusstlos – nehme ich jedenfalls an.« Reed bedeutete seinen Männern, Edwards von der Plattform zu holen. Es widerstrebte ihnen offensichtlich, sich dem Spinnenwesen zu nähern, obwohl Reed für seine Sicherheitstruppe Männer ausgewählt hatte, die nicht nur gut zu kämpfen verstanden, sondern auch viel ertragen konnten.

»Nun, ich freue mich schon darauf, es zu untersuchen«, sagte Phlox. »Bringen Sie es zu mir.«

»Edwards hat Vorrang.«

»Natürlich«, bestätigte der Arzt so, als hätten sie das bereits geklärt. Dann unterbrach er die Kom-Verbindung.

Reed wandte sich vom Interkom ab und ging zu seinen Leuten, um ihnen zu helfen. Der Gestank wurde noch intensiver, schien geradezu Substanz zu gewinnen. Er konnte kaum mehr atmen.

Den Männern fiel es schwer, die haarigen Beine des Geschöpfs zu bewegen und sich zu Edwards durchzuarbeiten. Reed beugte sich vor, griff nach den Stiefeln des Bewusstlosen und wäre fast zurückgeschreckt, als er eines der Spinnenbeine berührte.

Die Haare daran fühlten sich schleimig an.

Er schauderte voller Abscheu, schwieg jedoch und half dabei, Edwards zu befreien. Anschließend stützte er die Hände an die Hüften und fragte sich, wie er das fremde Wesen zur Krankenstation bringen sollte.

Eine angenehme Aufgabe war das bestimmt nicht, das wusste er schon jetzt.

CAPTAINS LOGBUCH

Subcommander T'Pol hat meine Entscheidung kritisiert, eine Shuttlekapsel in einem der Dörfer auf dem Südkontinent landen zu lassen, um Informationen zu sammeln. Sie war von Anfang an dagegen und die Konsequenzen – das Problem mit Besatzungsmitglied Edwards und die versehentliche Entführung eines fremden Wesens – haben dazu geführt, dass sie mir gegenüber noch kühler und abweisender geworden ist. Bei Vulkaniern kann selbst das Schweigen vielsagend sein.

Ich muss zugeben, dass T'Pol bei dieser Sache vielleicht ebenso Recht hatte wie bei dem Kontakt mit den Fazi. Es wäre besser gewesen, zu warten und aus der Umlaufbahn weitere Untersuchungen anzustellen. Vermutlich wird es irgendwann in der Zukunft Richtlinien und Regeln für die Erforschung des Alls und auch die Herstellung eines Ersten Kontakts geben.

Die Vulkanier verfügen ganz offensichtlich über solche Regeln. Viele Jahre lang habe ich gegen ihre Regeln rebelliert, aber jetzt muss ich eingestehen, dass sie durchaus einen Sinn ergeben. Allmählich wird mir klar, dass es bei Erstkontakt-Situationen wirklich besser ist, Zurückhaltung zu üben. Aber darauf werde ich T'Pol erst hinweisen, wenn dies alles überstanden ist.

Unterdessen hat mir Dr. Phlox mitgeteilt, dass mit Edwards in physischer Hinsicht alles in Ordnung ist. Ich habe vor, in der Krankenstation zu sein, wenn Edwards erwacht. Ich möchte ihm einige Fragen über die fremden Geschöpfe stellen und von ihm erfahren, wie ihm eines von ihnen so nahe kommen konnte.

17

Archer stand neben dem Biobett, auf dem Besatzungsmitglied Jamal Edwards lag. Im hellen Licht der Krankenstation wirkte der Mann ungewöhnlich blass – aber vielleicht lag das nicht an den Lampen, sondern daran, was mit Edwards geschehen war.

Auch in der Krankenstation roch es nach faulendem Fisch, so stark, dass Archer in Erwägung zog, eine Atemmaske zu benutzen. Phlox hatte die ambientalen Systeme darauf programmiert, den Geruch zu eliminieren, aber die Filter waren offenbar überfordert. Archer befürchtete, dass der Gestank Edwards' Rekonvaleszenz eher behinderte.

»Die Luft wird gereinigt, aber es dauert noch einige Minuten«, sagte Phlox in dem für ihn typischen Singsang, der sonderbar fröhlich klang. Hoshi hatte dem Captain einmal den Grund dafür erklärt: Der Arzt klang deshalb immer so fröhlich, weil er die Stimme am Ende eines Satzes hob und nicht senkte. Das war ein akustischer Hinweis auf gute Stimmung, zumindest bei Menschen. Bei Extraterrestriern galten auch in dieser Hinsicht andere Maßstäbe.

Es war Archer nicht leicht gefallen, sich an die vermeintliche Fröhlichkeit zu gewöhnen, doch in kritischen Situationen fiel sie ihm noch immer auf.

»Diese Wesen stinken«, sagte er und nickte in Richtung des fremden Geschöpfs. Es wirkte wie ein toter Käfer und lag so weit wie möglich von Edwards entfernt auf dem Rücken. Um den starren Panzer besser abzustützen, hatte Phlox zwei Biobetten zusammengeschoben.

Die Beine hingen an den Seiten herunter, reichten bis zum Boden und hinterließen dort Schleim, wenn sie zuckten. Archer verzog das Gesicht, als er die braunen, glitschigen Spuren sah.

Noch schlimmer war das Gesicht des Wesens, das erst zum Vorschein kam, als die Sicherheitswächter das Geschöpf auf die Biobetten gelegt hatten. Zunächst wurde der Mund sichtbar. Und als Archer den Mund sah, bemerkte er auch die Augen, die ebenso schwarz zu sein schienen wie der Rückenschild.

Vor allem der Mund erfüllte ihn mit Abscheu. Dort, wo man eigentlich Zähne erwartete, befanden sich wurmartige Larven. Offenbar bereitete der Mund auch den Sicherheitswächtern Unbehagen, denn sie warfen verstohlene Blicke darauf, wenn sie sich unbeobachtet wähnten.

Archers Blick kehrte zu Edwards zurück. Nirgends an seinem Körper zeigten sich wunde Stellen oder Verletzungen. Der Captain erinnerte sich an die visuellen Aufzeichnungen der Shuttlekapsel – Edwards hatte zu schreien begonnen, *bevor* ihn das fremde Wesen erreichte.

Vielleicht sonderten die Spinnenwesen wie Skunks eine Substanz ab, die nicht nur stank, sondern auch Schmerzen bereitete. Andererseits: In unmittelbarer Nähe eines solchen Geschöpfs war der Gestank weitaus intensiver als aus einer gewissen Entfernung – das wusste Archer aus eigener Erfahrung.

Trotz der Bewusstlosigkeit wirkte Edwards erregt. Unter den geschlossenen Lidern bewegten sich die Augen, und als Phlox das sah, legte er dem Mann Gurte an. Er meinte, ein derart unruhiger Patient könnte beim Erwachen völlig außer sich geraten und sich selbst verletzen. »Vorbeugung ist die Mutter der Porzellankiste«, hatte der Arzt erklärt.

Archer beschloss, Phlox irgendwann einmal darauf hinzuweisen, dass er Sprichwörter und Redensarten durcheinander brachte.

Aber nicht jetzt. Unter den gegebenen Umständen erschienen ihm derartige Bemerkungen unangemessen. Eine einfache Mission, dachte Archer. Allein zu dem Zweck, eine Probe zu holen. Warum war alles so schief gegangen?

Phlox wandte sich von den ambientalen Kontrollen ab und trat neben Archer. Gemeinsam sahen sie auf Edwards hinab.

»Üble Sache«, sagte Phlox.

»Was ist los mit ihm?«, fragte Archer. »Abgesehen von seiner Begegnung mit einigen Spinnenwesen und der anschließenden Betäubung durch Phasenpistolen.«

»Er ist noch immer erregt«, sagte Phlox. »Und das dürfte er eigentlich nicht sein, wenn man die Tiefe seiner Bewusstlosigkeit bedenkt. Ich habe ihn mit einem Gehirnwellenmonitor verbunden, der bei Menschen exakte Daten liefern sollte, aber um ganz ehrlich zu sein: Ich verstehe die Anzeigen nicht ganz.«

»Haben Sie mich deshalb hierher gerufen?«, fragte Archer.

»Ich habe Sie hierher gebeten, weil ich beabsichtige, ihn zu wecken«, erwiderte Phlox. »Wer weiß, was dann passiert?«

Das gefiel Archer ganz und gar nicht. »Sollten Sie nicht dafür sorgen, dass er sich beruhigt und schläft?«

»Nein«, sagte Phlox und injizierte Edwards eine blaue Flüssigkeit. »Wir brauchen beide Informationen und die können wir nur bekommen, wenn er erwacht.«

Archer beobachtete Edwards. Wenn der Arzt eine solche Maßnahme für angebracht hielt, so erhob er keine Einwände.

Das fremde Wesen rührte sich nicht. Nur seine Beine

zuckten gelegentlich, strichen dabei über den Boden und hinterließen Schleimspuren.

Hoffentlich sah Edwards das grässliche Geschöpf nicht, wenn er erwachte.

Archer bemerkte, wie der Mann auf der Liege die Muskeln unter den Gurten spannte, den Kopf mehrmals von einer Seite zur anderen drehte und dabei leise stöhnte. Er schien Schmerzen oder das Gefühl zu haben, verfolgt zu werden.

Phlox trat zur Seite, um die Anzeigen einer Konsole zu überprüfen, und erneut bewegte Edwards den Kopf.

Dann riss er plötzlich die Augen auf, starrte zu etwas Unsichtbarem empor und schrie.

Dies war nicht der Schrei eines jungen Mannes, der sein ganzes Leben noch vor sich hatte. Es war ein Schrei, der nacktes Entsetzen zum Ausdruck brachte. Archer spürte, wie es ihm kalt über den Rücken lief.

Archer wollte noch näher an die Liege herantreten und versuchen, Edwards zu beruhigen, aber Phlox hob die Hand, hielt ihn zurück.

Edwards holte tief Luft und schrie erneut, kämpfte gegen die Gurte an und starrte auch weiterhin zur Decke. Irgendetwas erfüllte ihn mit Grauen.

»Edwards!«, sagte Archer fest. »Besatzungsmitglied Edwards, hier spricht der Captain.«

Seine Worte bewirkten nichts. Edwards zerrte noch immer an den Gurten, starrte zur Decke und schrie.

Schließlich injizierte Phlox ihm ein Sedativ. Der junge Mann erschlaffte, blinzelte und schloss die Augen. Ein Seufzen kam aus dem offenen Mund.

»Nun, das hat funktioniert«, sagte Archer. »Jetzt weiß ich besser über die Ereignisse Bescheid.«

Phlox sah noch immer auf die Anzeigen. »Sie haben keine Antworten bekommen, aber ich schon. Geben Sie mir ein wenig Zeit, um die gewonnenen Daten auszuwerten.«

»Erstatten Sie mir so schnell wie möglich Bericht«, sagte Archer. »Ich muss wissen, was mit Edwards passiert ist.«

»Ja. Ich bin ebenfalls neugierig.«

Archer deutete auf das Spinnenwesen. »Sollten Sie den Burschen nicht irgendwie fesseln?«

»Ich bin mir nicht sicher, ob das ein ›Er‹ ist«, sagte Phlox. »Vielleicht gibt es bei diesen Geschöpfen gar keine geschlechtlichen Unterschiede. Bisher habe ich keine entsprechenden Hinweise gefunden, aber ich muss eingestehen, dass ich noch keine Gelegenheit zu einer eingehenden physiologischen Untersuchung hatte.«

»Was auch immer das Wesen sein mag ...«, sagte Archer, der sich nicht ablenken lassen wollte. »Sollten wir ihm keine Fesseln anlegen?«

»Nein.« Phlox klang selbstsicher und zuversichtlich. »Dort drüben stehen zwei bewaffnete Wächter – das Wesen würde also nicht weit kommen, selbst wenn es versucht, die Krankenstation zu verlassen. Und soweit ich das feststellen kann, wird es noch eine Weile dauern, bis es das Bewusstsein wiedererlangt.«

»Sie wissen nicht einmal, ob es männlichen oder weiblichen Geschlechts ist«, sagte Archer. »Wie wollen Sie wissen, wann es zu sich kommt?«

Phlox lächelte. »Manche Dinge sind leichter festzustellen als andere.«

Archer schüttelte den Kopf. »Na schön. Ich überlasse es Ihnen. Aber ich möchte hier sein, wenn das Wesen erwacht.«

»Ich gebe Ihnen sofort Bescheid, wenn es sich bewegt.«

»Danke«, sagte Archer.

Mit einem letzten Blick auf den jetzt ruhig daliegenden Edwards wandte sich Archer um und verließ die Krankenstation. Alle an Bord des Schiffes wussten um die Gefährlichkeit ihrer Mission. Aber er wollte niemanden verlieren, nur weil er es zu eilig gehabt hatte, einen Erstkontakt herzustellen.

Er tolerierte keine Fahrlässigkeit bei seinen Untergebenen, und erst recht nicht bei sich selbst.

CAPTAINS LOGBUCH

Ich habe die Crew der *Enterprise* aus den besten Leuten zusammengestellt. Sie haben die Starfleet-Ausbildung und Dinge überstanden, die durchschnittliche Personen nicht ertragen würden, darunter psychologische Tests und Prüfungen der Risikobereitschaft.

Nicht alle Besatzungsmitglieder erreichten dabei mehr als neunzig Prozent der maximalen Punktzahl, aber wer bei diesen Tests nicht zu den Besten zählte, verfügt über ein besonderes Talent, das an Bord gebraucht wird.

Jamal Edwards wurde nicht aufgrund spezieller Sachkenntnis ausgewählt, sondern wegen seines Mutes, seiner persönlichen Stärke und einer ausgeprägten Risikobereitschaft.

Dass ein solcher Mann innerhalb weniger Sekunden zu einem Nervenbündel wird, erstaunt mich sehr. Nie zuvor habe ich ein solches Entsetzen in den Augen eines Menschen gesehen. Jemand oder etwas schien ihn durch die Hölle selbst zu jagen.

Ich kann die Ergebnisse von Dr. Phlox' Untersuchungen kaum abwarten. Ich brauche Antworten, so schnell wie möglich. Meine verdammte Ungeduld macht sich schon wieder bemerkbar ...

Über viele Jahre hinweg habe ich geduldig auf die Gelegenheit gewartet, ins All zu gelangen. Und jetzt, da ich endlich im Weltraum bin, möchte ich alles zugleich erledigen. Aber ich darf meine Crew nicht in Gefahr bringen und genau darauf läuft es hinaus.

Es ist mir schleierhaft, wie es dazu kommen konnte. Diese Mission hätte eigentlich ganz einfach und alles andere als gefährlich sein sollen.

Das fremde Wesen vom Südkontinent, das wir unabsichtlich an Bord geholt haben, ist noch immer bewusstlos und ich weiß beim besten Willen nicht, was ich mit ihm anfangen soll. Ich bin versucht, es aufs Transferfeld des Transporters zu legen, es auf den Planeten zurückzubeamen und so zu tun, als sei überhaupt nichts geschehen. Bisher habe ich dieser Versuchung widerstanden.

Ich hoffe, dass wir irgendetwas herausfinden, das uns weiterhilft, entweder durch oder über das Spinnenwesen. Aber was das sein könnte, weiß ich leider nicht.

Was mir am meisten Sorge macht, ist erstaunlicherweise nicht Edwards' Zustand und das, was ihm auf dem Planeten widerfuhr, sondern mein letztes Gespräch mit den Fazi. Wenn ich jetzt darüber nachdenke, erscheint es mir als eine weitere Warnung, die ich besser hätte beachten sollen.

Das Gespräch endete, als ich die andere intelligente Spezies erwähnte. Es gibt eine Verbindung zwischen der Reaktion der Fazi und dem, was Edwards zustieß. In dieser Hinsicht bin ich ganz sicher, aber gleichzeitig muss ich eingestehen, dass es nicht mehr ist als eine Ahnung, die ich noch nicht mit Fakten untermauern kann.

Ich habe die Möglichkeit erwogen, erneut eine Verbindung mit den Fazi herzustellen, mich dann aber dagegen entschieden. Ein neuerlicher Kontakt ist nur dann sinnvoll, wenn wir wissen, was beim letzten Gespräch schief gegangen ist. Es wäre dumm, von der Annahme auszugehen, dass sich die Fazi über die Erwähnung der anderen intelligenten Spezies auf ihrer Welt ärgerten – um dann festzustellen, dass es meine Kopfbewegung war, die ihnen nicht passte.

T'Pol und Ensign Hoshi arbeiten hart. Sie durchsuchen die uns zugänglichen Datenbanken der Fazi und halten auch in ihrer Sprache nach irgendwelchen Hinweisen Ausschau. Mit Verwunderung haben sie beide zur Kenntnis genommen, dass für die Fazi weder der Südkontinent noch die dort lebenden Spinnenwesen existieren.

In einer Datenbank fand T'Pol eine Karte des Planeten, und darauf fehlt der südliche Kontinent. Entweder ist das ein besonders schlimmer Fall von Realitätsverleugnung oder auf dem Planeten geschehen noch weitaus seltsamere Dinge als bisher angenommen.

18

Überall im Schiff schien es nach Fisch zu riechen. Der Geruch haftete allem an, seit Elizabeth Cutler am vergangenen Tag vom Planeten zurückgekehrt war. Er folgte ihr sogar in den Speisesaal. Am letzten Abend hatte sie keinen Bissen heruntergebracht – kein Wunder nach den Ereignissen auf dem Planeten, wie Mayweather meinte.

Er wirkte in dieser Beziehung ruhiger als sie, aber Cutler wusste, dass er nur versuchte, sich nichts anmerken zu lassen. Am Morgen waren die Ringe unter seinen Augen kaum zu übersehen gewesen und wiesen deutlich darauf hin, dass er ebenso schlecht geschlafen hatte wie Cutler.

Ein frustrierender Tag lag hinter ihr. Sie hatte sowohl Dr. Phlox als auch den Captain um Erlaubnis gebeten, Edwards zu besuchen – beide lehnten ab. Darüber hinaus gaben sie keine Auskunft über seinen Zustand. Cutler vermutete, dass sie gar nicht wussten, wie es um ihn stand.

Was war in jenen Momenten auf dem Planeten geschehen? Und hätten sie oder Mayweather es irgendwie verhindern können?

Immer wieder stellte sich Cutler diese Fragen. Sie störten sie sogar bei ihrer Arbeit. Sie hatte die Probe analysiert und herauszufinden versucht, warum Wesen, die wie Spinnen aussahen, Gebäude errichteten, die Iglus ähnelten.

Bisher hatte sie keine Antwort gefunden.

Nach dem Abendessen wollte sie eigentlich zu ihrer Station zurückkehren, um so viel wie möglich über Spinnen zu lesen, doch ihre Vorgesetzte hatte den Kopf geschüttelte.

»Sie sehen erschöpft aus«, lauteten ihre Worte. »Sie sollten sich ausruhen und an etwas anderes denken.«

Aber sie kam nicht zur Ruhe, denn ihre Gedanken ließen sich nicht einfach so abstellen. Nowakowitsch war von den Ereignissen der beiden vergangenen Tage weitgehend unberührt geblieben – nach dem Transporterunfall hatte Dr. Phlox ihm leichten Dienst verordnet –, und als er vorschlug, das Rollenspiel fortzusetzen, erklärte sich Cutler einverstanden. Vorausgesetzt, dass auch die beiden anderen Spieler Interesse zeigten.

Das schien tatsächlich der Fall zu sein. Anderson kam zur üblichen Zeit in den Speisesaal, aber Mayweather fehlte zunächst. Er erschien erst, als die meisten Besatzungsmitglieder ihre Mahlzeit bereits beendet hatten, trank nur Kaffee und rührte nicht einmal das Schokoladenplätzchen neben der Tasse an.

»Sie müssen etwas essen«, sagte Cutler sanft.

Er lächelte schief. »Ich weiß. Vielleicht nach dem Spiel.«

Vielleicht. Das galt auch für ihren Schlaf: vielleicht nach dem Spiel. Ähnliches war nach dem Einsatz geschehen, der zu dem Transporterunfall und Nowakowitschs Verletzung geführt hatte. Drei Tage lang hatten Cutler kaum geschlafen und Mayweather kaum etwas gegessen. Sie wandten sich deshalb an Dr. Phlox, der jedoch kaum besorgt wirkte.

»Sie verarbeiten Ihre Erlebnisse«, erklärte er. »Eine derartige Verarbeitung ist bei uns allen unterschiedlich und manchmal verlieren andere Dinge an Bedeutung, während das Gehirn Erlebtes sortiert und bewertet. Es wird leichter, wenn Sie sich irgendwie ablenken, zum

Beispiel mit einem Hobby, irgendetwas, das Sie interessiert und nichts mit der Arbeit zu tun hat.«

Einerseits hatte das Rollenspiel nichts mit der Arbeit zu tun, andererseits spiegelte es sie sogar zu deutlich wider. Anderson räumte den Tisch ab und Cutler breitete das Tuch darauf aus. Wenigstens ging es nicht darum, den Mars zu »erforschen« – das war ein gewisser Unterschied.

Mayweather stellte seine Kaffeetasse auf dem Nebentisch ab und Nowakowitsch hatte bereits seinen Handcomputer hervorgeholt. Er sah besser aus; die Haut wirkte weniger entzündet. Er schien auch ruhiger zu sein und Cutler fragte sich, ob es an Edwards lag. Jetzt war Nowakowitsch nicht mehr der Einzige, der Probleme bei einem Außeneinsatz bekommen und einen traumatischen Nottransfer hinter sich hatte. Diese Erfahrungen konnte er nun mit Edwards teilen.

Wenn sich Edwards wieder erholte.

Anderson kehrte zum Tisch zurück und griff nach seinem eigenen Handcomputer. Es erstaunte Cutler, dass sie und ihre drei Kameraden trotz der Aktivität an Bord und des fremden Wesens in der Krankenstation Zeit fanden, das Spiel fortzusetzen. Während nach Informationen über den Planeten und die beiden intelligenten Spezies auf ihm gesucht wurde, schien die *Enterprise* zu einer gewissen Routine zurückzufinden.

Anderson rieb sich die Hände. »Von mir aus kann's losgehen«, sagte er.

Cutler vergewisserte sich, dass der Becher alle Bolzen enthielt und keiner von ihnen seine Farbe eingebüßt hatte. »Wissen Sie noch, wo Sie sind?«

»In einem Gebäude«, sagte Nowakowitsch. »Vor uns erstreckt sich eine Himmelsbrücke mit Nestern marsianischer Flugechsen, nicht wahr?«

»Ja«, bestätigte Cutler und stellte den Becher auf die

Tuchmitte. Zum Glück hatte sie Flugechsen erfunden und keine Riesenspinnen.

Sie schauderte unwillkürlich.

»Welche Möglichkeiten stehen uns offen?«, fragte Mayweather. Er musterte Cutler aufmerksam und schien ihr Schaudern bemerkt zu haben. Sie lächelte dankbar.

»Entweder versuchen Sie, die Himmelsbrücke zu überqueren, oder Sie kehren nach unten zurück«, sagte sie. »Vier Stockwerke unter Ihnen gibt es zwei andere Himmelsbrücken, die jedoch keine direkte Route zu ihrem Ziel darstellen.«

»Ich bin dafür, es mit dieser Brücke zu versuchen«, sagte Anderson.

»Wenn Sie so sicher sind … Gehen Sie als Erster«, schlug Mayweather vor.

Nowakowitsch nickte.

»Na schön«, sagte Anderson. »Ich betrete die Brücke. Was sehe ich?«

Cutler wies darauf hin, dass der Boden der Brücke instabil war und sich weiter vorn ein Nest der Flugechsen befand, das man überwinden musste. Ihre Beschreibungen waren nicht so anschaulich wie sonst. Zum ersten Mal seit Beginn des Spiels war sie nicht imstande, sich den imaginären Mars vorzustellen.

»Sie können noch zurückkehren«, sagte sie.

Anderson schüttelte den Kopf. »Ich versuche, über das Nest zu klettern.«

Cutler reichte ihm den Becher. »Sechs oder besser, und Sie schaffen es.«

Anderson schüttelte den Becher. Einige Personen an den anderen Tischen hörten das Rasseln, sahen kurz in seine Richtung und wandten sich dann wieder ihren jeweiligen Beschäftigungen zu.

Er ließ die Bolzen aufs Tuch fallen.

Mayweather und Nowakowitsch lachten. Anderson hatte nur einen einzigen roten Bolzen geworfen.

Er lehnte sich zurück. »Das ist doch nicht so schlimm wie es aussieht, oder?«

Cutler gab keine direkte Antwort – das hatte sie während des Spiels gelernt. Stattdessen berichtete sie, was geschehen war.

»Beim Klettern über das Nest sind Sie durch ein Loch im Boden der Himmelsbrücke gefallen.« Sie deutete auf den einen roten Bolzen. »Sie konnten sich mit einer Hand festhalten und hängen über dem Abgrund.«

»Können wir ihm helfen?«, fragte Mayweather.

Cutler nahm den Becher, gab die Bolzen hinein und ließ sie auf den Tisch fallen. Drei rote. »Nein, das können Sie nicht.««

»Was mache ich jetzt?«, fragte Anderson. »Ich möchte Dr. Mean nicht verlieren.«

»Er muss versuchen, sich emporzuziehen.« Cutler legte die Bolzen in den Becher und reichte ihn Anderson. »Wenn Sie mehr werfen als Ihre Kraft, schaffen Sie es nicht.«

»Also sechs oder weniger«, sagte Anderson.

Er wollte die Bolzen gerade auf den Tisch fallen lassen, als plötzlich die Alarmsirenen heulten. Cutler zuckte zusammen. Mayweathers Arm zuckte nach hinten und stieß die Kaffeetasse um. Die Sirenen heulten so laut, dass Elizabeth nicht hörte, wie die Tasse auf den Boden fiel.

Lieutenant Reeds Stimme ertönte aus den Interkom-Lautsprechern. »Das fremde Wesen ist aus der Krankenstation entkommen. Versuchen Sie nicht, es aufzuhalten. Halten Sie sich von ihm fern.«

»O mein Gott«, stieß Cutler hervor.

»Was kann das Geschöpf anstellen?«, fragte Nowakowitsch.

»Das ist das Problem«, erwiderte Mayweather. »Wir wissen es nicht.«

19

Archer war auf dem Weg zur Krankenstation, als Reed den Alarm auslöste. Der Sicherheitschef hatte die Durchsage noch nicht beendet, als Archer loslief, sich durch Luken duckte und um Ecken schlitterte.

Er brauchte weniger als eine Minute, um die Krankenstation zu erreichen, doch er betrat sie nicht. Als er die letzte Ecke hinter sich brachte, sah er Reed und Dr. Phlox, die auf der einen Seite des Korridors in Deckung zu gehen versuchten.

Der Geruch von fauligem Fisch war noch stärker geworden. Archer glaubte, einen dünnen bläulichen Dunst im halbdunklen Gang zu sehen. Dann verstummten die Alarmsirenen wieder.

In der Krankenstation schrie jemand. Archer erschauerte, als er die schrille Stimme hörte.

»Was ist los?«, fragte er und verharrte neben Reed.

Der Leiter der Sicherheitsabteilung sah den Captain nicht an. Stattdessen behielt er den Zugang der Krankenstation im Auge.

»Das fremde Wesen erwachte früher als erwartet«, sagte Reed.

»Ich war nicht zugegen, ebenso wenig der Lieutenant«, erklärte Phlox. »Wir sprachen über die Notwendigkeit weiterer Wächter ...«

»Als meine Leute zu schreien begannen.« Reed war blass. »Ich warf einen Blick in die Krankenstation. Das Spinnenwesen bewegte die Beine und versuchte aufzustehen, wirkte dabei wie eine auf dem Rücken liegende Schildkröte. Die beiden Sicherheitswächter pressten sich die Hände an den Kopf und schrien so wie Edwards auf dem Planeten.«

Archer sah zur Tür der Krankenstation und runzelte die Stirn. Was ging hier vor?

»Ich bin hierher gekommen, um Dr. Phlox daran zu hindern, in seine Abteilung zurückzukehren, und er überredete mich dazu, an seiner Seite zu bleiben.« Reed fuhr sich mit der einen Hand durchs Haar. »Ich gebe zu, dass Dr. Phlox keine große Überzeugungsarbeit leisten musste.«

»Er wollte die Krankenstation betreten, am liebsten mit einer Phasenpistole in jeder Hand«, sagte Phlox. »Ich riet ihm davon ab, da wir nicht wissen, was die Reaktion der Sicherheitswächter verursachte.«

»Das war sehr vernünftig von Ihnen, Doktor«, sagte Archer. Er war froh, dass Phlox eingegriffen hatte, denn er wollte Reed nicht den seltsamen Kräften des Spinnenwesens aussetzen.

Wieder ertönte ein Schrei, noch schriller als der andere und so voller Entsetzen, dass sich Archers Nackenhaare aufrichteten. Dies war ihm noch nie zuvor passiert. Er hatte immer geglaubt, es handle sich hier um eine bildliche Ausdrucksweise, nicht um etwas, das man tatsächlich spürt.

»Na schön«, sagte er und fragte sich, welcher Aspekt des Schreis seinen Körper so stark reagieren ließ, während er geistig ruhig blieb. »Was können wir unternehmen?«

»Ich habe diesen Bereich des Schiffes abgeschirmt«, brummte Reed. »Ich halte es für falsch, weitere Männer in die Krankenstation zu schicken und dadurch zu riskieren, dass sie ebenfalls dem Einfluss des Wesens erliegen. Vermutlich sind unsere Chancen besser, wenn wir warten, bis sich das Geschöpf zeigt. Einige meiner Leute sind auf der anderen Seite des Korridors postiert. Wenn das Spinnenwesen die Krankenstation verlässt, kann es sich nur in zwei Richtungen wenden, und beide sind blockiert.«

Wieder ein Schrei, und diesmal wurde er zu einem anhaltenden Wimmern.

»Mir geht es nicht vor allem darum, eine Flucht des Wesens zu verhindern«, sagte Archer. »Ich möchte vielmehr vermeiden, dass jemand zu Schaden kommt, und damit meine ich auch das Wesen selbst. Verstanden? Es darf nur betäubt, aber nicht verletzt oder gar getötet werden.«

»Ich habe bereits entsprechende Anweisungen erteilt«, erwiderte Reed. »Alle Waffen sind auf Betäubung justiert.«

Plötzlich verstummte das Wimmern und von einem Augenblick zum anderen herrschte Stille. Nie zuvor in seinem Leben hatte Archer etwas gehört, das so schlimm war wie diese Stille.

Sie zeichnete sich durch das völlige Fehlen von Geräuschen aus. Diese besondere Stille schien Gewicht zu haben, so in der Luft zu hängen wie etwas, das man berühren konnte. Archer wagte nicht daran zu denken, was sie für die Männer in der Krankenstation bedeuten mochte.

Zwei haarige schwarze Beine schoben sich in den Korridor. Archer bemerkte, wie sich Reed versteifte, und er hielt es für besser, ebenfalls seine Phasenpistole zu ziehen.

Der Rückenschild des Wesens wurde sichtbar, und sein Gesicht war fast ganz in der Schwärze darunter verborgen. Wenn Archer nicht gewusst hätte, wo sich die Augen befanden, so wären sie ihm bestimmt nicht aufgefallen. Er sah, wie sie düster im matten gelben Licht des Korridors glitzerten.

Archer begriff, dass auf keinen Fall der Blick des Geschöpfs auf sie fallen durfte. Auch Reed schien ein solcher Gedanke durch den Kopf zu gehen, denn sie schossen gleichzeitig.

Auf der anderen Seite des Korridors blitzte es ebenfalls. Mehrere Strahlen trafen das Spinnenwesen.

Es sank zu Boden und seine Augen schlossen sich.

Erneut senkte sich Stille wie ein Gewicht auf Archer herab. Der Geruch war so stark geworden, dass er den Captain einhüllte, zu einem Teil von ihm wurde. Er fragte sich, ob dieser Gestank sich jemals fortwaschen ließ.

Langsam näherte er sich dem fremden Wesen, zusammen mit Reed. Sie hielten ihre Waffen auf das Geschöpf gerichtet.

Im Innern der Krankenstation schrie erneut jemand.

Phlox schob sich an Archer und Reed vorbei. »Entschuldigen Sie. Ich muss mich um einen Patienten kümmern.«

Völlig unbekümmert trat er an dem Spinnenwesen vorbei.

Archer sah Reed an, der kurz mit den Schultern zuckte. Sie verharrten neben dem Geschöpf. Die Beine waren nach außen gestreckt und hatten Schleimspuren hinterlassen, die der Captain nicht zum ersten Mal bemerkte. Er mied einen Kontakt mit ihnen, als er zwischen die Beine des Wesens trat und darauf hinabsah.

Es erschien ihm verwundbar, obgleich er nicht wusste, was ihm einen solchen Eindruck vermittelte.

»Ich brauche Hilfe hier drin!«, rief Dr. Phlox.

Reed eilte zur Krankenstation. Archer folgte ihm nicht sofort – es widerstrebte ihm aus irgendeinem Grund, sich von dem Wesen abzuwenden. Er winkte den Sicherheitswächtern am anderen Ende des Korridors zu.

»Betäuben Sie das Geschöpf erneut, wenn es sich bewegt«, sagte er.

Sie nickten und wirkten so nervös wie Reed vor kurzer Zeit. Die Schreie waren wirklich sehr beunruhigend.

Archer betrat die Krankenstation und blieb stehen. Ein Tornado schien in dem normalerweise immer ordentlichen und gut beleuchteten Raum gewütet zu haben. Der Captain bemerkte einen gesplitterten Bildschirm und ein zur Seite geneigtes Biobett; nur die Verankerung im Boden hatte verhindert, dass es ganz umgestürzt war. Schleim zeigte sich darauf und auch auf dem Boden, bildete eine zur Tür führende Spur.

Doch das überraschte Archer nicht so sehr. Er hatte Schäden erwartet und auch damit gerechnet, Verletzte vorzufinden.

Was sich seinen Blicken offenbarte, war noch schlimmer. Ein Sicherheitswächter, Besatzungsmitglied Pointer, lag zusammengerollt auf dem Boden, nicht weit von der Schleimspur entfernt. Er presste sich die Hände an den Kopf. Die Lippen bewegten sich lautlos.

Der andere Sicherheitswächter namens Daniels stand wie erstarrt in der Mitte des Raums, in der rechten Hand noch immer die Phasenpistole. Er starrte an die Decke.

Und er schrie. Gelegentlich unterbrach er die Schreie, um Luft zu holen, und dann heulte er erneut los.

»Bitte sorgen Sie dafür, dass er nicht auf mich schießt!«, rief Phlox, um sich trotz der Schreie verständlich zu machen.

Daniels schien ihn überhaupt nicht zu hören. Er schrie und schrie, starrte dabei zu etwas empor, das offenbar nur für ihn existierte.

Archer und Reed richteten ihre Waffen auf ihn. Der Captain vergewisserte sich noch einmal, dass sein Strahler auf Betäubung justiert war. Der Anblick der beiden Sicherheitswächter erstaunte ihn noch immer. Er dachte an die vielen psychologischen Tests – in ganz Starfleet gab es kein anderes Sicherheitsteam, das in Hinsicht auf

Mut, Widerstandskraft und andere Eigenschaften so gut abgeschnitten hatte wie Reeds Gruppe. Doch diese beiden Männer hatten ganz offensichtlich einen mentalen Kollaps erlitten.

Warum?

Phlox näherte sich Daniels vorsichtig, obgleich Archer vermutete, dass der Sicherheitswächter ihn überhaupt nicht wahrnahm. Daniels' ganze Aufmerksamkeit galt dem schrecklichen Etwas, das nur er an der Decke sah. Archer bemerkte dort nur die weißen Lampen, die den Raum normalerweise in ein freundliches Licht tauchten.

Mit einer raschen Bewegung verabreichte Phlox dem Mann eine Injektion in den Arm. Daniels rührte sich nicht und schrie noch immer.

Dann schwieg er plötzlich, verdrehte die Augen und erschlaffte. Phlox fing ihn auf und verhinderte, dass der Kopf auf den Boden prallte.

Anschließend wandte sich der Arzt Pointer zu und gab ihm ebenfalls eine Injektion.

Archer seufzte und glaubte, noch immer das Echo der Schreie zu hören. Sie schienen ebenso an ihm zu haften wie der ekelhafte Geruch. Er wusste gar nicht, ob es hier tatsächlich so stark nach fauligem Fisch stank – vielleicht waren seine Geruchsnerven so sehr überreizt, dass für ihn alles nach Fisch roch.

Er sah zum Spinnenwesen in der Tür, dann wieder zu den beiden Sicherheitswächtern. Ein fremdes Geschöpf, und drei Besatzungsmitglieder der *Enterprise* waren außer Gefecht gesetzt. Warum?

Archer fragte sich, ob er tatsächlich einen Kampf gesehen hatte. Er kam sich eher wie der Besucher einer Nervenheilanstalt vor und dieses Gefühl gefiel ihm ganz und gar nicht.

Reed und Phlox trugen Daniels zu einem Biobett. Auf der Liege daneben schlief Edwards, völlig unberührt von den jüngsten Ereignissen in der Krankenstation.

Archer näherte sich Pointer. Alle Muskeln in seinem Leib schienen gespannt zu sein, trotz der Injektion. Die Händen blieben an den Kopf gepresst.

Reed kam hinzu und gemeinsam trugen sie Pointer zum nächsten Biobett. Phlox eilte zwischen seinen beiden neuen Patienten hin und her, wirkte dabei sehr besorgt.

Archer blickte auf die Anzeigen über Edwards' Kopf. Sie schienen sich nicht verändert zu haben. Ihre Bedeutung blieb dem Captain größtenteils verborgen; er wusste nicht, welche Werte bei diesen Instrumenten als normal galten.

»Nach Edwards' Erwachen meinten Sie, Antworten für mich zu haben, Doktor«, sagte er.

»Ich erwähnte keine Antworten, sondern neue Informationen.« Phlox versuchte, Pointers Hände vom Kopf zu lösen. Es gelang ihm nicht.

»Sie müssen jene Informationen in Antworten verwandeln«, sagte Archer. »Wir haben keine Zeit mehr.«

»Ich weiß.« Phlox sah ihn nicht an.

»Ich möchte, dass Sie Ihre ganzen Bemühungen darauf konzentrieren herauszufinden, was hier geschehen ist«, betonte Archer. »Ich brauche eine Lösung des Problems, so schnell wie möglich.«

Phlox nickte.

Archer wandte sich an Reed. »Sorgen Sie dafür, dass das fremde Wesen betäubt bleibt und an einem sicheren Ort untergebracht wird, bis wir wissen, was hier passiert ist.«

»Ja, Sir«, bestätigte Reed.

»Beim ersten Anzeichen von Problemen mit dem Geschöpf sollen sich Ihre Leute zurückziehen. Was auch immer mit diesen Männern geschah – es geschah schnell und weil sie dem Wesen nahe waren. Sie und Dr. Phlox entgingen einem ähnlichen Schicksal, ebenso Cutler und Mayweather auf dem Planeten. Bis sich das

Gegenteil herausstellt, muss ich von der Annahme ausgehen, dass die Entfernung eine wichtige Rolle spielt.«

»Bitte entschuldigen Sie, Sir, aber wir wissen nicht, was dies hier verursacht hat.«

Archer lächelte schief. »Und genau darin liegt das Problem, nicht wahr?«

Er wartete keine Antwort ab, trat an dem Spinnenwesen vorbei in den Korridor und ging in Richtung Brücke. Bestimmt gab es Antworten und Archer vermutete sie bei den Fazi.

20

Der Geruch folgte Archer zur Brücke und er fragte sich erneut, ob er nur auf eine Überreizung seiner olfaktorischen Wahrnehmung zurückzuführen war oder tatsächlich existierte. Nun, wenn ihm der Fischgestank tatsächlich anhaftete, so musste die Brückencrew eben irgendwie damit fertig werden.

Alle waren an ihren Plätzen. Mayweather saß an den Navigationskontrollen. Er hatte seinen Dienst erst vor kurzer Zeit beendet und war sofort zurückgekehrt, als der Alarm ausgelöst wurde.

Archer ging zum Kommandosessel. »Teilen Sie der Crew mit, dass wir bis auf weiteres zum normalen Dienst zurückkehren.«

Hoshi gab die Anweisung per Interkom weiter und wandte sich dann wieder ihrem Schirm zu, um die linguistischen Analysen fortzusetzen. Seit dem Beginn dieser ganzen Sache hatte sie die Brücke nur einige wenige Male verlassen, um sich kurz hinzulegen oder eine Kleinigkeit zu essen. Ringe zeigten sich unter ihren Augen und das Haar war zerzaust, aber Archer schwieg. Er brauchte sie, um herauszufinden, was geschah und warum die Fazi den Kom-Kontakt unterbrochen hatten, als er die intelligente Spezies des Südkontinents erwähnte. Einen Ansatzpunkt bot vielleicht die Sprache der Fazi.

»Diejenigen von Ihnen, die dienstfrei hatten, können in Ihre Unterkünfte zurückkehren«, teilte Archer der Brückencrew mit. »Lassen Sie sich vom zweiten Team vertreten. Um sechs Uhr Bordzeit erwarte ich Sie frisch und munter zurück.«

Mehrere Brückenoffiziere nickten. Hoshi machte erneut eine Interkom-Durchsage und hinter Archer öffnete sich die Lifttür, als die Nachtschicht zum Dienst zurückkehrte.

Anspannung und Ärger wichen nicht von ihm. Den Sicherheitswächtern in der Krankenstation hätte nichts zustoßen dürfen. Und fast wäre auch Dr. Phlox dem rätselhaften fremden Einfluss zum Opfer gefallen – reines Glück hatte das verhindert. Beim nächsten Mal kamen sie vielleicht nicht so glimpflich davon. Und ohne Dr. Phlox steckten sie wirklich in der Klemme.

Erneut öffnete sich die Lifttür und Trip Tucker betrat die Brücke. Er ging zu einer Konsole, betätigte Tasten und blickte auf ein Display. Eigentlich war auch sein Dienst beendet, aber der Alarm hatte ihn ganz offensichtlich wieder zur Arbeit gerufen. Wenigstens befand er sich nicht im Maschinenraum, um dort das Warptriebwerk zu kontrollieren.

Archer beschloss, ihn nach einigen Minuten aufzufordern, sein Quartier aufzusuchen und sich zu entspannen. Bis dahin sollte er ruhig die Bordsysteme überprüfen.

Archer stand auf, von neuerlicher Ruhelosigkeit erfasst. Er schritt zu T'Pols wissenschaftlicher Station. Auch die Vulkanierin hatte viel zusätzliche Zeit auf der Brücke verbracht, wirkte aber so wie immer, kühl und beherrscht. Sie rümpfte die Nase, als sich Archer ihr näherte, und er unterdrückte ein Lächeln. Den besonders empfindlichen vulkanischen Geruchssinn hatte er ganz vergessen.

Offenbar bildete er sich den Gestank nicht nur ein – er war ihm tatsächlich zur Brücke gefolgt. Er entschied, ihm keine Beachtung zu schenken, dankbar für ein Protokoll, das es den anderen verbot, ihm zu sagen, wie unangenehm er roch.

Ob es ihm gefiel oder nicht: T'Pol hatte mehr Erfahrung im Umgang mit fremden Spezies als er. Vielleicht war sie schon einmal auf ein solches Phänomen gestoßen; deshalb beschrieb er ihr die Ereignisse in der Krankenstation.

»Haben Sie eine Ahnung, was passiert sein könnte?«

»Der Zwischenfall in der Krankenstation ähnelt jenem auf dem Planeten«, sagte T'Pol.

»Ja, so viel ist mir klar«, erwiderte Archer.

Die Vulkanierin schien an seinem Ton keinen Anstoß zu nehmen. Sie drückte einige Tasten und der Bildschirm vor ihr zeigte Edwards und die fremden Wesen. »Ich glaube nicht, dass es sich um einen Angriff handelte.«

Archer blickte auf den Schirm. Edwards presste sich die Hände an den Kopf und schrie voller Entsetzen. Glücklicherweise wurde er kurz darauf still, doch seine Qual war offensichtlich. Die Spinnenwesen näherten sich ihm, eins von vorn, die anderen von hinten.

»Für mich sieht es nach einem Angriff aus«, sagte Archer.

»Für mich ebenfalls.« Trip Tuckers Stimme erklang direkt hinter dem Captain und ließ ihn zusammenzucken.

Archer hatte gar nicht gehört, dass Trip näher gekommen war, und normalerweise entging ihm so etwas nicht.

Tucker bemerkte die Reaktion und lächelte. »Hast du geglaubt, alle würden sich von dir fern halten, weil du dieses neue Parfüm benutzt?«

Er roch also wirklich so schlimm, wie er befürchtet hatte. »Nein«, entgegnete Archer. »Ich schätze, ich bin zu konzentriert gewesen.«

»Von dem fremden Wesen geht ein stechender Geruch aus«, sagte T'Pol. »Aber er scheint nicht gefährlich zu sein.«

»Ich habe nur in der Nähe gestanden und das Geschöpf nicht einmal berührt«, erwiderte Archer.

»Das genügte offenbar«, sagte T'Pol.

»Meiner Meinung nach war's bereits zu viel.« Tucker deutete auf den Bildschirm und die Kuppe seines Zeigefingers berührte die Darstellung des Spinnenwesens, das Edwards am nächsten war. »Ich begreife nicht, wieso Sie *keinen* Angriff darin erkennen. Die Wesen nähern sich ihm, er leidet ganz offensichtlich und wir veranlassen einen Nottransfer. Alles deutet auf einen Angriff hin.«

»Man geht immer von Annahmen aus, die auf der eigenen Kultur basieren«, sagte T'Pol und rümpfte erneut die Nase.

Archer bemerkte die Spitze in den Worten der Vulkanierin sehr wohl, ging aber nicht darauf ein. »Da Ihre Kultur anders ist ... Von welchen Annahmen gehen Sie aus?«

T'Pol neigte den Kopf ein wenig zur Seite und sah zu ihm auf. Sie hatte eine so enorme Ausstrahlung, dass er oft vergaß, wie klein sie war.

»Vulkanier kennen keine ›Annahmen‹«, sagte sie.

Trip schnaubte abfällig. »Von wegen. Die ganze Zeit gehen Vulkanier von irgendwelchen Annahmen aus. Sie nehmen an, mehr zu wissen als andere, überlegen zu sein ...«

Archer brachte ihn zum Schweigen, indem er die Hand hob. »Dies ist nicht der geeignete Zeitpunkt.«

»Vulkanier haben fundierte Meinungen, die auf Logik und Beobachtung basieren«, sagte T'Pol, als wäre sie überhaupt nicht unterbrochen worden.

»Logik und Beobachtung«, wiederholte Trip und machte keinen Hehl aus seiner Skepsis.

»Wie lautet Ihre fundierte Meinung?«, fragte Archer und bemühte sich, den Sarkasmus aus seiner Stimme fern zu halten.

T'Pol beugte sich zum Bildschirm vor und Archer gewann den Eindruck, dass sie dem Geruch auszuweichen versuchte.

Sie deutete auf das erste Spinnenwesen. »Wie Sie sehen, trägt das Geschöpf keine Objekte bei sich und es ist auch nicht so schnell wie die anderen Wesen, die offenbar versuchen, zu ihm aufzuschließen.«

»Und?«, fragte Trip, womit er Archer zuvor kam.

T'Pol sprach ganz ruhig, aber es gelang ihr trotzdem, Verachtung zum Ausdruck zu bringen. »Wir sollten die Möglichkeit in Erwägung ziehen, dass die Wesen einfach nur kamen, um einen Fremden zu begrüßen.«

Archer starrte auf den Bildschirm. Einen Fremden zu begrüßen ... Das wäre eine vulkanische Reaktion. Aber wie passte Edwards in dieses Bild?

»Ich würde Ihnen vielleicht zustimmen, wenn Edwards' Schreie nicht wären«, sagte Archer.

T'Pol verschränkte die Arme und neigte den Kopf nach hinten. Ein kurzes Zucken in den Nasenflügeln wies darauf hin, dass sie noch immer unter dem scharfen Geruch litt. Ihre Haut wirkte noch etwas grünlicher als sonst.

»Viele Dinge können eine Person stören«, sagte sie. »So unangenehm sie auch sein mögen – man sollte sie nicht mit einem Angriff verwechseln.«

»Zum Beispiel?«, fragte Archer.

»Gerüche«, erwiderte T'Pol mit einem Takt, den der Captain bewundernswert fand. »Sie können so stark sein, dass sie bei empfindlichen Personen Übelkeit bewirken, ohne dass Absicht dahinter stecken muss.«

»Auf der Erde gibt es Tiere, die Duftstoffe einsetzen, um ihr Territorium zu markieren oder Gegner zu vertreiben«, sagte Archer.

»Sie tragen einen Geruch, der weder zur territorialen Markierung noch zur Verteidigung eingesetzt wird«, stellte T'Pol fest.

»Und er ist Ihnen unangenehm«, sagte Archer, wobei seine Lippen ein Lächeln andeuteten.

»Bestimmt geht es nicht nur mir so«, erwiderte die Vulkanierin ruhig.

»Da muss ich ihr Recht geben«, ließ sich Trip Tucker vernehmen.

»Manche Spezies reagieren so stark auf Gerüche, dass sie das Bewusstsein verlieren können, wenn ein bestimmter Geruch stark genug ist«, fuhr T'Pol fort. »Andere reagieren mit tränenden Augen und geschwollener Schleimhaut. Auch Erkrankungen sind möglich. Bei allen diesen Reaktionen könnte ein Beobachter zu dem Schluss gelangen, dass sie von einem Angriff ausgelöst wurden. Genau genommen stimmt das auch. Es handelt sich um einen Angriff auf die Sinne, hinter dem sich jedoch keine Absicht verbirgt.«

Archer runzelte die Stirn und sah wieder auf den Bildschirm. »Mir ist aufgefallen, dass Edwards nicht von den Wesen berührt wurde.«

»Ja«, sagte Trip. »Und nichts deutet auf Waffen hin. Zumindest gibt es keine Objekte, die wir als Waffen erkennen könnten.«

T'Pol nickte kurz. »Wir sehen, was wir zu sehen erwarten. Wenn wir einen Angriff vermuten, halten wir nach verborgenen Waffen und anderen Möglichkeiten Ausschau, Schaden zuzufügen. Wenn wir davon ausgehen, dass die Fremden Edwards und seine Begleiter begrüßen wollten, so stehen wir vor einem anderen Dilemma.«

»Ich bin sicher, dass kein Mensch so stark auf einen Geruch reagiert«, sagte Archer.

»Das bezweifle ich nicht«, erwiderte T'Pol und vielleicht bezogen sich ihre Worte auch auf den Geruch, der dem Captain anhaftete. »Ich bin sicher, dass wir es hier nicht mit einem olfaktorischen Problem zu tun haben, wohl aber mit einem ›Angriff auf die Sinne‹.«

»Wie meinen Sie das?«, fragte Archer.

»Ich vermute eine besondere sensorische Stimulierung ohne die Absicht, in irgendeiner Weise zu verletzen.«

Der Captain versuchte zu verstehen. »Anders ausgedrückt ... Die Wesen stellten mit Edwards etwas an, das für sie so natürlich war wie für uns das Atmen?«

»Ja«, bestätigte T'Pol.

»Was könnte das sein?«, fragte Trip.

»Telepathie«, antwortete die Vulkanierin.

»Die Spinnenwesen verfügen über telepathische Fähigkeiten?«, staunte Trip.

»Worauf basiert diese ›fundierte‹ Meinung?«, fragte Archer.

»Auf Logik«, sagte T'Pol.

»Ebenso könnte ich sagen, das mein Eindruck eines Angriffs auf einer Ahnung basiert«, sagte Trip.

Archer schüttelte den Kopf; diesem Einwand seines Freunds konnte er sich nicht anschließen. Er nickte T'Pol zu. »Erklären Sie mir Ihre Logik.«

»Telepathie funktioniert im Wasser genauso gut wie an Land«, sagte die Vulkanierin. »Es wäre eine logische Entwicklung für Geschöpfe, die in beiden ambientalen Systemen leben.«

Hoshi stand auf und kam näher. Zum ersten Mal seit Tagen wirkte sie fasziniert. »Soweit ich weiß, gibt es einige Spezies mit einer begrenzten telepathischen Kommunikation.«

T'Pol nickte. »Ich habe von solchen telepathischen Völkern gehört, hatte aber nie das Vergnügen, ihnen zu begegnen.«

»Vergnügen?«, wiederholte Trip. »Ich glaube, Edwards empfindet das, was er derzeit durchmacht, nicht als Vergnügen.«

Archer nickte. Edwards hatte geschrien, als erlitte er Höllenqualen.

T'Pol sah den Chefingenieur an. »Ich glaube, wir können von Glück sagen, dass bei den telepathischen Begegnungen keine menschlichen Besatzungsmitglieder ums Leben kamen.«

Trip setzte zu einer Erwiderung an, aber Archer hob erneut die Hand.

»Wie kommen Sie darauf?«, fragte er T'Pol.

»Ich bezweifle, dass der menschliche Geist eine telepathische Begegnung ertragen kann. Menschen sind nicht einmal imstande, ihre einfachsten Gedanken zu kontrollieren.«

»Selbst wenn Sie Recht hätten, was ich nicht glaube ...«, sagte Archer. »Was hat die Kontrolle von Gedanken mit Telepathie zu tun?«

»Ein schwächerer Geist ist nicht imstande, einen telepathischen Kontakt zu blockieren, wenn er seine ziellosen Gedanken nicht kontrollieren kann«, erläuterte T'Pol. »Um dem invasiven Gedanken eines anderen Bewusstseins standzuhalten, ist ein hohes Maß an Kontrolle notwendig.«

Archer wollte Widerspruch erheben, als Hoshi einen Schritt vortrat.

»Das könnte die starren gedanklichen und kulturellen Strukturen der Fazi erklären«, sagte sie mehr zu sich selbst.

T'Pol nickte. »Es wäre die logische Entwicklung einer Kultur mit nahem planetarem Kontakt zu einer telepathischen Spezies.«

»Wie bitte?«, fragte Trip.

»Ich glaube, hier sind noch einige Erklärungen nötig«, sagte Archer.

Hoshi wandte sich ihm zu und wirkte aufgeregt. »Die bisherigen Theorien gehen davon aus, dass Telepathie ohne Kontrolle zum Wahnsinn führt. Telepathische Kommunikation erfordert ein vollkommen beherrschtes, strukturiertes und diszipliniertes Selbst.«

»Genau«, sagte T'Pol. »Unter gewissen Umständen sind Vulkanier zu einer eingeschränkten Form der Telepathie fähig, was wir vor allem der Kontrolle unserer Gefühle verdanken.«

Archer musterte sie erstaunt. Er hatte gerüchteweise davon gehört, dass Vulkanier telepathische Fähigkeiten besäßen, aber diese galten als so persönlich und privat, dass es als sehr taktlos galt, sie darauf anzusprechen.

Es verblüffte ihn geradezu, dass T'Pol von ganz allein darauf hingewiesen hatte. Erwähnte sie es vor allem deshalb, um einmal mehr die vulkanische Überlegenheit zu betonen?

»Mal sehen, ob ich das alles richtig verstanden habe«, sagte Archer. »Das Spinnenwesen, das wir betäubt haben, hat nur versucht, mit Edwards und den beiden Sicherheitswächtern zu reden?«

»Diesen logischen Schluss muss man ziehen, wenn man die Umstände und auch das berücksichtigt, was sich auf dem Planeten zugetragen hat«, sagte T'Pol.

»Und indem sich das Wesen den Männern mitzuteilen versuchte, stellte es irgendetwas mit ihren Gehirnen an?«, fragte Trip.

»Wenn die Postulate in Hinsicht auf telepathische Kommunikation richtig sind, so lässt sich daraus logischerweise schließen: Das menschliche Bewusstsein ist nicht ausreichend strukturiert, um einen telepathischen Kontakt zu bewältigen.«

»Und Ihr Bewusstsein ist natürlich ausreichend strukturiert, nicht wahr?«, stieß Trip verärgert hervor.

»Ja«, sagte T'Pol schlicht.

Das reichte Archer. Derzeit lag ihm nichts an einer verbalen Auseinandersetzung dieser Art. »Wir gehen hier nach wie vor von Annahmen aus und haben keinen Beweis dafür, dass es sich um den Versuch einer friedlichen telepathischen Kommunikation handelt. Vielleicht war es ein telepathischer Angriff. Oder etwas, das ebenso unsichtbar ist, zum Beispiel ein Geräusch, das vom menschlichen Ohr nicht wahrgenommen werden kann. Oder, wie T'Pol bereits betont hat, ein Geruch.«

Die Vulkanierin wölbte eine Braue.

»Ich bin noch immer der Ansicht, dass Ihre Theorie kaum mehr ist als eine Ahnung«, sagte Archer.

T'Pol versteifte sich und der Captain begriff, dass er sie beleidigt hatte. Es war ihm gleich.

»Ich bin nicht bereit, Ihre geistige Gesundheit zu riskieren. Ich möchte nicht, dass Sie versuchen, mit dem fremden Wesen zu kommunizieren, ganz gleich, wie strukturiert Ihre Gedanken sind. Es muss einen anderen Weg geben und ich möchte, dass ihr ihn findet. Verstanden?«

Hoshi und Trip nickten. T'Pol neigte kurz den Kopf.

»So schnell wie möglich«, fügte Archer ernst hinzu.

Hoshi kehrte zu ihrer Station zurück. Trip lächelte und ging in Richtung Lift. Archer rührte sich nicht von der Stelle. T'Pol beobachtete ihn und blieb dabei deutlich auf Distanz.

»Bitte weisen Sie Dr. Phlox auf Ihre Theorie hin«, sagte Archer zu der Vulkanierin. »Vielleicht findet er dadurch einen Ansatzpunkt, um den betroffenen Besatzungsmitgliedern zu helfen.«

»Ich spreche sofort mit ihm.« T'Pol schritt am Captain vorbei zum Lift. Archer gewann den Eindruck, dass sie etwas schneller ging als sonst.

Er spürte das Bedürfnis, sein Quartier aufzusuchen, sich zu waschen und dann zur Brücke zurückzukehren. Sie schienen der Lösung ihres Problems ein wenig näher gekommen zu sein, obgleich T'Pols Telepathie-Theorie Archer nicht ganz überzeugte. Die Schwierigkeiten mit der Logik bestanden darin, dass sie zwar sehr reizvoll wirkte, aber nicht immer die richtige Antwort präsentierte.

Nun, die Sache mit der telepathischen Kommunikation erschien mindestens so plausibel – wenn nicht noch plausibler – wie die Angriffstheorie.

Archer drehte sich um und blickte zum Hauptschirm. Der Fazi-Planet drehte sich unter der *Enterprise*. Vom hohen Orbit aus sah er wie eine ganz normale friedliche Welt auf. Aber dieser Eindruck täuschte. Zum ersten Mal begriff Archer, wie einfach es die Vulkanier gehabt hatten, als sie zur Erde gekommen waren.

21

Es erschien ihr sonderbar, das Spiel fortzusetzen. Cutlers Herz klopfte noch immer schneller als sonst, obgleich es während des Alarms für sie nichts zu tun gegeben hatte. Sie war gerade in ihr Quartier zurückgekehrt, als sich Mayweather per Interkom meldete.

»Ich habe Appetit bekommen«, sagte er. »Können wir spielen, während ich etwas esse?«

»Wenn die anderen damit einverstanden sind«, erwiderte Cutler. Anderson und Nowakowitsch erhoben keine Einwände und es dauerte nicht lange, bis sie wieder gemeinsam am Tisch saßen, zum zweiten Mal an diesem Abend.

Mayweather aß eine Art Sandwich, zusammengestellt aus den Speiseresten in der Küche. Es war riesig, großzügig ausgestattet mit Mayonnaise, Ketchup und anderen zähflüssigen Substanzen, belegt mit Gurken, weißem Käse, Tomaten und anderen, weniger vertraut wirkenden Ingredienzen. Die dicke braune Scheibe in der Mitte schien Fleisch zu sein.

Mayweather wandte sich vom Spieltisch ab, wenn er in das große Sandwich hineinbiss. Anderson hatte sich einen Keks besorgt, mampfte fröhlich und ließ Krümel aufs Tuch fallen.

»Na schön«, sagte er mit vollem Mund, wodurch noch mehr Krümel herunterfielen. »Ich hing im wahrsten Sinne des Wortes in der Luft, als der Alarm ausgelöst wurde.«

Cutler lächelte. »Dr. Mean hängt an einer marsianischen Himmelsbrücke.«

Andere Besatzungsmitglieder trafen ein, um zu essen und miteinander zu reden. Bei den Gesprächen ging es kaum um das fremde Wesen an Bord. Es erstaunte Cutler, wie schnell sich die Crew an solche Dinge gewöhnte.

»Können mir die anderen helfen?«, fragte Anderson.

»Das haben wir bereits geklärt«, sagte Cutler.

In Andersons Augen funkelte es. »Wollte nur feststellen, ob Sie sich daran erinnern.«

»Der Spielleiter weiß alles und sieht alles«, betonte Cutler.

»Hoffentlich nicht«, sagte Nowakowitsch und zwinkerte. Offenbar fühlte er sich besser.

»Kann ich mich hochziehen?«, fragte Anderson.

»Dabei kommt es auf Kraft an«, warf Mayweather ein.

»Besser Kraft als Gehirn«, meinte Anderson. »Mean ist nicht sehr stark, aber ausgesprochen dumm.«

Cutler hatte einen besonderen Schwierigkeitsgrad für diese Falle vorgesehen und sie in ihren Notizen mit minus zwei markiert. »Sie müssen die Bolzen darüber entscheiden lassen, wie schwer es ist, nach oben zurückzukehren. Wenn mehr als vier rote nötig sind, können Sie sich nicht hochziehen.«

»Also los, ihr Lieben«, sagte Anderson zu den Bolzen. »Die roten von euch sollten jetzt Zurückhaltung üben.«

»Mir erscheint es seltsam, mit Bolzen zu reden«, wandte sich Nowakowitsch an Mayweather.

»Manche Leute reden mit Würfeln«, erwiderte der Pilot.

»Ja, aber das ist Tradition. Bolzen …«

Anderson ließ sie auf den Tisch fallen. Ein roter Bolzen nach dem anderen erschien auf dem weißen Tuch.

»Sieben«, sagte Cutler. »Sie sind zu Tode gestürzt.«

Anderson stand auf. »Zu Tode! Davon haben Sie nichts gesagt. Sie haben nur darauf hingewiesen, dass ich fallen würde!«

»Hätten Sie sich anders verhalten, wenn Ihnen die Todesgefahr bekannt gewesen wäre?«, fragte Cutler.

»Keine Ahnung. Ich glaube, Sie haben es auf mich abgesehen. Jetzt bin ich schon zweimal gestorben.«

»Wie oft hört man einen solchen Satz?«, flüsterte Mayweather Nowakowitsch zu.

»Lacht ruhig«, sagte Anderson. »Wartet ab, bis es euch erwischt. Es macht keinen Spaß zu sterben.«

»Kommt auf die jeweilige Perspektive an«, erwiderte Nowakowitsch und lächelte.

Anderson schüttelte den Kopf. »Bin ich jetzt aus dem Spiel?«

»Natürlich nicht«, sagte Cutler. »Sie können sich eine neue Figur zulegen und ihre Eigenschaften bestimmen.«

»Hängt sie ebenfalls an der Himmelsbrücke?«, fragte Anderson und stemmte die Hände in die Hüften.

»Nein«, sagte Cutler. »Sie muss ganz von vorn beginnen.«

»Ich laufe diesen Jungs also hinterher und versuche, zu ihnen aufzuschließen?«

»Vielleicht können wir auf Sie warten«, schlug Mayweather vor.

Cutler unterdrückte ein Lächeln. Wenn sie das versuchten, würden sie es mit einem Schwarm marsianischer Flugechsen zu tun bekommen.

»Wenn Sie uns die Hälfte des Gewinns geben«, sagte Nowakowitsch.

»Wer hat bei diesem Spiel irgendeinen Gewinn in Aussicht gestellt?«, fragte Anderson.

»Nun, was bekommen wir, wenn wir den Schatz finden?«, fragte Nowakowitsch.

»Einen vollautomatischen Translator«, sagte Mayweather. »Den können wir bestimmt irgendwo verkaufen.«

»Bis dahin ist es noch ein weiter Weg«, warf Cutler ein. »Derzeit geht es nur um Teile eines Translators.«

»Sie könnten aufhören«, meinte Nowakowitsch. »Aber das macht wohl keinen Spaß.«

Anderson runzelte die Stirn. »Na schön«, sagte er und setzte sich wieder. »Ich lege mir eine neue Figur zu.«

»Eigentlich sind Sie jetzt nicht mehr dran«, erwiderte Cutler.

»Ach, lassen Sie ihn nur.« Mayweather wandte sich vom Tisch ab und griff nach seinem Sandwich. Etwas Zitronengelbes löste sich daraus und fiel zu Boden; er bückte sich, um es aufzuheben.

Cutler reichte Anderson den Becher, und mit den darin enthaltenen Bolzen bestimmte er die Eigenschaften seiner neuen Spielfigur, die er »Horseman« nannte. Horseman hatte eine Kraft von acht, eine Intelligenz von drei, ein Charisma von eins, eine Geschicklichkeit von sechs und ein Glück von drei.

»Ihre Figuren werden immer dümmer und stärker«, sagte Nowakowitsch.

»Bei der Brücke hätte ich die Kraft gebrauchen können«, brummte Anderson.

»Grips wäre noch besser gewesen«, sagte Mayweather. »Bestimmt gab es noch einen anderen Weg über die Brücke.«

Das stimmte, aber Cutler wollte nicht darauf hinweisen. Vielleicht wurden die beiden anderen Spieler später mit dem gleichen Problem konfrontiert.

»Ich hole mir noch einen Keks«, sagte Anderson und stand auf. »Möchte jemand einen?«

Mayweather und Nowakowitsch schüttelten den Kopf.

Cutler wandte sich ihnen zu. »Was wollen Sie jetzt unternehmen?«

Mayweather wischte sich Ketchup aus dem Mundwinkel, kaute und antwortete dann: »Ich möchte nicht über diese Brücke. Wie wär's, wenn wir einige Stockwerke hinuntergehen und es mit einer der anderen Brücken versuchen?«

»Meinetwegen«, sagte Nowakowitsch.

Cutler ließ die Bolzen aufs Tuch fallen – fünf rote. »Sie haben es sicher die Treppe hinunter geschafft und die anderen Himmelsbrücken erreicht. Hier bieten sich Ihnen zwei Möglichkeiten. Entweder wenden Sie sich nach links oder nach rechts. Die rechte Himmelsbrücke führt zu einem Gebäude, das niedriger zu sein scheint und nur mit einer Himmelsbrücke verbunden ist, die in Richtung Stadtmitte reicht. Links erhebt sich ein weiteres hohes Gebäude mit mehreren Brücken, doch keine von ihnen führt zur Stadtmitte.«

»Nach links«, sagten Mayweather und Nowakowitsch wie aus einem Mund. Die Würfel entschieden: Sie erreichten das andere Gebäude, ohne auf Probleme zu stoßen.

Anderson kehrte mit fünf Keksen zurück, gab den anderen jeweils einen und behielt zwei für sich.

»Sie sind dran«, sagte Cutler zu ihm und legte ihren Keks auf den Nebentisch. Sie aß keine Schokolade, verzichtete aber auf einen entsprechenden Hinweis – immerhin war es eine nette Geste. »Sie sind wieder am Anfang. Möchten Sie den Kanal überqueren?«

Anderson dachte kurz nach. »Bedeutet das, ich könnte auch eine andere Route nehmen?«

»Ja«, bestätigte Cutler.

»Wäre ich in der Lage, zu den anderen aufzuschließen?«

Sie zuckte mit den Schultern.

»Ich überquere den Kanal«, sagte Anderson.

»Na schön. Möchten Sie das Boot benutzen oder versuchen, die Brücke zu überqueren?«

»Ich versuch's mit der Brücke.«

»In Ordnung«, sagte Cutler. »Denken Sie daran, dass es ein großes Loch in ihr gibt ...«

»Wie könnte ich das vergessen?«, erwiderte Anderson. »Den Ort, an dem man zum ersten Mal starb, vergisst man bestimmt nicht.«

Er sagte es scherzhaft, aber Cutler schauderte. Sie dachte an jenem Moment auf dem Planeten, als Edwards zu schreien begonnen hatte. Sie sah sich selbst, in der Luke der Shuttlekapsel, während sich die fremden Wesen dem schreienden Edwards näherten ...

Sie begegnete Mayweathers Blick und er lächelte schief. Offenbar gingen ihm ähnliche Gedanken durch den Kopf.

Anderson und Nowakowitsch sahen sie an, erwarteten etwas von ihr.

Sie sah auf ihre Notizen. »Das Brett liegt noch immer über dem Loch.«

»Gut«, sagte Anderson. »Ich gehe darüber hinweg.«

Cutler reichte ihm den Becher. »Mit mehr als zwei roten Bolzen schafft es Horseman auf die andere Seite.«

Anderson nickte und schüttelte den Becher, was einige in der Nähe sitzende Besatzungsmitglieder veranlasste, den Kopf zu drehen. Dann ließ er die Bolzen auf den Tisch fallen.

Nur ein roter.

Mayweather und Nowakowitsch lachten.

»O nein, nicht schon wieder«, ächzte Anderson.

Cutler sprach ganz langsam, um nicht ebenfalls zu lachen. »Horseman ist vom Brett gefallen ...«

»Und ins Wasser gestürzt«, brummte Anderson. »Meine Güte. Woher weiß ich das bloß?«

»Platsch!«, sagte Mayweather und lachte noch lauter.

»Jetzt haben es vermutlich marsianische Monsterfische auf mich abgesehen«, meinte Anderson.

»Erst müssen wir feststellen, ob Sie den Sturz überlebt haben«, wandte Cutler ein.

»Doom hatte ihn überlebt«, sagte Anderson. »Dann

sollte auch Horseman dazu imstande sein. Immerhin ist er meine stärkste Figur. *Bisher.*«

Er betonte das letzte Wort.

»Ich schätze, da haben Sie Recht«, sagte Cutler, ohne ihre Notizen zu Rate zu ziehen. »Er hat überlebt.«

Anderson nickte. »Und jetzt schwimme ich ans Ufer. Wobei ich von Monsterfischen verfolgt werde. Ich möchte wissen, ob Horseman überlebt.«

Cutler nahm die Bolzen und gab sie in den Becher. »Drei oder weniger, und Sie müssen noch einmal versuchen, die Brücke zu überqueren.«

»Allmählich hasse ich Brücken«, murmelte Anderson und schüttelte den Becher. Die Bolzen rasselten. Nach einigen langen Sekunden ließ er sie aufs Tuch fallen.

Drei rote Bolzen.

»Eine über fünfzehn Meter lange mutierte marsianische Kanalforelle ...«

»Hat Horseman in der Mitte durchgebissen«, sagte Anderson. »Ich weiß, ich weiß. Horseman ist tot.«

»Und es ist niemand da, der um ihn trauern kann«, fügte Nowakowitsch hinzu.

»Reiben Sie es mir ruhig unter die Nase. Warten Sie nur, bis Rust stirbt. Niemand von uns wird um *ihn* trauern.«

»Sie wollen weiterspielen?«, fragte Nowakowitsch.

»Natürlich will ich weiterspielen«, sagte Anderson. »Glauben Sie etwa, ich lasse mich von einem solchen Spiel schlagen? Ich bleibe dabei, ganz gleich, wie oft ich ums Leben komme.«

»Nun, ich schlage vor, wir machen für heute Abend Schluss.« Mayweather gähnte. »Lachen tut offenbar der Seele gut. Zum ersten Mal seit Tagen bin ich richtig müde.«

»Ich auch«, sagte Cutler.

»He, Sie können mich doch nicht einfach so zurücklassen, zweimal tot!«

»Ich fürchte, uns bleibt nichts anderes übrig«, sagte Cutler. »Ich nehme die Bolzen und gehe zu Bett.«

»Ich erhebe keine Einwände.« Nowakowitsch stand auf.

»Spielen wir morgen weiter?«, fragte Anderson. »Nach dem Dienst?«

»Für jemanden, der zweimal gestorben ist, zeigen Sie erstaunlich viel Interesse an dem Spiel«, sagte Mayweather.

»Ich bin jetzt entschlossen«, betonte Anderson. »Sie haben mich noch nicht entschlossen erlebt.«

»O Mann, jetzt krieg ich's mit der Angst zu tun.« Nowakowitsch zwinkerte.

»Bis morgen lasse ich mir eine tolle Figur einfallen«, sagte Anderson.

»Bringen Sie ihr bei, schneller zu schwimmen«, erwiderte Mayweather.

Sie verließen den Speisesaal und nur Anderson lachte nicht.

22

Als sich Dr. Phlox meldete und den Captain bat, die Krankenstation aufzusuchen, hoffte Archer, dass eine Lösung des Problems in Reichweite rückte. Er machte sich sofort auf den Weg.

Im Korridor vor der medizinischen Abteilung roch es noch immer nach fauligem Fisch, wenn auch nicht mehr so stark wie vorher. Es freute Archer, dass er den Unterschied bemerkte. Er sah darin ein Zeichen dafür, dass die lange Dusche mit viel Seife tatsächlich ihren Zweck erfüllt hatte.

Es gab keine Schleimspuren mehr auf dem Boden – nichts deutete auf die Ereignisse des vergangenen Nachmittags hin. Doch Archer hatte sie viel zu genau in Erinnerung.

Er betrat die Krankenstation, vernahm das Summen und elektronische Piepsen komplexer Geräte. Dr. Phlox stand zwischen zwei Biobetten und blickte auf die Anzeigen darüber. Sein rötliches Haar war so zerzaust, als hätte er es sich vor Ratlosigkeit gerauft.

Die drei Besatzungsmitglieder waren mit Gurten an die Liegen geschnallt und schienen zu schlafen. Das Spinnenwesen hatte man in der Arrestzelle untergebracht und Reed ließ es dort bewachen. Phlox begab sich immer wieder dorthin, um dafür zu sorgen, dass das Geschöpf betäubt blieb.

»Irgendwelche Veränderungen?«, fragte Archer.

»Keine, die ich feststellen kann«, antwortete Dr. Phlox.

T'Pol und Hoshi kamen zusammen herein. Wieder sah Archer ein Zucken in den Nasenflügeln der Vulkanierin und Hoshi hob kurz die Hand zum Mund, ließ sie dann wieder sinken. Offenbar hatte der Gestank nicht so sehr nachgelassen, wie er glaubte.

»Ich halte sie mithilfe von Sedativen im Tiefschlaf, damit Körper und Geist sich regenerieren«, fügte der Arzt hinzu. »Mehr kann ich derzeit nicht für sie tun.«

»Eine logische Behandlung«, kommentierte T'Pol.

Doch es ging Phlox nicht um Logik – er suchte ebenso nach Antworten wie Archer. So etwas wie Frustration zeigte sich in seinen Augen und der Captain teilte dieses Empfinden.

»Ich wollte Ihnen dies hier zeigen.« Phlox betätigte einige Schaltelemente und auf dem Bildschirm über dem Diagnosebett erschien das Ergebnis eines Scans. Archer, T'Pol und Hoshi traten näher. »Bei Edwards fanden kontinuierliche Sondierungen statt; und dies ist der Zeitpunkt, als das fremde Wesen zu sich kam.«

Phlox deutete auf eine Linie, die plötzlich steil anstieg, während alle anderen gleich blieben. Was auch immer es sein mochte – es sah nicht gut aus.

»Was bedeutet das?«, fragte Archer.

»Ich glaube, es ist ein Hinweis auf psionische Energie«, sagte Dr. Phlox. »Bei Patienten mit möglichen Hirnschäden halte ich mit den Scans nach allem Ausschau.«

»Psionische Energie?«, wiederholte T'Pol. »Ich wusste gar nicht, dass Menschen in der Lage sind, so etwas zu messen.«

Phlox bedachte sie mit einem amüsierten Blick. »Vielleicht sind sie das auch nicht, Subcommander. Aber ich bin kein Mensch, wie Sie wissen.«

»Sie arbeiten mit menschlicher Technik.«

»Die ich manchmal für meine Zwecke modifiziere.«

T'Pol legte die Hände auf den Rücken, trat noch

etwas näher und betrachtete die Linien auf dem Bildschirm. Hoshi runzelte die Stirn.

Archer beobachtete sie. Ihm lagen viele Fragen auf der Zunge, aber er vermutete, dass er Antworten bekam, wenn er sich in Geduld fasste.

»Können Sie das Wellenmuster der Energie isolieren, Doktor?«, fragte T'Pol.

»Ich denke schon.« Phlox' Finger huschten über die Kontrollen. Archer schwieg auch weiterhin und ließ ihn arbeiten, während T'Pol neben ihm stand. Hinter ihnen stöhnte einer der Männer im Schlaf. Nur Hoshi drehte sich um.

»Das wär's, glaube ich«, sagte Phlox.

T'Pol betrachtete das Bild auf dem Schirm einige Sekunden lang. »Ausgezeichnet, Doktor.«

Phlox sah Hoshi an und lächelte, aber sie erwiderte das Lächeln nicht. T'Pol blickte zu den drei Patienten, und dünne Falten entstanden in ihrer Stirn. Dann nickte sie kurz und wandte sich an Archer.

»Der Scan bestätigt meine Theorie, Captain«, sagte sie. »Die fremden Wesen verfügen über ein telepathisches Potenzial.«

Das Interesse der Vulkanierin hatte Archer bereits einen Hinweis geliefert. Trotzdem: Er musste wissen, worauf ihre Schlussfolgerung basierte. »Wie kommen Sie darauf?«

»Es gibt viele verschiedene Arten von Telepathie und auch viele Spezies, die solche Fähigkeiten ansatzweise entwickelt haben«, sagte T'Pol. »Vulkanische Wissenschaftler glauben, dass selbst Menschen – die nur einen Teil ihres Gehirns nutzen – über rudimentäre telepathische Eigenschaften verfügen. Sie liegen natürlich brach.«

»Natürlich.« Archer konnte sich den Sarkasmus nicht verkneifen.

T'Pol überhörte seinen Kommentar. »Wir wissen, dass

bestimmte Formen der Telepathie unterschiedliche Arten von psionischer Energie verwenden. Dass Dr. Phlox' Instrumente imstande waren, sie zu messen, kann nur eins bedeuten: Die psionische Energie muss sehr stark und zu einem Strahl gebündelt gewesen sein.«

»Oh«, hauchte Hoshi. »Natürlich.«

Ihr »natürlich« war nicht sarkastisch gemeint. Es wies auf eine plötzliche Erkenntnis hin.

Archer sah sie fragend an.

»Die fremden Wesen kommunizieren unter Wasser. Dazu benötigen sie ausreichend starke, gebündelte Energiestrahlen.«

Archer nickte langsam.

Er sah zu den drei bewusstlosen Männern. Edwards hatte sich die Hände an den Kopf gepresst, Daniels immerzu geschrien und Pointer sich zusammengerollt. Archer versuchte sich vorzustellen, was geschehen mochte, wenn ein Strahl aus konzentrierter psionischer Energie sein Bewusstsein traf, aber es gelang ihm nicht.

Vielleicht *wollte* er es sich gar nicht vorstellen. Was mit den drei Männern geschehen war, schien einfach zu schrecklich zu sein …

»Welche Wirkung hätte ein solcher Strahl auf den menschlichen Geist?«, fragte er Phlox.

»Ich weiß es nicht genau«, erwiderte der Arzt. »Ich fürchte, das menschliche Bewusstsein wäre nicht imstande, damit fertig zu werden.«

»Bei einer solchen Energiestärke geriete sogar ein vulkanisches Bewusstsein in Schwierigkeiten, Doktor«, sagte T'Pol.

Das überraschte Archer. Es geschah nicht oft, dass Vulkanier eine Schwäche eingestanden. Er schwieg, um T'Pol nicht von weiteren Bemerkungen dieser Art abzuhalten.

Hoshi betrachtete noch immer das Muster der psionischen Energie auf Phlox' Schirm.

»Wäre es möglich, dieses Muster zu duplizieren?«, fragte sie.

»Rein theoretisch, ja«, antwortete T'Pol.

»Zu welchem Zweck?«, erkundigte sich Archer.

»Um mit den Fremden zu kommunizieren«, erwiderte Hoshi.

»Ich schätze, da komme ich nicht ganz mit«, sagte Archer. Was ihn ärgerte, denn schließlich redeten sie über Kommunikation und benutzten die gleiche Sprache. Aber selbst wenn Personen die gleiche Sprache benutzten – manchmal blieben Dinge unklar. »Ich dachte, die fremden Wesen verständigen sich mit Telepathie.«

»Ja, das stimmt«, bestätigte Hoshi.

»Benötigen sie trotz ihrer Telepathie eine Sprache?«, fragte Archer.

»Natürlich«, erwiderte Hoshi. »Nur nicht in der Weise, an die wir gewöhnt sind.«

»Deshalb die Notwendigkeit, Gedanken zu kontrollieren«, sagte T'Pol. »Um Telepathie als Kommunikationsmittel zu benutzen, müssen ziellose Gedanken und Gefühle eliminiert werden. Das betreffende Bewusstsein muss in der Lage sein, seine persönlichsten Gedanken während eines telepathischen Kontakts für sich zu behalten. Das ist sehr schwer und einer der Gründe dafür, warum telepathisch begabte Spezies oft zur gesprochenen Sprache zurückkehren.«

Das ergab durchaus einen Sinn, fand Archer. Die Vorstellung, dass fremde Gedanken sein Selbst berührten, ließ ihn innerlich schaudern. Vielleicht lag es daran, dass er Telepathie nie kennen gelernt hatte. Aber wenn telepathische Erfahrungen Reaktionen wie bei Edwards, Daniels und Pointer bewirkten, so wollte Archer gern darauf verzichten.

Hoshi wandte sich an T'Pol. »Könnten wir ein Gerät entwickeln, das diese Wellenlängen verwendet, unsere

Gedanken verstärkt und auf eine psionische Frequenz überträgt, wobei die Energiestärke auf ein für uns erträgliches Niveau beschränkt bleibt?«

»Sie meinen eine Art Adapter?«, fragte Archer. »Der nach dem gleichen Prinzip funktioniert wie ein Adapter für elektrischen Strom?«

»Genau«, sagte Hoshi.

Archer, Hoshi und Dr. Phlox beobachteten T'Pol, während sie nachdachte.

»Das könnte möglich sein, ja«, sagte die Vulkanierin schließlich.

»Machen Sie sich sofort an die Arbeit«, sagte Archer. »Aber achten Sie darauf, dass sich das Gerät aus einer gewissen Entfernung einsetzen lässt. Ich möchte vermeiden, dass weitere Besatzungsmitglieder in Gefahr geraten. Wenn auch nur die geringste Möglichkeit besteht, dass jemand zu Schaden kommt, lassen wir diese Sache, T'Pol.«

»Ich bin bereit, ein Risiko einzugehen«, sagte die Vulkanierin.

»Aber ich nicht«, erwiderte Archer.

Sie musterte ihn kurz und nickte dann andeutungsweise, wie eine Königin, die auf den Wunsch eines Untertanen einging.

»Wie schädlich haben sich die psionischen Strahlen auf das Selbst der drei Männer dort ausgewirkt, Doktor?«, fragte Archer.

Phlox schüttelte den Kopf. »Ich habe sie gründlich untersucht«, sagte er. »Offenbar hat Edwards mehr gelitten als die beiden anderen. Aber ich konnte nicht feststellen, ob Schaden – eventuell sogar permanenter – angerichtet wurde.«

Archer seufzte und sah wieder zu den drei Bewusstlosen. Sie hatten sich nicht bewegt und schienen friedlich zu schlafen. Aber er befürchtete, dass dieser Eindruck täuschte, dass in ihrem Innern Chaos herrschte.

Er nickte den anderen zu und verließ die Krankenstation, um mit Reed zu sprechen und ihn darauf hinzuweisen, dass das Spinnenwesen betäubt bleiben musste – bis T'Pol und Hoshi eine Möglichkeit fanden, mit ihm zu kommunizieren.

Er wollte vermeiden, dass der Doktor dazu gezwungen war, weitere Besatzungsmitglieder an Biobetten festzuschnallen.

23

CAPTAINS LOGBUCH

Mehr als zwanzig Stunden sind vergangen, seit T'Pol und Hoshi vorgeschlagen haben, einen Adapter zu konstruieren, der eine Kommunikation mit den Wesen vom südlichen Kontinent ermöglichen könnte. Beide haben mir versichert, dass sie Fortschritte machen, und auf diese Auskunft muss ich mich verlassen, da ich nichts von den Dingen verstehe, mit denen sie sich befassen. Ein Gerät, das es T'Pol erlaubt, sich telepathisch mit den Spinnenwesen zu verständigen – so etwas geht weit über meine technischen Kenntnisse hinaus. Ich habe sowohl T'Pol als auch Hoshi gebeten, ihre Arbeit sorgfältig zu dokumentieren, damit sich unsere und auch vulkanische Wissenschaftler später damit auseinander setzen können.

Dr. Phlox hat mir mitgeteilt, dass die drei Besatzungsmitglieder jetzt entspannter schlafen als vorher. Edwards – der erste, mit dem die Fremden einen telepathischen Kontakt herzustellen versuchten – scheint sich langsam zu erholen. Aber der Doktor meinte auch, es sei noch zu früh, um ganz sicher zu sein. Er glaubt, dass Edwards stärker betroffen war als die beiden Sicherheitswächter, aufgrund der geringeren Entfernung und der längeren Dauer des »psionischen Angriffs«, wenn eine solche Bezeichnung angemessen ist. Hinzu kommt, dass er vier Wesen begegnete und nicht nur einem, wie Daniels und Pointer.

Dr. Phlox lässt seine Patienten noch nicht erwachen. Er geht davon aus, dass ihre Gehirne sich dann am besten regenerieren, wenn sie nicht mit der realen Welt konfrontiert sind. Je weniger sie verarbeiten müssen, desto besser. Er wies auch darauf hin, dass Schlaf – ob künstlich oder natürlich – bestens dazu geeignet ist, die Kräfte eines Menschen zu erneuern. Der Doktor riet mir, darauf zu achten, dass die Crew genug Schlaf bekommt.

Nun, Hoshi bekommt sicher nicht genug. Ich könnte ihr befehlen, sich in ihr Quartier zurückzuziehen, aber um ganz ehrlich zu sein: Derzeit brauche ich ihren Sachverstand. Sie und T'Pol tragen in diesen Tagen die Hauptlast. Wir anderen scheinen nicht in dem Sinne zu agieren, sondern nur zu reagieren.

Für mich ist das eine unangenehme Position. Ich ergreife gern die Initiative, aber in der derzeitigen Situation bleibt mir nichts anderes übrig als zu warten. Ich habe beschlossen, zunächst keinen weiteren Kontakt mit den Fazi herzustellen, und sie haben nicht versucht, sich mit uns in Verbindung zu setzen.

Ich hoffe, dass sie sich damit auch noch etwas Zeit lassen, um uns Gelegenheit zu geben, die Kultur der Fazi und der anderen intelligenten Spezies besser zu verstehen.

Warten. Ich wusste nicht, wie häufig man während eines solchen Einsatzes warten muss. Nach dieser Mission – und wer weiß, wann sie zu Ende geht – werde ich Starfleet bitten, den Besatzungsmitgliedern bessere Möglichkeiten der Freizeitgestaltung zu bieten. Ja, Dr. Phlox hat Recht, die

Crew braucht Schlaf, aber man kann schließlich nicht *dauernd* schlafen.

Bei der Ausstattung der *Enterprise* wurde vor allem an technische Effizienz gedacht, nicht aber daran, die Crew zu unterhalten. Alle haben Bücher und andere Dinge mitgebracht, die digital gespeichert werden können, und ich weiß, dass bei der Besatzung in dieser Hinsicht ein reger Tauschhandel begonnen hat. Aber ich spüre, dass es nicht genug Ablenkung gibt.

Es fehlt ein echter Freizeitraum an Bord. Der Speisesaal ist zu klein, um allen Besatzungsmitgliedern Platz zu bieten, und ein normales Quartier ist kaum groß genug für zwei Personen. Manchmal wird es mir sogar mit Porthos zu eng und er beansprucht nicht so viel Platz wie eine Person – zumindest nicht die ganze Zeit über.

Wie ich hörte, beschäftigen sich einige Besatzungsmitglieder im Speisesaal mit einem Spiel. Ich wünschte, andere würden diesem Beispiel folgen. Eine solche Ablenkung könnte gewährleisten, dass sie bei der Arbeit frisch und kreativ bleiben.

Cutler machte sich auf ihrem Handcomputer Notizen, als Anderson die Eigenschaften seiner neuen Figur mithilfe der Bolzen bestimmte. Mayweather schaukelte auf den hinteren Beinen des Stuhls und Nowakowitsch löffelte gerade seinen Teller Kohlsuppe leer.

Es zeigten sich weniger Pickel in seinem Gesicht und er wirkte gelöster als zu Beginn des Spiels vor fast einer Woche. Er lächelte häufiger – ein deutlicher Hinweis darauf, dass es ihm besser ging. Vielleicht ließ sich das direkt auf die reinere Haut zurückführen – möglicherweise war ein Lächeln während der akuten Aknephase schmerzhaft gewesen.

An diesem Abend herrschte reges Treiben im Speisesaal, denn viele Besatzungsmitglieder hatten dienstfrei bekommen, unter ihnen auch Cutler. Den ganzen Tag über war sie mit den von Dr. Phlox übermittelten Dateien beschäftigt gewesen. Sie hatte um Erlaubnis gebeten, das fremde Wesen in der Arrestzelle zu besuchen, aber der Captain lehnte ab. Deshalb musste sie sich mit 3-D-Bildern und den von einem anderen Besatzungsmitglied durchgeführten Untersuchungen zufrieden geben.

Die Dateien enthielten viele Informationen, aber sie kamen aus zweiter Hand. Cutler sehnte sich danach, das Wesen direkt zu sehen, ihm gegenüberzutreten.

»Haben Sie einen Namen für Ihre neue Figur?«, wandte sich Mayweather an Anderson.

»Abe«, antwortete Anderson. Zwar hatte er eine Nacht geschlafen und einen Tag gearbeitet, aber Cutler sah ganz deutlich, dass er sich noch immer über den Verlust der dritten Spielfigur ärgerte.

»Warum Abe?«, fragte Nowakowitsch.

»Wenn ich bei diesem Spiel weiterhin so oft sterbe wie bisher, sollte ich bei der Benennung meiner Figuren nach dem Alphabet vorgehen. Diese heißt Abe. Als nächster kommt Benny an die Reihe.«

»Es geht darum, die Figuren am Leben zu erhalten«, sagte Mayweather.

»Ach, tatsächlich?«, erwiderte Anderson. »Das habe ich noch gar nicht gewusst.«

Cutler lachte zusammen mit den anderen, obgleich klar war, dass Anderson den Tod seiner früheren Spielfiguren nicht für amüsant hielt.

Mayweather schaukelte noch immer auf den hinteren Stuhlbeinen und musterte Anderson von der Seite her, ohne dass dieser die Mischung aus Nachdenklichkeit und Anteilnahme in Mayweathers Gesicht bemerkte. Nach einigen Sekunden begegnete er Cutlers Blick.

»Warum lassen wir Andersons neue Figur nicht sofort zu uns in das Gebäude kommen?«, fragte er, als sie sich auf die Fortsetzung des Spiels vorbereiteten.

»Ich habe nichts dagegen«, sagte Nowakowitsch.

Er und Mayweather sahen Cutler an, warteten auf ihre Entscheidung. Sie wusste nicht, was sie sagen sollte. In den Rollenspielen, die sie als Kind gespielt hatte, musste man immer von vorn anfangen, wenn man eine Figur verlor. Aber jetzt war sie die Spielleiterin und konnte die Regeln bestimmen.

»Nein«, erwiderte Anderson. »Abe muss euch einholen.«

Cutler nickte. »Das ist die traditionelle Spielweise.«

»Kann Abe wenigstens schwimmen?«, fragte Mayweather und lachte.

»Ich weiß nicht, ob das eine Rolle spielt«, sagte Anderson. »Die anderen konnten schwimmen und sind trotzdem gestorben.«

»Wir wissen nicht, ob Dr. Mean schwimmen konnte«, meinte Nowakowitsch. »Und er brachte es weiter als die anderen beiden.«

»Nun, Abes Aussichten scheinen nicht besonders gut zu sein«, sagte Anderson, nahm die Bolzen und gab sie in den Becher.

Cutler teilte seine Meinung. Abe hatte von allen Spielfiguren Andersons die niedrigsten Werte: Intelligenz vier, Kraft drei, Charisma sechs, Geschicklichkeit acht und Glück zwei. Mit anderen Worte: Er fand leicht Freunde und war geschickt mit den Händen, verfügte abgesehen davon aber nicht über Eigenschaften, die ihn besonders auszeichneten.

In dieser Hinsicht ähnelte er einigen Jungen, mit denen Cutler während ihrer Schulzeit gegangen war – sie lächelte über ihren eigenen, gedanklichen Scherz.

»Na schön«, sagte sie. »Wo möchten Sie beginnen?«

»Wie wär's mit dem Anfang?«, schlug Mayweather vor.

»In diesem Fall heißt der Anfang Anderson«, sagte Nowakowitsch.

»Abe«, berichtigte Anderson. »Anderson ist schon dreimal am Anfang gewesen.«

Er griff mit beiden Händen nach dem Becher. »Ich erreiche die Brücke ohne Probleme, nicht wahr?«, fragte er.

Cutler nickte. »Die Brücke über den Kanal ist genauso beschaffen wie vorher. Auch das Brett liegt noch über dem Loch.«

»Wenigstens etwas«, murmelte Anderson. »Ich schätze, Abe wäre nicht intelligent genug, um sich diesen kleinen Trick einfallen zu lassen.«

Das glaubte auch Cutler, wies aber nicht darauf hin. »Er braucht mehr als zwei rote Bolzen, um die andere Seite zu erreichen.«

»Mehr als«, wiederholte Anderson und schüttelte den Becher. »Was passiert, wenn er nur zwei bekommt?«

»Dann schwankt er auf dem Brett und versucht, das Gleichgewicht wiederzufinden – bis Sie erneut die Bolzen werfen.«

»Meine Güte, sind Sie gemein«, sagte Anderson.

»Gemein und ohne Gnade«, fügte Nowakowitsch hinzu und lächelte.

»Und das finden wir gar nicht schade.« Mayweather lachte leise.

»Sehr witzig«, sagte Anderson und warf die Bolzen.

Sie blickten darauf hinab. Ein oder zwei Sekunden lang dachte Cutler, dass Anderson überhaupt keine roten Bolzen geworfen hatte. Dann sah sie einige am anderen Ende des Tisches.

»Drei!«, entfuhr es Anderson. »Drei rote!«

Die Besatzungsmitglieder an den anderen Tischen

schauten auf, als hätte Anderson den Verstand verloren. Er sprang umher und rief immer wieder: »Drei rote!«

»Das bedeutet nur, dass Sie die Brücke überquert haben«, sagte Mayweather und wirkte ein wenig verlegen.

»Haben Sie eine Ahnung, wie schwer das ist?«, erwiderte Anderson.

Mayweather zuckte mit den Schultern. »Für Unk war es ein Kinderspiel.«

Anderson verzog das Gesicht und setzte sich wieder. Nowakowitsch lächelte und stellte seinen Suppenteller auf den Nebentisch.

»In Ordnung«, sagte Cutler. »Abe erreicht die Stadt. Das Gebäude, in dem Unk und Rust warten, befindet sich zwei Blocks weiter vorn, aber Trümmer blockieren den Weg. Sie können die Gebäude zu beiden Seiten der Straße betreten oder die Treppe zur Untergrundbahn hinabgehen.«

»Auf welcher Straßenseite sind Unk und Rust?«

»Auf der rechten«, sagte Cutler.

»Gibt es Himmelsbrücken zwischen den Gebäuden auf der rechten Straßenseite?«

»Ja«, bestätigte Cutler.

»Dann meide ich jene Gebäude besser«, sagte Anderson. »Ich verabscheue Brücken.«

»Wollen Sie durch die Trümmer klettern?«, fragte Mayweather besorgt.

»Dort habe ich bestimmt mehr Glück.«

»Sie könnten grüne Marsianer mit spitzen Zähnen aufscheuchen«, gab Nowakowitsch zu bedenken.

»Na und?«, erwiderte Anderson. »Meine nächste Figur wartet bereits auf den Einsatz.«

Es klang salopp, aber Cutler spürte seine Anspannung, als sie ihn durch die Trümmer führte, einen Bolzenwurf nach dem anderen. Die beiden anderen Spieler warteten geduldig, während Abe die beiden Blocks hinter sich brachte, es dabei mit marsianischen Ratten und Raubschnecken zu tun bekam, ohne in zu gefährliche Situationen zu geraten.

Wenn er die Bolzen warf, kam es immer zu knappen Ergebnissen. Einige Male glaubte Cutler schon, dass Anderson zu wenig rote geworfen hatte, aber dann deutete Mayweather auf einen, von dem sie hätte schwören können, dass er eben noch auf der falschen Seite gelegen hatte. Sie vermutete, dass Mayweather Anderson half, und in diesem besonderen Fall hatte sie nichts dagegen einzuwenden.

Allerdings beschloss sie, Mayweather in Zukunft im Auge zu behalten.

»Na schön«, sagte sie nach zwanzig langen Minuten. »Sie sind bei den anderen.«

Die Spieler jubelten und die übrigen Besatzungsmitglieder im Speisesaal sahen in ihre Richtung, verzichteten aber darauf, sich dem Tisch zu nähern. Sie wussten bereits, dass Rollenspiele für Zuschauer nicht sehr interessant waren.

Mithilfe ihres Handcomputers machte sich Cutler eine Notiz – Andersons Weg durch die von Trümmern bedeckte Straße hatte den Marsianern die Position der Spieler verraten. Sie wusste noch nicht, welche Konsequenzen sich daraus ergeben würden, aber ohne Folgen konnte es gewiss nicht bleiben.

»Nun«, sagte Cutler, »mal sehen, was Unk und Rust jetzt unternehmen wollen ...«

Es knackte in den Interkom-Lautsprechern. »Ensign Cutler, bitte melden Sie sich sofort bei Subcommander T'Pol auf der Brücke ...«

Für einen Augenblick verband sich das Wort »Brücke« mit den Brücken der Ruinenstadt. Cutler runzelte die Stirn und fragte sich, was das bedeutete, doch dann lächelte sie. An diesem Abend war sie tiefer als sonst ins Spiel vertieft gewesen.

Und jetzt rief man sie an die Arbeit zurück. An die Arbeit. Und zusätzlicher Dienst konnte nur eins bedeuten: Sie würde endlich Gelegenheit bekommen, das fremde Wesen zu sehen.

Cutler sprang auf, eilte zum nächsten Interkom an der Wand und schaltete es ein. »Hier Ensign Cutler. Ich bin unterwegs.«

Sie glaubte, nicht genug Zeit zu haben, um die Bolzen und den Rest in ihr Quartier zurückzubringen, aber sie versäumte es nicht, ihren Handcomputer an sich zu nehmen. »Könnten Sie das Tuch und den Rest bis morgen aufbewahren, Travis?«

»Gern«, erwiderte Mayweather.

»Danke.« Cutler schritt zur Tür und hörte, wie Nowakowitsch sagte: »Sie sollten besser aufhören zu sterben, Anderson, denn sonst bekommen wir kaum mehr Gelegenheit, das Spiel fortzusetzen.«

Cutler lächelte. Früher oder später würden sie die Feinheiten des Spiels herausfinden. Sie konnte ihnen nur den einen oder anderen Hinweis geben – den größten bot die Struktur des Spiels. Das hatten Anderson und die anderen noch nicht begriffen. Es war Cutler gelungen, dieses Geheimnis zu hüten und es nicht einmal während ihrer Phase der Unsicherheit ganz zu Anfang preiszugeben.

Als sie den Lift betrat, wandten sich ihre Gedanken wieder der Arbeit zu. Sie hatte gehofft, durch ihre Untersuchungen in Hinsicht auf das fremde Geschöpf in der Arrestzelle stärker am direkten Geschehen beteiligt zu werden, und alles deutete darauf hin, dass es nun tatsächlich dazu kommen sollte.

Es wurde Zeit, selbst Informationen zu sammeln.

Es wurde Zeit, dem Wesen gegenüberzutreten.

24

Die Lifttür öffnete sich und Archer drehte seinen Sessel. Ensign Cutler betrat mit zielstrebigen Schritten die Brücke, einen Handcomputer unter den Arm geklemmt. Es war erstaunlich, wie schnell die Crewmitglieder zum Dienst kamen, wenn etwas Ungewöhnliches passierte. Cutler wirkte aufgeregt.

Archer hoffte, dass sie imstande war, ihnen zu helfen. Sie hatte das fremde Wesen nicht selbst untersuchen können und sich mit den von Dr. Phlox gewonnenen Informationen begnügen müssen. Seit dem Einsatz mit Edwards bemühten sich Cutler und die anderen beiden Exobiologen an Bord, mehr über die Spinnenwesen und ihre sonderbaren Gebäude herauszufinden. Archer hoffte, dass sie bald etwas fanden, das Aufschlüsse brachte.

Cutler ging zur wissenschaftlichen Station. T'Pol reagierte nicht sofort auf sie, ebenso wenig Hoshi, die an der Kommunikationsstation saß und mit einem Kom-Modul am Ohr die linguistischen Analysen fortsetzte.

Cutler wartete neben der wissenschaftlichen Station, bis T'Pol schließlich aufsah.

»Der Captain und ich haben ein Anliegen, Ensign«, sagte sie.

Archer stand auf und näherte sich der wissenschaftlichen Station. Er versuchte, seine unruhigen Wanderungen auf ein Minimum zu beschränken, doch das fiel ihm schwer. Es lief fast auf eine Qual hinaus, reglos im Kommandosessel zu sitzen.

»Was immer Sie wünschen, Subcommander«, erwiderte Cutler.

Archer lächelte. »Ein solches Angebot sollten Sie nie an einen Vulkanier richten.

Cutler riss die Augen auf. »E-entschuldigung, Sir. Captain. Sir.«

Es überraschte Archer immer wieder, dass er Besatzungsmitglieder nervös machte.

»Es ist sicher nicht unangemessen, fachspezifische Dienste einem Vulkanier anzubieten, Captain«, sagte T'Pol so steif, dass Archer wusste: Sie fühlte sich beleidigt.

»Ich habe mir einen Scherz erlaubt«, erwiderte der Captain.

»Aber keinen besonders guten«, sagte T'Pol. »Ich dachte, Scherze sollten zumindest ein wenig Humor enthalten.«

»Ach?« Archer ließ sich für einige Sekunden ablenken. »Nennen Sie mir einen vulkanischen Scherz.«

»Vulkanier vergeuden ihre Zeit nicht mit so trivialen Dingen«, sagte T'Pol.

»Sie meinen, Vulkanier haben keinen Sinn für Humor und verzichten deshalb auf Scherze und Witze«, erwiderte Archer.

»Das wäre eine Interpretation«, sagte T'Pol.

»Und eine andere?«

»Vulkanier können amüsiert sein, Captain.«

Cutler hörte interessiert zu. Die Direktheit, mit der T'Pol auf die Bemerkungen des Captains reagierte, schien sie zu schockieren.

»Ich habe so etwas bisher für eine Emotion gehalten«, sagte Archer.

»Wenn ein Vulkanier amüsiert ist, so kann es sich dabei um die intellektuelle Reaktion auf gewisse Stimuli handeln«, erklärte T'Pol. »Ein derartiger geistiger Zustand ähnelt der Neugier – eine Eigenschaft, die Vulkaniern durchaus nicht fremd ist.«

»Wie Sie meinen«, entgegnete Archer. »Allerdings erinnere ich mich an eine gewisse Vulkanierin, die mir berichtete, sie habe Wochen in San Francisco verbracht, ohne eine der lokalen Sehenswürdigkeiten zu besuchen.«

T'Pol straffte die Gestalt. »Ich war dort, um zu arbeiten.«

»Immer nur Arbeit und kein Vergnügen ...«

»Ich halte es für besser, mich ganz meinen Aufgaben zu widmen«, sagte T'Pol und wandte sich an Cutler. »Über einige Ihrer Untersuchungen der Kultur des Südkontinents haben wir bereits gesprochen, Ensign. Sind Sie in Hinsicht auf die letzten Entwicklungen bei unserem Kontakt mit dem fremden Wesen an Bord auf dem Laufenden?«

Cutler zuckte kurz mit den Schultern. »Ich weiß von seinem telepathischen Potenzial und dass es psionische Energie für die Kommunikation verwendet. Ich weiß auch, dass eine derartige Kommunikation Menschen schadet. Darüber hinaus ist mir nichts bekannt, Subcommander.«

»Finden Sie die genannten Eigenschaften ungewöhnlich?«, fragte T'Pol.

»Bei spinnenartigen Wesen oder im Allgemeinen?«

»Sowohl als auch«, sagte T'Pol.

»Eigentlich ist es falsch, in diesem Zusammenhang von einem ›spinnenartigen‹ Wesen zu sprechen. Abgesehen von den haarigen Beinen gibt es keine Merkmale, die das Geschöpf mit Arachniden teilt.« Cutlers Stimme klang jetzt fester und sicherer.

Archer lehnte sich an eine Konsole und beobachtete das Geschehen. Die Unterschiedlichkeit der Intellekte seiner Crew erstaunte ihn immer wieder.

»Das Geschöpf hat mehr Ähnlichkeit mit einem Krustentier«, fuhr Cutler fort. »Es hat eine harte Schale, wie die meisten Krustentiere, und es lebt hauptsächlich im Wasser, obwohl es auch an Land und in der Luft überleben kann, wie manche Krabben. Aber selbst dieser Vergleich ist nicht besonders gut, denn die meisten irdischen Krustentiere müssen nach einer gewissen Zeit ins Wasser zurückkehren. Das scheint bei diesen Wesen nicht der Fall zu sein. Sie können sich lange genug an Land aufhalten, um Gebäude zu errichten, und ›unser‹ Exemplar hatte bisher keine Probleme, bei seinem Aufenthalt außerhalb des Ozeans. Zumindest keine mir bekannten.«

»Es ist bewusstlos«, warf Archer ein.

»Ich meine Atemprobleme, Sir«, sagte Cutler. »Oder Probleme mit einer austrocknenden, spröde werdenden Schale. Wir haben es mit amphibischen Wesen zu tun, aber nicht mit Amphibien.«

Archer spürte, wie er die Übersicht zu verlieren begann. »Wo liegt der Unterschied?«

»Die Geschöpfe des Südkontinents können auf dem Land und auch im Wasser leben«, sagte Cutler. »Aber um als Amphibien klassifiziert zu werden, müssten sie eine Wirbelsäule haben, und die fehlt ihnen.«

»Na schön.« Biologie zählte nicht zu Archers starken Seiten. Er hatte die entsprechenden Kurse hinter sich gebracht, obwohl sie ihn nicht besonders interessierten. Astronomie, Technik und Raumschiffe – dort lagen seine Interessen.

»Um ganz sicher zu sein, wies ich mein Team an, Arachniden, Krustentiere und Amphibien verschiedener Arten auf Anzeichen von telepathischer Kommunikation zu untersuchen«, sagte Cutler. »Wir fanden nichts.«

»Entspricht das auch den vulkanischen Erfahrungen, T'Pol?«, fragte Archer.

»Wir kennen keine Geschöpfe solcher Art, die über telepathische Fähigkeiten verfügen«, antwortete T'Pol. »Das Potenzial der uns bekannten Telepathen ist allgemeinerer Natur – sanfter, wenn Sie so wollen.«

Archer nickte. »So wie ich die Sache sehe, betrifft unser Problem sowohl die Sprache als auch die Kommunikationsmethode. Ensign, haben Sie bei Ihren Untersuchungen Hinweise darauf gefunden, dass die Wesen irgendwann in ihrer Vergangenheit einmal gesprochen haben? Verwenden sie vielleicht noch immer irgendeine Form der verbalen Kommunikation?«

»Nein, Sir«, erwiderte Cutler. »Das ist nicht der Fall.«

Es überraschte ihn, dass sie so schnell antwortete.

»Sind Sie ganz sicher, Ensign?«, fragte T'Pol.

»Ja, das bin ich.«

Archer hob die Hand, forderte Cutler damit auf, kurz zu warten. Er ging zu Hoshi und berührte sie an der Schulter. »Ich glaube, Sie sollten sich an unserem Gespräch beteiligen.«

Die Linguistin ließ das Kom-Modul sinken und folgte dem Captain.

»Fahren Sie fort, Ensign«, wandte sich Archer an Cutler. »Erklären Sie, warum Sie so sicher sind, dass die fremden Wesen nie miteinander gesprochen haben.«

Cutler bedachte Hoshi mit einem nervösen Blick und sagte dann: »Die Scans, mit denen ich mich befassen konnte, deuten darauf hin, dass die fremden Wesen mithilfe einer Kombination aus Kiemen und Lunge an der Seite des Halses atmen. Dadurch können sie sowohl an der Luft als auch im Wasser leben.«

»Ist das ungewöhnlich?«, fragte Hoshi.

»Nein«, sagte Cutler. »Auf der Erde gibt es einige Spezies, die dazu in der Lage sind, und ich habe von ähnlichen Lebensformen auf anderen Planeten gehört.«

Archer sah zu T'Pol, die nickte.

»Nährstoffe nehmen die Geschöpfe durch eine kleine Saugöffnung unmittelbar unter den Augen auf. Für uns sieht sie wie ein runder Mund aus, aber er ist nur mit dem Verdauungstrakt verbunden, nicht aber mit den Luftwegen. Für das Sprechen in unserem Sinne müssen

Geräusche durch die Luft übertragen werden. Wenn wir nicht atmen, können wir nicht sprechen. So einfach ist das.«

»Und gleichzeitig kompliziert«, sagte Hoshi. Vermutlich dachte sie dabei an all die Sprachen, die sie gelernt hatte – und während des Flugs der *Enterprise* noch lernen würde.

Archer fühlte sich entmutigt. Wenn die fremden Wesen nicht miteinander sprachen, so lag Hoshi mit ihren linguistischen Vermutungen vielleicht falsch.

»Gibt es Reste eines Kehlkopfs?«, fragte T'Pol.

»Oder Reste von etwas, das einem Kehlkopf ähnelt?«, fügte Hoshi hinzu. Sie wirkte aufgeregt.

»Wie bitte?«, fragte Archer.

»Ihr Steißbein ist der Rest des Schwanzes, den Ihre Spezies einst hatte«, sagte T'Pol.

Sie sprach diese Worte mit einer solchen Verachtung, dass sich Archer fragte, ob sie ihn mit seinen Vorfahren verglich und dabei zu dem Schluss gelangte, dass er schlechter abschnitt. Dann lächelte er. T'Pol verabscheute es einfach, Dinge zu erklären, die sie für offensichtlich hielt.

»Ich habe die Scans nicht selbst durchgeführt«, sagte Cutler. »Ich bekam nicht die Erlaubnis, das fremde Wesen zu untersuchen.«

»Wenn es einen rudimentären Kehlkopf gäbe, dann wäre er in den Scans von Dr. Phlox sicher nicht zu übersehen gewesen«, sagte T'Pol.

Cutler schüttelte den Kopf. »Ich habe mir alles genau angesehen. Nichts deutet auf Stimmbänder hin, nicht einmal auf rudimentäre Reste. Es fehlen vergleichbare Organe, die dazu geeignet wären, Luft in Schwingungen zu versetzen und somit Geräusche zu verursachen. Ich glaube, die Wesen entwickelten sich ohne die Notwendigkeit, laut zu sprechen.«

»Sprache muss nicht unbedingt verbal sein«, sagte

Hoshi. »Man denke nur an die verschiedenen Formen der Zeichensprache.«

»Es ist möglich, dass sich die Wesen einst auf diese Weise verständigten, aber ich bezweifle es«, sagte Cutler. »Wenn die telepathischen Fähigkeiten von Anfang an existierten, so gab es gar keinen Grund, die komplexe Gestik einer Zeichensprache zu entwickeln.«

»Es gibt noch andere Möglichkeiten der Kommunikation«, meinte T'Pol. »Die Wesen könnten ihre Greifklauen klicken lassen oder die Beine aneinander reiben, so wie die Grillen auf der Erde.«

»Ja, das wäre möglich.« Cutler hob und senkte die Schultern. »Aber in einem solchen Fall werden die betreffenden Körperteile zu Instrumenten und das ist hier nicht der Fall. Außerdem eignen sich solche Kommunikationsmethoden nicht für den Einsatz unter Wasser.«

»Guter Hinweis«, sagte Archer, froh darüber, sein Schweigen beenden zu können.

»Verdammt«, murmelte Hoshi. »Das habe ich befürchtet.«

Archer musterte sie und runzelte die Stirn. Sie schüttelte den Kopf. Selbst T'Pol wirkte ein wenig besorgt.

»Wo liegt das Problem mit Telepathie?«, fragte Cutler erstaunt.

»Bei der Sprache, Ensign«, sagte Archer. »Wir haben gehofft, ein Gerät zu entwickeln, das unsere Sprache in psionische Energie umsetzt, die von den Wesen empfangen und verstanden werden kann.«

Cutler verstand und nickte langsam. »Aber wenn die Wesen gar keine Sprache haben, ist eine Übersetzung überhaupt nicht möglich.«

»Korrekt«, bestätigte T'Pol. »Also muss ich einen telepathischen Kontakt herbeiführen.«

Während der vergangenen zwölf Stunden hatte sich Archer gegen diese Vorstellung gesträubt und sie gefiel ihm auch jetzt nicht. Selbst wenn sie eine Möglichkeit fanden, die Stärke der psionischen Energie zu reduzieren, die T'Pol empfing, und ihre Gedanken auf das psionische Niveau der fremden Wesen zu heben – es war zu gefährlich. Ein fehlgeleiteter Gedanke konnte T'Pol umbringen oder ihr für den Rest des Lebens den Verstand rauben.

»Dazu bin ich noch nicht bereit«, sagte Archer.

Hoshi biss sich auf die Unterlippe. »Sir, für eine Kommunikation mit den Wesen ist ein direkter geistiger Kontakt nötig. Man kann keine Sprache übersetzen, die nicht existiert.«

Archer trat zum Kommandosessel und betrachtete den Planeten auf dem Hauptschirm. Er hatte immer geglaubt, dass ein Erstkontakt einfach war, dass die Vulkanier alles aufgebauscht und in eine wahre Tortur verwandelt hatten. Doch der erste Kontakt zwischen Menschen und Vulkaniern wirkte einfach, wenn man ihn mit dieser Angelegenheit verglich. Ihre Körper unterschieden sich zwar, aber nicht sehr, und sowohl Menschen als auch Vulkanier verständigten sich mit gesprochener Sprache.

Dies hier schien geradezu unmöglich zu sein.

Archer fragte sich, ob er die bisher gewonnenen Informationen den Wissenschaftlern auf Vulkan und der Erde überlassen und den Flug fortsetzen sollte. Sie hatten Zeit. Sollten sie eine Lösung für das Problem finden – das nächste Schiff von der Erde konnte dann Ordnung in das Durcheinander bringen, das Archer mit seinem Erstkontaktversuch angerichtet hatte.

Aber er wollte nicht aufgeben. Er gab nie auf. Es musste sich irgendwie bewerkstelligen lassen, mit den Fremden zu kommunizieren, ohne ein weiteres Besatzungsmitglied in Gefahr zu bringen.

»Sir ...«, sagte Cutler und brach damit das bedrückte Schweigen. »Vielleicht gibt es eine Möglichkeit.«

Archer drehte sich um und musterte die junge Exobiologin. Sie wirkte nervös und besorgt, aber auch entschlossen. T'Pol und Ensign Hoshi warteten aufmerksam.

»Ich höre«, sagte Archer.

»Nun, Sir«, begann Cutler, »Sie wissen ja, dass Dr. Phlox Besatzungsmitglied Nowakowitsch nach dem Transporterunfall vor einigen Wochen leichten Dienst verschrieben hat.«

Archer schnitt eine Grimasse, als unangenehme Erinnerungen in ihm erwachten. Zum Glück war Nowakowitsch am Leben geblieben. Nach dem Retransfer hatte er wie eins der Baumgeschöpfe aus der englischen Folklore ausgesehen.

»Nowakowitsch ist damit beschäftigt gewesen … äh …« Cutler unterbrach sich verlegen.

»Im Speisesaal ein Spiel zu spielen, zusammen mit Ihnen, Travis Mayweather und James Anderson«, sagte Archer.

Cutlers Gesicht zeigte Erstaunen.

»Ich kenne die Aktivitäten meiner Crew, Ensign«, sagte Archer, amüsiert von der Überraschung. »Bitte fahren Sie fort.«

»Dann wissen Sie vermutlich bereits Bescheid, Sir«, sagte Cutler.

»Vielleicht weiß ich nicht ganz so viel, wie Sie annehmen, Ensign.«

»Nun, äh, er wollte sich trotz des leichten Dienstes nützlich machen«, sagte Cutler voller Unbehagen. »Er ging von der Idee eines Schildes aus, der vor psionischer Energie schützte. Zusammen mit Besatzungsmitglied Williams arbeitet er im Maschinenraum daran.«

Archer starrte sie groß an und seine Selbstgefälligkeit darüber, angeblich alle Aktivitäten der Crew zu kennen, löste sich in nichts auf. Die Neuigkeit verblüffte ihn so sehr, dass der Ärger darüber, nicht informiert worden zu sein, ausblieb.

Er aktivierte das Interkom des Kommandosessels. »Chefingenieur Tucker und die Besatzungsmitglieder Nowakowitsch und Williams – bitte kommen Sie sofort zur Brücke.«

Archer blickte zu T'Pol, die bereits zur wissenschaftlichen Station zurückgekehrt war. Ihre Finger huschten über Schaltelemente, als sie Berechnungen vornahm. Die Idee, psionische Energie abzuschirmen, schien auch für sie neu zu sein. Manchmal waren die offensichtlichsten Lösungen die besten.

Archer sah Cutler an und lächelte. »Danke, Ensign. Vielleicht haben Sie uns gerade den Schlüssel für die Lösung dieses Problems gegeben.«

Zwanzig Minuten später fand auf der Brücke eine lebhafte Diskussion statt, an der Nowakowitsch, Williams, Cutler, Trip, T'Pol und Hoshi teilnahmen. Ideen wurden erläutert, Argumente und Gegenargumente prallten aufeinander; mehrere Theorien für die Abschirmung eines Bewusstseins vor Gedankenwellen aus psionischer Energie entstanden.

Mit verschränkten Armen stand Archer ein wenig abseits und beobachtete, wie die besten Spezialisten, die er kannte, am gleichen Problem arbeiteten. Manchmal war er sehr stolz darauf, gleich bei der ersten Mission eine so großartige Crew zu haben.

Dies war eine jener Gelegenheiten.

25

CAPTAINS LOGBUCH

Ich habe beschlossen, als erster mit dem fremden Wesen zu sprechen.

T'Pol ist dagegen und wir haben im Bereitschaftsraum darüber diskutiert. Für eine Vulkanierin schlug sie recht harte Töne an. Sie befürchtet, dass mein schwächliches Bewusstsein nicht mit unzureichend abgeschirmten Gedankenwellen fertig werden kann. Ich habe sie an ihren Zweifel erinnert, dass selbst ein vulkanisches Bewusstsein einen solchen Kontakt unbeschadet überstehen könnte.

Das beeindruckte sie nicht sehr lange. T'Pol vertritt den Standpunkt, dass ein Captain nie sein Leben für die Crew riskieren sollte. Der Captain, so betonte sie, sei die wichtigste Person an Bord des Schiffes. Sie hält es für angebracht, Besatzungsmitglieder zu opfern, bevor der Captain ein Risiko eingeht.

Ich frage mich, was sie von all den Kapitänen gehalten hätte, die zusammen mit ihren Schiffen untergingen, während sich die Crew in Sicherheit brachte. Auch hier gibt es ganz offensichtlich kulturelle Unterschiede zwischen uns.

Ich muss allerdings zugeben: Starfleet empfiehlt, dass ein Captain nur wenige Risiken eingehen soll. Mir erscheint das ein wenig absurd, denn allein unsere Reise ist schon gefährlich genug. Der allgemeine Risikofaktor erhöht sich kaum, wenn ich einem fremden Wesen gegenübertrete, das mich mit einem Gedanken töten könnte.

Außerdem möchte ich meine Besatzungsmitglieder nichts tun lassen, zu dem ich nicht selbst bereit bin.

Das ist meine Rechtfertigung und dabei bleibe ich. Hinzu kommt: Die *Enterprise* ist ein irdisches Schiff und es steht mir zu, den Erstkontakt für die Erde herzustellen.

Nachdem ich alle Einwände T'Pols beiseite geschoben hatte, kehrte sie an ihre Arbeit zurück. Sie und Hoshi versuchen, einen Translator zu entwickeln, der gesprochene Worte in psionische Energie und umgekehrt umwandelt. Sie gehen dabei von der Annahme aus, dass der psionische Schild, an dem Trip und die anderen arbeiten, tatsächlich funktioniert und mich vor den gefährlichen Auswirkungen der Gedanken des fremden Wesens schützen kann. Beide Gruppen glauben, in fünf Stunden fertig zu sein.

Fünf Stunden. Fünf Stunden erscheinen wie eine Ewigkeit, wenn es schon schwer genug fällt, die nächsten Sekunden zu überstehen.

Wieder muss ich warten. Mir bleibt vermutlich nichts anderes übrig, als mich daran zu gewöhnen, aber in solchen Situationen ist es wirklich sehr schwer.

Ich schätze, ich sollte mir ein Hobby zulegen. Schließlich kann ich nicht dauernd nur herumlaufen, um mir die Zeit zu vertreiben.

Man hatte das fremde Wesen aus der Arrestzelle geholt und in einem Alkoven untergebracht, wo es zwar isoliert war, aber von einer größeren Gruppe beobachtet werden konnte. Es war nicht leicht gewesen, einen geeigneten Ort zu finden, denn Archer wollte unbedingt vermeiden, dass außer ihm noch jemand anders in Gefahr geriet. Einige Geräte hatten deinstalliert werden müssen, um genug Platz zu schaffen, und jetzt schien soweit alles in Ordnung zu sein.

Leider funktionierten die ambientalen Systeme in diesem kleinen Bereich des Schiffes nicht so gut wie in der Krankenstation. Gegen den grässlichen Geruch des Wesens ließ sich hier kaum etwas unternehmen. Er war so intensiv, dass Archers Augen tränten. Einer der von Reed im Korridor postierten Wächter, eine Frau, trug sogar eine Atemmaske – andernfalls, so Reed, wäre sie vielleicht in Ohnmacht gefallen.

Der Geruch stellte eine Mischung aus Salz, fauligem Fisch und ranzigem Öl dar. Inmitten des Gestanks kam dem Captain ein verwegener Gedanke: Wenn die Geschöpfe des Südkontinents einmal beschlossen, nicht mehr mit Telepathie zu kommunizieren, so konnten sie eine olfaktorische Methode benutzen.

Allerdings nur an Land.

Archer presste den Handrücken an die Nase, was allerdings kaum half. Eine Atemmaske wäre besser gewesen, aber es stand ein Kommunikationsversuch bevor. Archer wollte sein Aussehen nicht verändern, seine Stimme nicht von einer Maske dämpfen lassen. Es durften auf keinen Fall zusätzliche Probleme entstehen.

Trip nahm letzte Justierungen am psionischen Schild vor. Die von Trip Tucker, Cutler, Williams und Nowakowitsch entwickelte Vorrichtung wirkte rudimentär: zwei stangenartige Gebilde rechts und links. Sie bildeten die Pole einer energetischen Barriere, die als ein psionischer Filter zwischen Archer und dem Wesen fungierte.

Der Energieschild war nicht einmal fühlbar und würde niemandem schaden, der durch ihn trat. Er wirkte sich allein auf der psionischen Wellenfrequenz aus, die das Wesen für seine telepathische Kommunikation benutzte. Der Schild sollte die psionischen Wellen streuen und dadurch unschädlich machen.

»Es müsste klappen«, wandte sich Trip an Archer. »Aber es gibt keine Möglichkeit, den Apparat zu testen, ohne unseren Freund zu wecken.«

»Was passiert, wenn die psionische Energie variiert?«, fragte Archer.

»Dann kann der Schild sie nicht blockieren«, antwortete der Chefingenieur.

»Ich sollte das Wesen also besser nicht dazu bringen, mich anzuschreien«, kommentierte Archer.

Trip lachte nicht und das war vermutlich die richtige Reaktion. Archer lächelte amüsiert. Er führte ein Leben, von dem er früher nur hatte träumen können, voller Abenteuer und Gefahren. Dies hier gehörte einfach dazu.

Dr. Phlox stand auf der anderen Seite des Schilds und wartete darauf, dem Wesen ein Stimulans zu injizieren und es damit zu wecken. Archers größte Sorge bestand darin, dass das Geschöpf zu schnell erwachte und versuchte, mit dem Arzt zu kommunizieren.

Der Geruch schien Dr. Phlox überhaupt nichts auszumachen. Er stand so ruhig und gelassen da, als müsste er jeden Tag den Gestank von zehntausend Müllhaufen aushalten.

Hoshi und T'Pol arbeiteten hinter einer nahen Wand und bereiteten ihr Gerät vor. Es sollte gesprochene Worte in psionische Energie umwandeln, die von dem Wesen verstanden werden konnte. Sie waren ziemlicher sicher, dass ihr spezieller Translator zunächst nur Kauderwelsch sendete, was durchaus zu einem Problem führen konnte, wie T'Pol meinte.

Manchmal neigten Vulkanier zu Untertreibungen. Archer musste dafür sorgen, dass ein fremdes Geschöpf, das sie betäubt hatten, nach dem Erwachen ruhig blieb und die unverständlichen psionischen »Laute«, die es hörte, zum Anlass nahm, sich auf einen Kommunikationsversuch einzulassen – und zwar lange genug, um dem Translator Gelegenheit zu einer Analyse zu geben, deren Ergebnisse überhaupt erst eine Übersetzung ermöglichten.

Archer schätzte die Erfolgsaussichten recht gering ein, aber andere Möglichkeiten standen ihnen nicht offen. Abgesehen von der, alles einzupacken und zum nächsten Stern zu fliegen.

Dazu war er – noch – nicht bereit. Er wollte unbedingt vermeiden, dass seine ersten beiden Versuche eines Erstkontakts mit Fehlschlägen endeten.

Stolz spielte eine Rolle dabei. Außerdem wollte er vermeiden, dass T'Pol sein Versagen nach Vulkan meldete. Doch der größte Teil war schlicht und einfach Sturheit. Er stand vor einem Rätsel, das es zu lösen galt.

Um die Kommunikationsanalysen zu beschleunigen, hatte Hoshi eine Verbindung mit den Translatorfunktionen des Bordcomputers hergestellt. Zusammen mit T'Pol wollte sie die Kontrollen des Computers bedienen und eventuell notwendige Justierungen vornehmen, während Archer versuchte, mit dem Wesen zu sprechen.

Wenn beide Seiten ein wenig Geduld aufbrachten, sowohl das Wesen als auch der Captain, so meinte Hoshi, sollte sich ein Übersetzungsprogramm entwickeln lassen, das eine Kommunikation mit dem Geschöpf ermögliche, und zwar ohne einen direkten telepathischen Kontakt.

Sollte. Wenn. Vielleicht. Es waren zu viele derartige Unwägbarkeiten mit im Spiel. Archer hätte etwas mehr Gewissheit zu schätzen gewusst.

»Wir sind so weit«, sagte Trip.

»Was ist mit dem Translator, Ensign?«, wandte sich Archer an Hoshi.

Sie blickte um die Ecke, obgleich ihr das eigentlich verboten war. »Ich glaube, er ist fertig.«

»Etwas mehr Zuversicht wäre mir lieber«, sagte Archer.

»Nun, ich denke, das Gerät wird seinen Zweck erfüllen«, erwiderte Hoshi. »Aber ganz sicher sein können wir erst, wenn wir es einsetzen.«

Archer widerstand der Versuchung, den Kopf zu schütteln. Er brauchte mehr Sicherheit, und um sie zu bekommen, musste er sich an eine Vulkanierin wenden. Es war kaum zu fassen.

»Wird das Gerät funktionieren, T'Pol?«

»Ja«, erklang ihre Stimme hinter der Wand. Archer konnte sie nicht sehen, aber er stellte sie sich vor: hoch aufgerichtet, mit ernster Miene. »Aber ob es so funktioniert, wie wir wollen – das ist eine ganz andere Frage.«

So viel zu dem Wunsch nach Gewissheit.

»Wir können die Sache immer noch abblasen«, sagte Trip.

»Und dann?«, erwiderte Archer. »Gibt es eine andere Möglichkeit, die Geräte zu testen?«

»Nein«, sagte Trip. »Leider nicht. Erst bei ihrem Einsatz wird sich herausstellen, ob sie wie vorgesehen funktionieren.«

»Na bitte.« Archer stand in der Mitte hinter den beiden Stangen des Schilds. »Fangen wir an.«

Trip warf ihm einen besorgten Blick zu und Hoshi verschwand sicherheitshalber hinter der Wand. Dr. Phlox runzelte die Stirn, wodurch sich seine langen Brauen den Stirnhöckern entgegenneigten.

Niemand bewegte sich.

»Trip«, sagte Archer. »Ich glaube, du bist als Erster an der Reihe.«

»Ja.« Der Chefingenieur bestätigte einen Schalter, dann setzte ein Summen ein. Die erste Stange schwankte kurz, erglühte und vibrierte. Unmittelbar darauf wiederholte sich dieser Vorgang bei der zweiten.

Archer glaubte, ein Schimmern zwischen den beiden Stangen zu erkennen, lang und dünn, wie eine Luftspiegelung über dem heißen Asphalt einer Straße. Dann verschwand es.

Trip überprüfte die Anzeigen und nickte. »Bleib genau in der Mitte hinter dem Schild stehen, dann sollte alles in Ordnung sein.«

Archer nickte und versuchte, die in ihm prickelnde Aufregung unter Kontrolle zu halten. Es ging jetzt vor allem darum, die Ruhe zu bewahren.

»In Ordnung«, sagte er und blickte durch den psionischen Schild zum immer noch bewusstlosen fremden Wesen. Es lag auf dem Rücken und die Beine baumelten an der Seite herab. Phlox hatte es in diese Position gebracht, um zu verhindern, dass es sich nach dem Erwachen zu schnell bewegte.

Archer hoffte, dass es diesen Wesen wie Schildkröten schwer fiel, sich aufzurichten, wenn sie auf den Rücken gefallen waren.

»Jetzt sind Sie an der Reihe, Dr. Phlox«, sagte Archer.

Der Arzt richtete einen Scanner auf das Wesen und nahm eine kurze Untersuchung vor. Archer blickte über die Schulter und sah zu Reeds Wächtern, die ihre Gewehre bereit hielten – sie würden das Wesen erneut betäuben, wenn es zu fliehen versuchte.

Phlox hielt den Scanner in der einen Hand, mit der anderen verabreichte er dem Geschöpf eine Injektion. Dann wich er beiseite. »Captain, geben Sie ihm einige Minuten, um wieder zu sich zu kommen. Es könnte zunächst recht benommen sein.«

»Hoffentlich nicht zu sehr«, sagte Archer. »Ich muss es dazu bringen, dort zu bleiben, wo es sich jetzt befindet.«

Phlox trat neben Archer und setzte dabei den Scan

fort. »Das Stimulans wirkt. Es kann nicht mehr lange dauern, bis das Wesen erwacht.«

»Na schön«, sagte Archer. »Ich schätze, es wird jetzt Zeit für Sie, diesen Alkoven zu verlassen.«

»Ich könnte neben Ihnen stehen bleiben, weitere Daten sammeln und ...«

»Wir haben bereits darüber gesprochen«, unterbrach Archer den Arzt. »Nein. Ich brauche Ihre Sachkenntnis, wenn etwas schief geht.«

Phlox musterte den Captain und sein Gesicht ließ keinen Zweifel daran, wie wenig ihm die ganze Sache gefiel. »Wie Sie meinen«, sagte er. »Viel Glück.«

Er wandte sich ab, schritt durch den Korridor und um die Ecke.

Archer wollte gerade T'Pol ansprechen, als es im Interkom-Lautsprecher knackte. Sie hatten vereinbart, sich mithilfe des Interkoms zu verständigen, bisher allerdings darauf verzichtet.

»Der modifizierte Translator ist aktiviert«, erklang T'Pols Stimme aus dem Lautsprecher. »Bisher wird keine psionische Energie frei.«

»Danke«, sagte Archer.

Trip überprüfte noch einmal den Schild, sah Archer an, deutete mit dem Daumen nach oben und verschwand wie vor ihm der Arzt. Der Captain blieb mit dem spinnenartigen Wesen allein.

Er straffte die Schultern und verglich diese Angelegenheit mit einem Testflug. Piloten, die daran glaubten, dass etwas schief gehen konnte, lösten dadurch die Katastrophe manchmal aus. Ihre Kollegen, die mit großer Zuversicht ihrem eigenen Geschick und dem Glück vertrauten, kamen meistens gut zurecht, selbst *wenn* etwas schief ging.

Diesmal konnten tausend Dinge schief gehen, aber ebenso gut war ein Erfolg möglich. Und wenn es zu einem Erfolg kann ... Dann hatte die Erde ihren eigenen

Erstkontakt mit einem Volk, von dem sie lernen und mit dem sie Handel treiben konnte.

Archers Aufregung nahm zu. Er legte die Hände auf den Rücken – womit er unbewusst T'Pol nachahmte – und wartete.

Einige Beine des fremden Wesens zuckten. Es kam zu sich.

Archer spürte, wie seine Anspannung wuchs; er wagte kaum mehr zu atmen.

Das Zucken der Beine wiederholte sich. Dann bewegte sich etwas unter dem Rückenschild. Die Augen? Der Mund? Er war nicht sicher.

»Sie sollten jetzt etwas sagen, Captain«, ertönte Hoshis Stimme aus dem Interkom-Lautsprecher.

»Hallo«, sagte Archer. Er bewegte sich nicht, lächelte auch nicht, verzichtete auf alles, das als Drohung aufgefasst werden konnte. Er wusste nicht, welche Worte er an ein benommenes, telepathisches Wesen richten sollte, das er von seiner Heimatwelt entführt hatte.

»Ein guter Anfang, Captain«, kommentierte Hoshi. »Aber Sie sollten etwa eine Minute lang zu dem Geschöpf sprechen.«

Ja. Das hatte er natürlich gewusst, nur vorrübergehend vergessen. All diese Regeln in Hinsicht auf die Kommunikation mit fremden Wesen. Bei den Fazi durfte man erst sprechen, wenn sie es von einem erwarteten. Und in diesem Fall musste er reden, bis das Geschöpf auf der anderen Seite des psionischen Schilds verstand.

»Ich bin Captain Jonathan Archer«, sagte er.

Die klauenartigen Füße des Wesens berührten den Boden.

»Sie sind an Bord des Raumschiffs *Enterprise*.«

Das Wesen erstarrte kurz.

»Es tut mir leid, dass wir Sie an Bord geholt haben.«

Irgendwie gelang es dem Geschöpf, den Rückenschild vom Boden zu heben und anschließend drehte es sich mit geradezu akrobatischem Geschick auf die Vorderseite.

Alles in Archer drängte danach zurückzuweichen, aber er verharrte an Ort und Stelle. »Ihr Transfer hierher war ein Unfall«, sagte er in einem neutralen Tonfall. »Es steckte keine Absicht dahinter.«

Wenn das Wesen jetzt angriff, war er erledigt. Der psionische Schild hielt es gewiss nicht auf.

»Sie wurden durch Zufall von einem Transporterstrahl erfasst.«

Das Geschöpf schien erst Archer anzustarren und dann den kleinen Kasten, der die Stimme des Captains in psionische Wellen verwandelte.

Archer beschloss, nicht länger draufloszureden, sondern einen echten Kommunikationsversuch zu unternehmen. Er deutete auf sich selbst. »Mensch.«

Der Körper des fremden Wesens neigte sich ein wenig nach vorn. »Hipon.«

Archer wollte sicher sein, es richtig verstanden zu haben. Er zeigte auf das Geschöpf. »Hipon.« Und dann deutete er noch einmal auf sich selbst. »Mensch.«

»Ja«, kam es aus dem Lautsprecher des modifizierten Translators.

Archer spürte, wie die Anspannung in seinen Schultern ein wenig nachließ. »Ich bin der Captain dieses Schiffes«, sagte er, zeigte einmal mehr auf sich selbst und vollführte dann eine Geste, die der *Enterprise* galt.

»Captain«, wiederholte das Wesen. »Wir brauchen uns nicht ... mit den Grundlagen ... aufzuhalten. Ihr Übersetzungsapparat ... funktioniert. Eine erstaunliche ... Vorrichtung, aber ich weiß ... nicht genau ... warum sie erforderlich ist.«

Archer hörte Jubel durch den Korridor und aus dem Interkom-Lautsprecher. Mit jedem Wort schien die Übersetzung leichter und schneller zu werden.

»Dies ist ein psionischer Schild«, sagte Archer und

deutete auf die beiden Stangen. »Er hält die Wellenlängen Ihrer Gedankenmuster von meinem Bewusstsein fern.«

Das Wesen kam etwas näher und erneut widerstand Archer der Versuchung zurückzuweichen. Der Hipon betrachtete die beiden Stangen und streckte dem Schild vorsichtig ein Bein entgegen, ohne die Barriere selbst zu berühren.

Eine Schleimpfütze befand sich dort auf dem Boden, wo das Geschöpf auf dem Rücken gelegen hatte, doch der Gestank schien jetzt weniger stark zu sein. Vielleicht diente er dazu, an Land lebende Raubtiere fern zu halten, wenn diese Wesen schliefen.

Archer nahm sich vor, Cutler danach zu fragen, wenn dies alles vorbei war.

Nach einigen Sekunden kehrte der Hipon zu seinem Ausgangspunkt zurück und erwies sich dabei als bemerkenswert flink.

»Warum ist ... dieser Apparat ... notwendig?«, fragte er.

»Weil die Energie Ihrer Gedanken für Wesen meiner Art schädlich ist«, erklärte Archer.

Der Hipon wich noch weiter fort und stieß gegen die Wand. Für einen Moment befürchtete Archer, dass er sich verletzt hatte. Dann neigte sich das Wesen wieder nach vorn.

»Das Besatzungsmitglied ... auf dem Planeten?«, fragte der Hipon. »Und die ... anderen beiden?«

Die Reaktion schien Bestürzung und Sorge auszudrücken. Für Archer war sie eine angenehme Überraschung.

»Sie leben und erholen sich«, sagte er.

»Sie kamen ... zu Schaden?«

Archer hatte die Reaktion also richtig eingeschätzt.

»Ja«, bestätigte er. »Aber bald sind sie wieder in Ordnung.«

Das Wesen wackelte so, als befände es sich im Wasser. Eine Zeit lang schwieg es. Archer fragte sich, ob er etwas sagen sollte, blieb aber still und dachte dabei an seine Erfahrungen mit den Fazi.

»Wir ... wollten keinen ... Schaden zufügen«, sagte der Hipon.

»Das wissen wir«, erwiderte Archer, erleichtert darüber, dass das Wesen sein Schweigen beendet hatte. »Wir wollten es ebenso wenig. Bitte entschuldigen Sie, dass wir Sie von Ihrer Heimatwelt fortgebracht haben. Das war nicht unsere Absicht. Es ging uns nur darum, unser Besatzungsmitglied in Sicherheit zu bringen.«

»Wir wollten ihm ... keinen Schaden zufügen«, betonte der Hipon noch einmal. Er schien sehr betrübt zu sein.

»Das verstehen wir«, sagte Archer und verwendete diesmal ein anderes Wort, um das Wesen darauf hinzuweisen, dass sie nicht nach Vergeltung strebten. »Es besteht keine Notwendigkeit für eine Entschuldigung.«

»Wir haben Ihr ... Schiff ... geortet, als Sie dieses Sonnensystem erreichten«, sagte der Hipon. »Groß war unsere Freude ... als Sie kamen, um ... Kontakt mit uns aufzunehmen.«

»Wir wussten nicht, wie wir dabei vorgehen sollten.« Archer verbarg seine Überraschung darüber, dass die *Enterprise* geortet worden war. Die Hipon schienen weitaus höher entwickelt zu sein als bisher angenommen. »Erst durch den Zwischenfall auf dem Planeten und die folgenden Ereignisse an Bord wurde uns klar, auf welche Weise Sie sich verständigen.«

»Dadurch erkannten Sie auch die ... Gefahr«, sagte der Hipon.

»Ja.«

»Ihr Übersetzungsapparat ... ist beeindruckend«, fuhr der Hipon fort. »Ich muss Sie fragen ... warum kamen Sie ... zu diesem Planeten?«

»Wir kommen von einer Welt namens Erde«, sagte Archer. »Wir sind Forscher und hoffen, anderen Völkern zu begegnen und Freundschaft mit ihnen zu schließen.«

»Ein solches Raumschiff zu bauen ... und der erstaunliche Übersetzungsapparat ... Ihre Spezies scheint sehr intelligent zu sein. Andere Völker können sich über die Freundschaft mit Ihnen freuen.«

»Danke«, sagte Archer.

»Captain ... ich muss jetzt ... das Richtige tun.«

»In Ordnung«, erwiderte Archer, obwohl er nicht wusste, was der Hipon meinte.

»Bitte ... entschuldigen ... Sie mich.«

Im Anschluss an diese Worte schien sich das Wesen ein wenig zusammenzufalten und zog die Beine unter den Rückenschild.

T'Pols Stimme kam aus dem Interkom-Lautsprecher und ließ Archer zusammenzucken: »Captain, ein hochenergetischer psionischer Strahl geht von der *Enterprise* aus und reicht bis zur Oberfläche des Planeten.«

Archer hätte die entsprechenden Anzeigen gern gesehen, aber er wollte nicht riskieren, den Hipon durch eine Bewegung zu erschrecken. »Sind Besatzungsmitglieder davon betroffen?«

»Nein, Sir«, erwiderte T'Pol. »Es scheint keine Auswirkungen auf die Crew zu geben.«

»Was ist mit dem Schiff?«, fragte Archer in der Sorge, der psionische Strahl könnte wichtige Bordsysteme stören.

»Keine Ausfälle, Sir.«

»Und unsere Computer?«

»Wir können die Diagnoseprogramme starten, aber bisher haben sich keine Probleme ergeben.«

Der Hipon hatte sich nicht bewegt, schien Archer überhaupt nicht mehr wahrzunehmen. Andererseits: Ihm fehlte ein humanoides Gesicht, das irgendwelche Hinweise bieten konnte.

»Glauben Sie, dass der Strahl eine Gefahr für uns darstellt?«, fragte Archer.

»Nein«, sagte T'Pol.

»Können Sie den Ausgangspunkt des Strahls feststellen?«, fragte der Captain, obwohl er die Antwort bereits kannte. An Bord der *Enterprise* gab es nur eine Quelle für psionische Strahlung – das fremde Wesen.

»Ja, Sir. Er kommt aus dem Alkoven.«

Archer lächelte. »Dachte ich mir.«

Er sah zum reglosen Hipon. Das »Richtige« betraf also die Kommunikation mit dem Planeten. Welche Botschaft sendete das Wesen?

Archer hoffte, es bald herauszufinden. »Überwachen Sie auch weiterhin alles und geben Sie mir Bescheid, wenn sich etwas verändert.«

»Ja, Sir«, sagte T'Pol.

Der Hipon rührte sich noch immer nicht. Archer überlegte, ob der modifizierte Translator bewegt werden konnte, um ihn in die Lage zu versetzen, das »Gespräch« des Wesens mit seinen Artgenossen auf dem Planeten zu belauschen.

Kurz darauf erklang erneut T'Pols Stimme. »Der psionische Strahl zum Planeten existiert nicht mehr.«

Der Hipon streckte seine Beine und wandte sich Archer zu.

»Captain ... ich habe mit ... meinem Volk gesprochen ... und die Erlaubnis bekommen ... die Hipon bei ersten Gesprächen mit den ... Menschen zu repräsentieren. Ich heiße Sie ... willkommen.«

Archer war verblüfft – so etwas hatte er nicht erwartet, obgleich es durchaus einen Sinn ergab. Er deutete eine Verbeugung an. »Es ist uns eine Ehre. Vielen Dank.«

Zumindest dieser Erstkontakt schien sich so zu entwickeln, wie er es gehofft hatte.

Und dann unterbrach ihn das Interkom zum dritten Mal.

»Captain«, sagte T'Pol, »ein Repräsentant der Fazi hat sich gerade mit uns in Verbindung gesetzt und den Wunsch nach einer weiteren Begegnung zum Ausdruck gebracht.«

Der Hipon näherte sich dem psionischen Schild und Archer musste sich zwingen, still stehen zu bleiben. Der Instinkt wollte ihn dazu veranlassen, vor dem spinnenartigen Wesen zurückzuweichen – diese Reaktion musste er unterdrücken, wenn er weiterhin mit dem Hipon reden wollte.

»Sie versuchen auch ... einen Kontakt mit den ... Fazi herzustellen?«, fragte das Wesen.

»Ja«, sagte Archer.

»Bitte entschuldigen Sie ... Captain. Ich muss erneut ... mit meinem Volk ... kommunizieren.«

Wieder zog das Geschöpf die Beine an und erstarrte.

Großartig. Die Erwähnung der Fazi hatte den Hipon verärgert, so wie zuvor die Erwähnung der Hipon die Fazi verstimmt hatte. Was war nur los auf diesem Planeten? Archer wandte sich dem Interkom zu. »Richten Sie den Fazi aus, dass ich gern bereit bin, noch einmal vor ihren Rat zu treten. Den Zeitpunkt können sie selbst bestimmen.«

»Verstanden«, sagte T'Pol.

Wenige Sekunden später streckte der Hipon die Beine und Archer wartete gespannt darauf, was ihm das Wesen zu sagen hatte.

»Captain ... mein Volk hält ... einen näheren Kontakt ... mit den Fazi ... derzeit für ... unangemessen.«

»Zu meiner Crew gehört eine Vulkanierin, die den gleichen Standpunkt vertritt«, sagte Archer, dessen Überraschung sich in Grenzen hielt. Zwischen den beiden Völkern auf dem Planeten schien es eine sehr sonderbare Beziehung zu geben.

»Vulkanierin?«, wiederholte der Hipon.

»Ein anderes Volk, mit dem die Erde Freundschaft geschlossen hat«, sagte Archer. »Es ist technisch höher entwickelt und neigt dazu, immer wieder darauf hinzuweisen.«

Er fragte sich, was T'Pol von dieser Beschreibung hielt.

»Verstanden«, sagte der Hipon.

Wirklich?, dachte Archer. Hatte das Wesen tatsächlich verstanden? Oder handelte es sich nur um eine Vereinfachung des Translators?

Er verdrängte diesen Gedanken. Wenn er begann, an jedem Wort zu zweifeln, ließ sich kein vernünftiges Gespräch mehr führen.

»Warum wollen Sie nicht, dass wir einen Kontakt mit den Fazi herstellen?«, fragte Archer.

Der Hipon wackelte. Geschah das auch bei der Kommunikation mit Artgenossen? Oder war es eine freundliche Geste, vergleichbar mit einer Verbeugung?

»Menschen ... sind höher entwickelt als ... die Fazi und ... wir«, sagte der Hipon.

»Das nehme ich an«, erwiderte Archer.

»Wir verfolgen die ... Entwicklung der Fazi seit ... zweitausend Planetenzyklen und fürchten ... dass sie noch nicht für ... höheres Wissen bereit sind.«

»Hat Ihr Volk den Planeten kolonisiert?«, fragte Archer.

»Ja.«

»Und die Fazi sind eine einheimische Spezies?«

»Ja. Sie hatten noch nicht einmal ... Werkzeuge ... als wir kamen. Unsere Wissenschaftler ... brauchten zehn Zyklen ... um herauszufinden ... dass die Fazi intelligent sind.«

»Seit damals beobachten Sie, wie sich die Kultur der Fazi weiterentwickelt?«

»Ja.«

»Haben Sie bei der Entwicklung geholfen?« Archer fragte nicht nur aus Neugier – er wollte auch, dass T'Pol die Antworten hörte.

»Wir haben ... lange darüber ... debattiert. Zunächst unternahmen wir nichts ... aber dann beschlossen unsere Oberhäupter ... das Entwicklungsniveau der Fazi ... anzuheben. Kurze Zeit später ... stellten wir fest ... dass der Kontakt zwischen unseren Völkern ... für die Fazi ... fatal ist.«

»Aus dem gleichen Grund, der auch uns in Gefahr brachte«, sagte Archer.

»Das haben wir jetzt verstanden ... mit Ihrer Hilfe.«

Deshalb vermieden es die Fazi, die Hipon auch nur zu erwähnen. Archer dachte an jemanden, der mit einem Krebsgeschwür lebte, von dem keine akute Gefahr ausging, gegen das man aber nichts unternehmen konnte – der Betreffende sprach nicht darüber. Er versuchte sich vorzustellen, in einer Kultur aufzuwachsen, die einen großen Teil der eigenen Welt einfach ignorierte ...

»Im Lauf der Zeit ... gelang es uns ... den Fazi Informationen zukommen zu lassen ... ganz langsam ... Wir halten das für die beste Handlungsweise.«

»So ähnlich haben sich die Vulkanier während der letzten hundert Jahre uns gegenüber verhalten«, sagte Archer.

»Es scheint ... die Vulkanier trafen ... die richtige Entscheidung.«

So viel zu Archers Bemühen, T'Pol zu beweisen, dass sie Unrecht hatte. Er glaubte auch weiterhin fest daran, dass es falsch war, so viel Zurückhaltung zu üben, aber darauf wollte er den Hipon nicht hinweisen – es wäre wohl kaum sinnvoll, sich während eines Erstkontakts zu streiten. In dieser Hinsicht hatte er schon zu viele Konfrontationen mit T'Pol hinter sich.

»Ich werde Ihre Meinung in Erwägung ziehen«, sagte

Archer und wählte damit Worte, die er mehrmals an T'Pol gerichtet hatte. »Ich hoffe, unser begrenzter Kontakt mit den Fazi wirkt sich nicht negativ auf die Beziehungen mit den Hipon aus.«

»Das wird nicht der Fall sein«, antwortete das spinnenartige Wesen. »Wir können Ihnen ... zusätzliche Informationen über die ... Fazi anbieten.«

Archer nickte. »Vielen Dank. Ich hoffe, unsere beiden Völker können Informationen über viele Dinge austauschen.«

»Diese Hoffnung teilen wir ... Captain«, erwiderte der Hipon.

26

Archer fühlte eine Mischung aus Freude und Unbehagen, als ihn der Lift durch die *Enterprise* trug. Es begeisterte ihn, mit dem Repräsentanten eines Volkes gesprochen zu haben, das bisher keine Kontakte zu Menschen oder Vulkaniern unterhalten hatte. Er glaubte, die Basis für gute Beziehungen geschaffen zu haben.

Und das verdankte er vor allem seiner Crew. Sie hatte die Kommunikation der Hipon entschlüsselt und dann eine Möglichkeit gefunden, psionische Wellen in Worte und umgekehrt zu übersetzen.

Eine ähnliche Freude hatte Archer empfunden, als man ihm das Kommando über die *Enterprise* gab. Dies war eine Herausforderung, die er nicht allein bewältigen konnte – das war ihm sofort klar gewesen. Er brauchte die Crew. Zusammen bildeten sie ein Team, eine Gruppe, die auf sich allein gestellt blieb, alle Probleme selbst lösen musste. Und dass sie dazu imstande war, hatte sie einmal mehr bewiesen.

Sie würden Starfleet Bericht erstatten, mit den Logbucheinträgen des Captains und den Aufzeichnungen der einzelnen Abteilungen. Und anschließend würden sie den Flug fortsetzen – weitere Abenteuer warteten auf sie.

Der Gedanke daran erfüllte Archer mit neuem Enthusiasmus.

Aber die Bemerkungen des Hipon über die Fazi beunruhigten ihn. Glaubten technisch höher entwickelte

Kulturen immer, dass man anderen Spezies, die noch keinen so hohen Entwicklungsstand erreicht hatten, vor allem mit Zurückhaltung begegnen musste? Befürchteten sie immer, dass mit der moderneren Technik Missbrauch getrieben würde? Handelte es sich dabei um eine Art Prinzip, das überall im Universum galt?

Diese Vorstellung gefiel Archer nicht.

Die Tür des Lifts öffnete sich und der Captain betrat die Brücke. Er mochte die Platinfarben, die hier vorherrschten, die elegante Funktionalität. Die Alpha-Crew befand sich im Kontrollraum und überwachte die Bordsysteme der *Enterprise*.

Hoshi saß an ihrer Station und stützte mit der einen Hand den Kopf ab, während sie mit der anderen Tasten betätigte. Sie wirkte erschöpft und Archer wusste, dass sie mit ihren Kräften fast am Ende war. Während der vergangenen Tage hatte sie ausgezeichnete Arbeit geleistet, so wie immer.

Mayweather saß an den Navigationskontrollen und hielt das Schiff auf Kurs. Auch er schien müde zu sein, doch in seinem Fall lag es vermutlich an dem Spiel, von dem das ganze Schiff sprach. Abgesehen von den kurzen Abstechern zur Oberfläche des Planeten war Mayweather kaum an den Ereignissen beteiligt gewesen.

Das würde sich ändern.

Die Brückenoffiziere schienen ganz auf ihre Arbeit konzentriert zu sein. Niemand bemerkte ihn in der offenen Lifttür. Mit Ausnahme von T'Pol.

Sie trat auf ihn zu und es blitzte in ihren dunklen Augen. »Der Repräsentant der Hipon hat natürlich Recht.«

Sie wartete nicht einmal, bis er den Kommandosessel erreichte. Auch T'Pol hatte gute Arbeit geleistet, aber das Ich-habe-es-Ihnen-ja-gesagt schien ihr wichtiger zu sein als die Einheit der Crew. Archer nahm sich vor, in einem Wörterbuch nachzusehen – war Überheblichkeit eine Emotion?

»Lassen Sie uns im Bereitschaftsraum darüber sprechen«, sagte Archer und ging los. Es blieb T'Pol nichts anderes übrig, als ihm zu folgen.

Der Gedanke, dass die vulkanische Politik richtig sein mochte – dass es richtig gewesen war, der Erde hundert Jahre lang Informationen vorzuenthalten –, behagte Archer ganz und gar nicht. Jene Politik hatte verhindert, dass sich Archers Vater seinen Traum von weiten Reisen durchs All erfüllen konnte. Jetzt riet ein anderes Volk dazu, eben jene Politik den Fazi gegenüber anzuwenden, und das gefiel Archer nicht.

Als er am Kommandosessel vorbeiging, sah er kurz zum Hauptschirm, der nach wie vor den Fazi-Planeten zeigte. Der südliche Kontinent, Heimat der Hipon, war derzeit nicht in Sicht.

Er schien gar nicht zu existieren.

Um ihn herum herrschte Stille auf der Brücke, abgesehen vom leisen Summen und Piepsen der elektronischen Systeme. Die Offiziere beugten sich über ihre Konsolen, als versuchten sie, unsichtbar zu werden – sie hatten schon mehr als genug Auseinandersetzungen zwischen dem Captain und T'Pol miterlebt.

Auf eine weitere konnten sie getrost verzichten.

Archer betrat den Bereitschaftsraum und wartete neben den Bildern an der Wand. Normalerweise betrachtete er sie gern, aber diesmal wollte er sich von nichts ablenken lassen.

Als T'Pol hereingekommen war, sagte er: »Sie befinden sich an Bord meines Schiffes. Sie werden sich an die Protokolle meines Volkes halten. Haben Sie verstanden?«

Mit einem leisen Zischen schloss sich die Tür des Bereitschaftsraums hinter T'Pol. »Soweit ich weiß, ist es den Angehörigen ihres Volkes gestattet, ihre Meinung frei zu äußern.«

»Ich erwarte von den Offizieren dieses Schiffes, dass

sie meine Entscheidungen nicht vor der Crew in Frage stellen«, sagte Archer.

»Chefingenieur Tucker widerspricht Ihnen gelegentlich.«

»Trip kennt das Protokoll«, erwiderte Archer. »Er äußert seine Meinung zum richtigen Zeitpunkt und ist nicht aufsässig.«

T'Pol wölbte eine Braue. »Glauben Sie, dass ich aufsässig gewesen bin?«

»Zu Beginn dieser Reise habe ich Sie vor Ihrem vulkanischen Zynismus gewarnt. Sie haben ihn einigermaßen unter Kontrolle gebracht, verhalten sich aber noch immer so, als beaufsichtigten Sie uns. Eine solche Rolle steht Ihnen nicht zu, Subcommander. Ich habe das Kommando über dieses Schiff und respektiere Ihre Meinung, aber in der Hierarchie der *Enterprise*-Crew steht sie nicht über der meinen.«

»Selbst dann nicht, wenn ich Recht habe?«, fragte T'Pol.

»Selbst dann nicht, wenn Sie Recht *hätten*.«

Die Vulkanierin musterte den Captain einige Sekunden lang. »Das lässt keinen freien Meinungsaustausch zu.«

»In der Tat«, sagte Archer scharf. »Dies ist ein Raumschiff, keine Universität. Daran sollten Sie denken, wenn Sie auf der Brücke stehen.«

T'Pol nickte knapp. »Ist das alles, Sir?«

»Nein.« Archer schrie fast und atmete tief durch, um sich zu beruhigen. »Nein, das ist noch nicht alles.«

T'Pol legte die Hände auf den Rücken und hob das Kinn.

»Sie vertreten eine Meinung, von der sie ganz genau wissen, dass sie mich zu einer ganz bestimmten Reaktion veranlasst«, sagte Archer. »Eine Reaktion, die meine Crew nicht zu sehen braucht. Daher sollten Sie jene Meinung hier oder woanders zum Ausdruck bringen, aber nicht auf der Brücke.«

»Ich verstehe«, sagte die Vulkanierin. »Danke.«
Sie drehte sich um und ging zur Tür.
»Ich habe Sie noch nicht entlassen«, sagte Archer.
T'Pol blieb stehen.
»Ich möchte Ihre Meinung hören.«
Sie zögerte. »Captain?«
»Ich verlange nicht von Ihnen, dass Sie schweigen, Subcommander«, sagte er. »Ich möchte nur dafür sorgen, dass Sie meine Kommandoautorität nicht untergraben. Verstehen Sie den Unterschied?«
»Sie glauben, dass ich Ihre Autorität als Kommandant dieses Schiffes in Frage stelle, wenn ich auf der Brücke Kritik an Ihnen übe?«
»Das halte ich tatsächlich für möglich und ein solches Verhalten würde den Rest der Brückencrew dazu ermutigen, sich ein Beispiel an Ihnen zu nehmen. In kritischen Situationen könnte es darauf hinauslaufen, dass ein Befehl, der zunächst unverständlich bleibt, nicht oder nicht schnell genug ausgeführt wird.«
»Ich verstehe Ihre Befehle, Captain.« T'Pols Stimme klang eisig. Archer hatte sie erneut beleidigt. Es blieb ihm rätselhaft, wie eine Person beleidigt sein konnte, die angeblich keine Gefühle hatte.
»Tatsächlich?«, erwiderte er. »Warum haben Sie dann solche Schwierigkeiten mit diesem Gespräch?«
T'Pol wandte sich langsam zum Captain um, drehte erst den Kopf und dann den Rest des Körpers. »Ich glaube, unsere Kulturen gehen auf unterschiedliche Weise an intellektuelle Unstimmigkeiten heran.«
»Ja, das stimmt«, pflichtete ihr Archer bei und spürte vertrauten Ärger. »Genau da liegt für uns Menschen das Problem mit den Vulkaniern, seit unserer ersten Begegnung.«
»Uns ist es gestattet, Vorgesetzte zu kritisieren«, sagte T'Pol.
»Uns ebenfalls«, entgegnete Archer. »Doch an Bord

eines Raumschiffs gibt es Regeln dafür und an die haben Sie sich in letzter Zeit nicht gehalten. Darauf wollte ich Sie hinweisen.«

Ein oder zwei Sekunden lang glaubte Archer, dass T'Pol ihm widersprechen wollte. Doch sie schwieg, begnügte sich mit einem kurzen Nicken.

»Und nun ...«, sagte er. »Was wollten Sie mir in Hinsicht auf den Hipon mitteilen?«

T'Pol erweckte den Eindruck, ihre Gedanken zu ordnen. Vielleicht hatte sie diese Angelegenheit in Gedanken beiseite geschoben und musste sich jetzt wieder darauf besinnen. »Der Repräsentant der Hipon hat Recht. Sie sollten sich nicht weiter in die Entwicklung der Fazi einmischen.«

»Nennen Sie mir einen guten Grund«, sagte Archer und verschränkte die Arme. »Einen Grund, der nichts mit vulkanischen Prioritäten zu tun hat. Einen Grund, der sowohl den Hipon als auch den Fazi zugute kommt.«

»Na schön.« T'Pol trat nicht von der Tür fort.

Ihr Blick glitt zu Archers verschränkten Armen – Zeichen seiner Verschlossenheit. Er ließ die Arme sinken.

»Ihr Kontakt mit den Fazi hat bereits althergebrachte Glaubenssysteme erschüttert und die Zukunft jenes Volkes geändert«, sagte T'Pol.

»Ich weiß«, erwiderte er. »Und da wir uns bereits mitten im See befinden – warum nicht ans andere Ufer schwimmen?«

»Wie bitte?«

»Wir haben bereits Veränderungen bewirkt. Warum also sollten wir auf weitere Kontakte verzichten?« Archer wünschte sich einmal mehr, dass Vulkanier nicht alles so wörtlich nahmen.

»Ich schlage nicht vor, die Entwicklung der Fazi zu bremsen«, sagte T'Pol. »Allerdings teile ich die Logik der Hipon. Wir sollten den Fazi gestatten, sich mit ihrer eigenen Geschwindigkeit zu entwickeln.«

»Und wer entscheidet, was ihr Entwicklungstempo ist?«, fragte Archer. »Ich auf keinen Fall. Sie? Oder die Hipon?«

T'Pol schwieg.

»Die Fazi sollten selbst darüber befinden.«

»Wenn Sie ihnen neue Informationen geben, so verändert sich dadurch ihre Kultur«, gab T'Pol zu bedenken.

»Mit neuen Informationen können sie besser über ihre Entwicklung entscheiden«, sagte Archer. »Sie verfügen bereits über Warptechnik. Sie haben erste Vorstöße ins All unternommen und werden bald viele neue Dinge erfahren. Ein neuerlicher Kontakt mit ihnen kann wohl kaum schaden.«

»Jeder Kontakt gibt den Fazi weitere Informationen«, erwiderte T'Pol. »Und jede Information ändert die Kultur, vor allem eine so starre und stark strukturierte. Ihre ersten beiden Kontakte mit den Fazi verliefen nicht besonders gut. Wenn das auch beim dritten der Fall ist, entscheiden die Fazi vielleicht, sich nie wieder auf Kontakte mit anderen intelligenten Spezies einzulassen. Damit hätten Sie Einfluss auf ihre Entwicklung genommen, meiner Ansicht nach einen negativen.«

Archer holte tief Luft. »Sie meinen also, ich sollte sie mit dem schlechten Eindruck zurücklassen, den die Fazi von uns Menschen gewonnen haben.«

»Es geht hier nicht um die Menschen«, sagte T'Pol und setzte Archers Argumente gegen ihn selbst ein. »Daran sollten Sie besser denken. Sie dürfen sich nicht in die Entwicklung der Fazi einmischen, nur weil Sie nichts von der vulkanischen Politik der Erde gegenüber halten.«

Aus Archers Ärger wurde Zorn. Vielleicht wollte er Gespräche dieser Art auf den Bereitschaftsraum beschränken, damit die Brückencrew nicht sah, wie sehr ihm T'Pol unter die Haut ging. Sie verstand es ausgezeichnet, ihn wütend zu machen und in die Defensive zu drängen.

»Ich werde die Fazi nicht so in ihrer Entwicklung behindern, wie Sie das bei der Erde getan haben«, sagte er.

»Wir behindern die Entwicklung auf der Erde nicht«, erwiderte T'Pol. »Wir gestatten den Menschen ihr eigenes Entwicklungstempo.«

»Und dabei zeigen Sie bemerkenswerte Blindheit dem menschlichen Wesen gegenüber«, sagte Archer. »Wir nehmen neue Informationen und Konzepte sofort auf und benutzen sie. Wir finden Gefallen an neuen Ideen und daran, Gebrauch von ihnen zu machen. Wir sind immer bereit zu lernen.«

»Wir verstehen die Menschen und ihre Kultur sehr gut«, sagte T'Pol. »Ihre Spezies ist sehr leichtsinnig bei dem Streben nach Wissen. Dieses Verhalten habe ich auch bei Ihnen beobachtet. Ihre Entscheidung, dem Klingonen zu folgen und nach Rigel zu fliegen, hätte katastrophale Folgen für Ihr Schiff haben können. Sie sind auf dem Fazi-Planeten gelandet, ohne Ensign Hoshi zuvor Gelegenheit zu geben, einen vollständigen Eindruck von der Fazi-Kultur zu gewinnen, und darin kam der gleiche Leichtsinn zum Ausdruck.«

»Die Vulkanier haben uns also vor uns selbst geschützt.« Deutlicher Sarkasmus erklang in Archers Stimme.

»Ja«, bestätigte T'Pol.

Darauf wusste Archer nichts zu sagen. Am liebsten hätte er mit der Faust an die Wand geschlagen, aber er beherrschte sich und atmete mehrmals tief durch, um den Zorn unter Kontrolle zu bringen. Mit einer noch heftigeren Reaktion hätte er sich nur eine emotionale Blöße gegeben, und das ausgerechnet vor einer Vulkanierin.

»Wir haben uns Zeit genommen, Ihre Kultur zu untersuchen, bevor wir entschieden, Ihnen Informationen zu geben«, sagte T'Pol. »Ihr Wissen über die Fazi ist eine Woche alt. Die Hipon kennen die Fazi seit zweitausend Jahren und glauben, dass zu viele Informationen schädlich für sie sind.«

»Sind Sie bereit, den Hipon zu vertrauen?«, fragte Archer. »Sie wissen noch weniger über sie als ich über die Fazi.«

»Captain.« T'Pol senkte die Stimme und klang fast versöhnlich. »Ich trete nicht dafür ein, dass Sie die Entwicklung einer Kultur bremsen. Ich bitte Sie nur, sie nicht zu beschleunigen. Es gibt noch einen dritten Weg.«

»Man gebe ihr die Informationen häppchenweise, so wie es die Hipon getan haben«, sagte Archer und schauderte innerlich. Eine solche Vorgehensweise erforderte ein langes Engagement auf dem Planeten und dazu war er nicht bereit.

»Bitte berücksichtigen Sie Folgendes«, sagte T'Pol. »Für die Fazi ist Ihre Ankunft ein umwälzendes Ereignis.«

Archer hob den Kopf und sah die Vulkanierin an.

»Die Gesellschaft der Fazi ist stark strukturiert, Captain. Ihre Sprache ist so präzise, dass es nur ein Wort für Dinge gibt, für die die meisten anderen Kulturen mehrere Synonyme haben. Gebäude, Straßen, das Leben, das sie führen, alles ist so starr, dass sie mit den kleinsten Veränderungen Schwierigkeiten haben. Ein zur falschen Zeit gesprochener Satz läuft auf eine Beleidigung hinaus, wie Sie gemerkt haben.«

Archer musste sich eingestehen, dass T'Pol seine Aufmerksamkeit geweckt hatte.

»Der erste Kontakt der Fazi mit einer extraplanetaren Spezies führte dazu, dass Angehörige ihres Volkes starben. Die starre Denkweise der Fazi geht vermutlich auf ihren Kontakt mit den Hipon zurück.«

»Sie mussten Kontrolle lernen, um so nahe bei den Hipon überleben zu können«, sagte Archer.

»Ja«, pflichtete ihm T'Pol bei. »Ihre Ankunft war für sie ebenso schockierend, als hätten Sie eine Bombe auf ihre Hauptstadt geworfen. Vermutlich haben Sie ihre Kultur vollständig durcheinander gebracht.«

»Weil sie bislang glaubten, im Universum allein zu sein.«

»Ja«, sagte T'Pol.

Archer runzelte die Stirn. »Aber sie wussten, dass die Hipon aus dem All kamen.«

»Woher wussten sie das?«, fragte T'Pol. »Die beiden Spezies können nicht miteinander kommunizieren. Die Fazi wissen nur, dass die Hipon auf dem Südkontinent leben und sehr, sehr gefährlich sind.«

Archer wandte sich von T'Pol ab und begann mit einer unruhigen Wanderung durch den Bereitschaftsraum. Er konnte einfach nicht anders. Während des größten Teils dieser Mission hatte er still gestanden und gewartet; das brachte ihn um den Verstand.

»Weitere Informationen werden das Chaos vergrößern«, fuhr T'Pol fort. »Und wir wissen nicht genug über die Fazi, um vorherzusagen, wie sie auf das Chaos reagieren werden. Wir sollten sie in Ruhe lassen, damit sich ihre Beziehung mit den Hipon auf die bisherige Weise weiterentwickeln kann.«

Archer bedachte die Vulkanierin mit einem durchdringenden Blick und blieb stehen. »Ich werde Ihre Meinung in Erwägung ziehen.«

»Bitte denken Sie daran, dass mit dem Kommando über das Schiff große Verantwortung einhergeht.«

»Dessen bin ich mir sehr wohl bewusst, Subcommander«, sagte Archer. »Genau darauf wollte ich Sie eben hinweisen.«

T'Pol schenkte der letzten Bemerkung keine Beachtung und sprach so weiter, als hätte Archer keine Antwort gegeben. »Manchmal hängt es von Ihren Handlungen ab, ob eine Kultur blühen kann oder untergehen wird. Sie können nicht auf die Erfahrungen vieler Erstkontakte zurückgreifen, haben nicht einmal Regeln, die

Ihnen bei einem solchen Kontakt helfen. Daher befürchte ich, dass Sie sich nicht über die Konsequenzen im Klaren sind, die sich aus allen Ihren Aktionen ergeben, selbst aus denen, die Ihnen unwichtig erscheinen.«

»Soll das heißen, Menschen sind zu dumm, um bei Erstkontakten alles richtig zu machen?«

»Sie sind nicht zu dumm, aber sie wissen nicht genug.« T'Pol trat einen Schritt vor und Archer wusste, dass darin eine Bitte zum Ausdruck kam. »Denken Sie daran, was ich Ihnen über die Fazi und unsere Wirkung auf sie gesagt habe. Die bisherigen Interaktionen erscheinen Ihnen vielleicht nicht so gravierend, aber ich versichere Ihnen: Sie haben das Leben der Fazi nachhaltig verändert.«

Ihre Blicke begegneten sich kurz. Dann nickte die Vulkanierin, drehte sich um und verließ den Raum.

Archer hätte sie fast aufgehalten – immerhin ging T'Pol ohne seine ausdrückliche Erlaubnis. Aber er wusste, dass er sie nicht ändern konnte. In gewisser Weise war sie ebenso stur wie er, wenn er sich eine Meinung gebildet hatte.

Auf der Erde war sich Archer vieler Dinge sicher gewesen. So hatte er zum Beispiel fest daran geglaubt, dass die Vulkanier den Menschen mit der falschen Einstellung begegneten. Das glaubte er noch immer.

Aber nun sah er sich mit einer ähnlichen Situation konfrontiert, die große Verantwortung bedeutete, und dadurch erschien es plötzlich sehr vernünftig, vorsichtig zu sein und mit Bedacht vorzugehen.

Allerdings gab er das nicht gern zu. Nicht einmal sich selbst gegenüber.

27

Ensign Cutler und einige andere hatten zunächst die Erlaubnis bekommen, die maritimen Städte der Hipon aufzusuchen und weitere Kontakte herzustellen. Chefingenieur Tucker und die Besatzungsmitglieder Williams und Nowakowitsch sollten genug Schutzanzüge für einen solchen Außeneinsatz modifizieren. So musste zum Beispiel ein psionischer Schild installiert werden, der es den Besuchern gestattete, sich in der Nähe der Hipon aufzuhalten, ohne mentale Verletzungen befürchten zu müssen.

Aus irgendeinem Grund jedoch wurde dieser Plan im letzten Augenblick geändert. Der Captain entschied, nur Mayweather und Reed zum Planeten zu schicken, als Eskorte für den Hipon an Bord. Mayweather sollte die Shuttlekapsel fliegen und Reed begleitete ihn für den Fall, dass irgendetwas schief ging.

Trip nahm letzte Modifikationen an Mayweathers Schutzanzug vor – während der Pilot ihn bereits trug. Der Chefingenieur vergewisserte sich noch einmal, dass der psionische Schild den ganzen Kopf umgab, keine Stelle ungeschützt ließ. Jedes Risiko musste ausgeschlossen werden.

Sie standen im Maschinenraum, unter dem Laufsteg. Neben ihnen summte das Warptriebwerk. Mayweathers Helm dämpfte dieses Geräusch. Er verabscheute den Schutzanzug – selbst unter günstigen Umständen war er unbequem und von günstigen Umständen konnte derzeit wohl kaum die Rede sein.

Mayweather wand sich im Innern des Anzugs hin und her; das Ding drückte an mehreren Stellen.

»Halten Sie still«, sagte Trip. »Sie sind unruhiger als ein Junikäfer auf heißem Beton.«

»Das höre ich zum ersten Mal«, erwiderte Mayweather. »Haben Sie ein neues Buch gelesen?«

»Tja, ich bilde mich weiter, während Sie Ihre Zeit mit imaginären Marsianern vergeuden«, sagte Trip.

»Selbst wenn sie nur in der Phantasie existieren – sie sind verdammt schwer zu schlagen.«

Trip schnaufte und hantierte weiterhin am Schutzanzug. Mayweather hatte sich schon einmal so gefühlt, als Trauzeuge eines guten Freunds, der für die Zeremonie auf altmodischen Cutaways bestanden hatte. Die Anzüge mussten natürlich angepasst werden, was für Mayweather bedeutete: Er verbrachte zwei Stunden bei einem Schneider in San Francisco. Die ganze Zeit über nahm der Mann Maß, steckte ab und so weiter.

Als Mayweather bei jener Gelegenheit fragte, ob er nicht eins der holographischen Bilder verwenden konnte, die sich bei Modeschöpfern immer größerer Beliebtheit erfreuten, spürte er den Stich einer Nadel. Noch heute glaubte er, dass Absicht dahinter gesteckt hatte.

»Zappeln Sie nicht«, sagte Trip hinter ihm.

»Ich stehe ganz ruhig«, behauptete Mayweather.

Am liebsten hätte er gefragt, wie lange es noch dauerte. Nach wie vor hatte er den dringenden Wunsch, mit dem Captain persönlich über die maritimen Städte zu sprechen.

Mayweather hatte die Scans der Städte und Transporter gesehen, mit denen die Hipon vor so langer Zeit zur Heimatwelt der Fazi gekommen waren. Alles zeichnete sich durch bemerkenswerte Ästhetik aus. Die langen, eleganten Gebäude erweckten den Eindruck, aus Korallen zu bestehen. Man hätte glauben können, dass sie aus dem Meeresboden *gewachsen* waren.

Cutler hatte ihm Details gezeigt, die bewiesen, dass es sich um Bauwerke handelte, nicht um gewachsene Dinge. Dabei fiel Mayweather auf, dass bestimmte Komponenten der Hipon-Städte der marsianischen Stadt des Rollenspiels ähnelten. Seine Frage, ob sich Absicht dahinter verbarg, hatte Cutler überrascht blinzeln lassen.

»Natürlich nicht«, lautete ihre Antwort. »Als ich das Spiel entwickelte, wussten wir noch gar nichts von den Hipon-Städten.«

Nun, das stimmte nicht ganz. Der Planet war die ganze Zeit über sondiert worden, aber die Daten hatten erst noch ausgewertet werden müssen.

Die Tür am anderen Ende des Maschinenraums öffnete sich und Trip fluchte leise, als ihm ein Werkzeug aus der Hand rutschte.

»Keine Bewegung«, sagte er, bückte sich und hob das Gerät wieder auf.

Solche Anweisungen weckten in Mayweather immer den Wunsch, sich zu bewegen. Aber diesmal verharrte er.

Wenige Sekunden später trat der Captain auf sie zu und wandte sich an Trip; Mayweather ignorierte er vollständig.

»Bist du fertig?«, fragte Archer und es klang sehr mürrisch.

»Mit der Shuttlekapsel ist alles klar«, erwiderte der Chefingenieur. »Und Mayweather sollte in seinem Schutzanzug sicher sein.«

Ein Schweißtopfen rann Mayweather über die Wange. Er kam sich vor wie eine Sardine in der Konservenbüchse.

Archer sah den Piloten an. »Ich weiß es sehr zu schätzen, dass Sie sich dazu bereit erklärt haben, unseren Gast zurückzubringen.«

»Ich fühle mich zumindest teilweise dafür verantwortlich, dass er an Bord kam, Sir«, erwiderte Mayweather. »Deshalb ist es nur recht und billig, dass ich ihn zum Planeten zurückbringe.«

Archer nickte. Das verstand er ganz offensichtlich. »Setzen Sie ihn ab und kehren Sie anschließend sofort zurück. Wir sollten vermeiden, Ihren psionischen Schild zu sehr auf die Probe zu stellen.«

»Aye, Sir«, erwiderte Mayweather. Er dachte nicht so sehr an den Schild, sondern an den Gestank des fremden Wesens. Wenn der psionische Schild während des Flugs versagte – nun, dann waren sie so gut wie tot. Aber wenn die ambientalen Systeme des Schutzanzugs in der kleinen Shuttlekapsel versagten und ihn mit dem Geruch des Hipon konfrontierten ... Dann würde er sich vermutlich *wünschen,* tot zu sein.

»Eskortieren Sie unseren Gast in fünf Minuten zur Shuttlekapsel«, sagte Archer. »Dann sollte sich niemand in den Korridoren aufhalten.«

»Ja, Sir.«

»Zu schade, dass wir uns nicht die maritimen Städte ansehen können«, sagte Trip. »Sie müssen sehr interessant sein, nach den Scans zu urteilen.«

»Nächstes Mal«, erwiderte Archer knapp, aber Mayweather kannte diesen Tonfall von seinem Vater her und wusste: In diesem Fall bedeutete »nächstes Mal« *nie.*

Er wollte trotzdem fragen, wann mit diesem nächsten Mal zu rechnen wäre, bekam aber keine Gelegenheit dazu – der Captain hatte sich bereits abgewandt und ging mit langen Schritten fort.

»Was ist ihm über die Leber gelaufen?«, wandte sich Mayweather an Tucker.

Der Chefingenieur lachte kurz. »Es fällt ihm schwer, mit gewissen Wahrheiten aus seiner Vergangenheit fertig zu werden.«

»Wie bitte?«, fragte Mayweather und wollte sich umdrehen.

Trip hielt ihn energisch fest und setzte dann die Arbeit an dem Schutzanzug fort. »Stehen Sie still. Wenn Sie diese Sache vermasseln, zieht der Captain uns beiden das Fell über die Ohren. Machen Sie sich keine Sorgen um ihn. Er kommt darüber hinweg.«

28

Der Gestank war nicht mehr so intensiv. Entweder das, oder Archer gewöhnte sich daran – eine Vorstellung, über die er nicht nachzudenken wagte.

Er war zum Alkoven zurückgekehrt, in dem sich der Hipon seit ihrem Gespräch aufhielt. Das Wesen tat Archer leid. Es befand sich an Bord eines fremden Raumschiffs und konnte es sich nicht einmal ansehen, aus Furcht, der Besatzung Schaden zuzufügen.

An seiner Stelle wäre Archer sicher auf und ab gegangen. Der Hipon hingegen erweckte den Eindruck, sich überhaupt nicht von der Stelle gerührt zu haben.

Der Captain trat hinter die beiden Stangen, zwischen denen sich der psionische Schild erstreckte, und nickte dem Wesen zu. »Ich lasse Sie von jemandem, der vor der psionischen Energie geschützt ist, zu unserer Shuttlekapsel bringen.«

»Danke ... Captain«, erwiderte der Hipon.

Archer wollte sich abwenden und fortgehen, überlegte es sich dann aber anders und blieb stehen. Er schuldete dem Hipon eine Erklärung für das, was er zu unternehmen gedachte. Seit der Diskussion mit T'Pol hatte er darüber nachgedacht und schließlich eine Entscheidung getroffen.

Er holte tief Luft und sprach Worte, von denen er nie geglaubt hätte, dass sie einmal aus seinem Mund kommen würden. »Ich habe mir Ihren Rat durch den Kopf gehen lassen, den Fazi nicht zu viele Informationen auf einmal zu geben. Ich werde diesem Rat folgen, obwohl noch eine weitere Begegnung mit den Fazi bevorsteht.«

Der Hipon zog die Beine an und verbeugte sich. Zumindest glaubte Archer, dass es eine Verbeugung war. »Auch darin ... kommt die Intelligenz Ihrer Spezies ... zum Ausdruck. Ich hoffe auf ... eine lange Beziehung ... zwischen unseren Völkern.«

»Ich ebenfalls«, erwiderte Archer. Er ahnte, dass die Menschen viel von den Hipon lernen konnten.

Das Wesen neigte sich nach vorn. »Eine Bitte ... Captain.«

»Ja?«, fragte Archer überrascht.

»Der Apparat ... der unsere Verständigung ermöglicht ... ist faszinierend. Er wäre für uns sehr hilfreich ... bei der Kommunikation ... mit den Fazi.«

»Ich denke darüber nach«, sagte Archer.

»Danke.«

»Bis zum nächsten Mal.«

»Bis zu jenem Moment«, sagte der Hipon.

CAPTAINS LOGBUCH

Ich hätte nie gedacht, dass ich mich einmal fragen würde, was ich einer weniger hoch entwickelten Spezies sagen darf und was nicht. Ich bin immer davon überzeugt gewesen, dass uneingeschränkte Offenheit und bereitwilliges Teilen aller Informationen der einzige Weg zu wahrer Freundschaft sind. Aber nachdem ich die empfindliche Balance kennen gelernt habe, die auf diesem Planeten zwischen den humanoiden Fazi und den spinnenartigen, höher entwickelten Hipon besteht, muss ich meine früheren Überzeugungen in Frage stellen.

Die von uns angezapften Datenbanken der Fazi und die Auskünfte des Hipon weisen auf Folgendes hin: Seit mehr als zweitausend irdischen Jahren helfen die Hipon den Fazi dabei, sich langsam zu entwickeln. Die starren sozialen und linguistischen Strukturen der Fazi scheinen direkt auf die ersten katastrophalen Versuche zurückzugehen, einen direkten Kontakt zwischen Fazi und Hipon herzustellen.

Die Hipon haben nie an die Möglichkeit gedacht, dass es ihre Gedanken waren, die den Schaden anrichteten. Allein durch den Hinweis darauf habe ich die Zukunft dieser Welt auf eine Weise verändert, die ich mir kaum vorstellen kann.

Indem ich aus dem All kam und mit den Fazi sprach, habe ich ihnen Träume von größeren Welten geschenkt. Was sie mit diesen Träumen machen, liegt bei ihnen, so wie es bei uns Menschen lag. Aber für uns stellte sich nie die Frage, ob wir in den Weltraum vorstoßen sollten oder nicht. Bei den Fazi bin ich mir da nicht so sicher. Ein großer Teil ihrer Kultur scheint auf Furcht und Kontrolle zu basieren, wofür ihre jahrhundertelangen katastrophalen Erfahrungen mit einer fremden intelligenten Spezies verantwortlich sind. Kann man von ihnen eine andere Reaktion auf Menschen erwarten?

Bald werde ich zum dritten Mal mit den Fazi sprechen. T'Pols meint, ich kann höchstens hoffen, dabei nicht noch mehr Schaden anzurichten. Ich bin anderer Ansicht. Ich halte es nach wie vor für möglich, Beziehungen zu knüpfen, die schließlich zu einer Freundschaft zwischen Fazi und Menschen führen.

Unsere Kommunikation mit den Hipon dient dem gleichen Zweck.

Es ist erstaunlich: Entscheidungen, die mir auf der Erde völlig klar erschienen, stoßen hier auf immer mehr Zweifel. Wir müssen noch viel lernen, aber diese spezielle Lektion ist für mich besonders schwer.

Es widerstrebt mir noch immer, die Möglichkeit einzuräumen, dass T'Pol Recht hat. Ich glaube nicht, dass Menschen leichtsinnig sind. Wir treffen unsere Entscheidungen nur anders als Vulkanier. Zwar halten sie uns für eine primitivere Spezies, aber uns stehen mehr Werkzeuge zur Verfügung. Bei uns arbeiten Kopf und Herz zusammen und oft gelangen sie schneller zu einem Ergebnis als die langen Analysen der Vulkanier.

Die Vulkanier misstrauen Emotionen, deshalb halten sie uns für leichtsinnig. Aber das sind wir nicht. Wenn ich auf T'Pol gehört hätte, wären die Hipon vielleicht unentdeckt geblieben. Und das wäre sicher sehr bedauerlich gewesen.

Aber T'Pols Ausführungen haben mich auch zu der Erkenntnis gebracht, dass die Erfahrungen der Vulkanier mit anderen Völkern sehr wertvoll sind. Ich habe angenommen, dass sich alle Erstkontakte ähneln. Doch die beiden auf diesem Planeten sind sehr unterschiedlich gewesen.

Vermutlich ist jeder Erstkontakt einzigartig.

T'Pol hätte mich sicher darauf hingewiesen, dass ich dem Gebot der Logik folge, aber ich glaube, hier ist mehr im Spiel als nur Logik. Die Erstkontakte sind nicht nur deshalb unterschiedlich, weil sie unterschiedliche Völker betreffen, sondern auch, weil uns jede Erfahrung dieser Art verändert. Vielleicht haben wir dadurch weniger vorgefasste Meinungen – oder mehr.

Aber wenn wir aufgeschlossen und offenherzig bleiben, so lernen wir mehr, als wir uns erträumen.

Vielleicht hat mich diese Erfahrung nachhaltiger beeinflusst als die Fazi. Vielleicht war *meine* Denkweise sogar noch starrer als die ihre.

29

Stille herrschte an Bord der Shuttlekapsel, als sie über der Hauptstadt der Fazi kreiste. Archer beugte sich auf seinem Sitz vor und blickte hinab.

Die Muster erstaunten ihn noch immer. Die Präzision der Fazi war wirklich beeindruckend. Gebäude mit den gleichen Strukturen, Straßen, die exakt im rechten Winkel aufeinander trafen – das alles erschien dem Captain jetzt nicht mehr geheimnisvoll.

In gewisser Weise war der Anblick traurig. Die Fazi hatten eine Art Festung gebaut, um sich vor einem Feind zu schützen, der durch Wände gehen konnte.

Hoshi, Trip und Reed begleiteten Archer, so wie beim ersten Mal. Mayweather bediente die Navigationskontrollen der Shuttlekapsel und meinte, dieser Flug wäre einfacher als der zum Südkontinent. Offenbar war es mit dem Wesen an Bord zu gewissen Schwierigkeiten gekommen, die sich Archer gut vorstellen konnte: Der Aufenthalt in der kleinen Kapsel musste für den Hipon recht unbequem gewesen sein, und wenn Geschöpfe seiner Art nervös wurden, kam es bei ihnen zum Äquivalent des menschlichen Schwitzens.

Dann sonderten sie stinkenden Schleim ab.

Archer bedauerte keineswegs, nicht an jenem Flug teilgenommen zu haben.

Für diesen war er bereit. Erneut hatte er es nicht über sich gebracht, T'Pol mitzunehmen. Vielleicht beim nächsten Mal, beim nächsten Erstkontakt auf einem Planeten, den sie erst noch entdecken mussten.

Die Shuttlekapsel landete an der gleichen Stelle wie vorher, und zwar exakt zum vereinbarten Zeitpunkt. Sie wussten inzwischen, welchen Wert die Fazi darauf legten, kannten die Bedeutung des Protokolls.

Nichts schien sich verändert zu haben. Noch immer führten Wege durch die weite Grünanlage, deren Pflanzen die gleichen Muster bildeten. Die weite, gepflasterte Fläche war so leer wie beim ersten Besuch und diesmal ließ sich Archer nicht davon verunsichern.

Geduldig wartete er an Bord, während die anderen vor ihm ausstiegen, so wie es das Fazi-Protokoll verlangte. Er konnte sich nicht daran gewöhnen, die Shuttlekapsel als letzter zu verlassen, aber er verstand dies alles jetzt weitaus besser.

Es half, wenn man die Dinge verstand. Aber auch das wollte Archer T'Pol gegenüber nicht zugeben.

Schließlich stieg er ebenfalls aus und atmete tief durch. Der Jasminduft überraschte ihn nicht mehr, doch das vage würzige Aroma erschien ihm noch immer seltsam und erinnerte ihn daran, dass er sich auf einer fremden Welt befand. Dies war nicht die Erde, konnte es nie sein.

Hoshi und die anderen warteten auf ihn. Archer führte die Gruppe zum Ratsgebäude und schritt mit einer Zielstrebigkeit aus, die er diesmal für angemessen hielt.

Als er die viereckigen Säulen vor dem Gebäude erreichte, öffnete sich das Portal. Archer zögerte nicht, trat ein und stellte fest, dass sich diesmal kein flaues Gefühl in seiner Magengrube regte. Es lag daran, dass er wusste, was ihn erwartete. Außerdem war er zuversichtlicher und hielt sich tatsächlich für imstande, einen echten Kontakt mit den Fazi herstellen zu können.

Wissen war Macht. In dieser Beziehung musste er T'Pol Recht geben, auch wenn ihm das nicht gefiel.

Der große Saal erwies sich als ebenso eindrucksvoll wie beim ersten Besuch. Vielleicht wirkte er sogar noch imposanter, denn in Archers Erinnerung schien er ein ganzes Stück geschrumpft zu sein. Das helle Licht überraschte ihn auch diesmal und die Augen wollten sich kaum daran gewöhnen.

Archer nahm eine Veränderung zur Kenntnis: Im Saal roch es nicht mehr nach Jasmin. Die dünnen Rauchfäden, die von den Brennern aufstiegen, gaben der Luft vielmehr einen Geruch, der an Vanille erinnerte. Hinzu kam eine Schärfe wie von Pfeffer und dadurch war der Duft nicht zu süß.

Der Captain blieb in der Mitte stehen, so wie beim ersten Besuch. Aber diesmal traten Hoshi und die anderen an seine Seite. Die Linguistin hatte herausgefunden, dass so etwas für die Fazi durchaus akzeptabel war. Darüber hinaus hatte sie ihre Translatoren mit allen bisher entdeckten Nuancen der Fazi-Sprache programmiert und Archer noch einmal darauf hingewiesen, dass er erst dann sprechen durfte, wenn man es von ihm erwartete.

Nun, das konnte er wohl kaum vergessen.

Als Archer und seine Begleiter verharrten, standen die Mitglieder des Fazi-Rates synchron auf. Der Captain glaubte zu spüren, wie sein Herzschlag kurz aussetzte. Hatte er die Fazi schon wieder beleidigt? Wollten sie den Saal verlassen, ohne ihm Gelegenheit zu geben, das Wort an sie zu richten?

Die Fazi verließen die tribünenartigen Sitzreihen und traten auf den Boden, näherten sich den Besuchern. Alles deutete darauf hin, dass sie diesen Weg nicht sehr oft nahmen.

Ein neues Muster. Archers Nackenhaare richteten sich auf. Der erste Kontakt hatte eine Veränderung bei den Fazi bewirkt.

Hoshi berührte ihn am Arm. »Warten Sie, bis die Fazi sprechen.«

Er wollte sie auffordern, still zu sein, aber stattdessen deutete er ein Nicken an, in der Hoffnung, dass die Fazi diese knappe Bewegung nicht sahen. Sie schienen ganz auf die Präzision ihrer eigenen Bewegungen konzentriert zu sein und beobachteten sich gegenseitig, anstatt nach vorn zu blicken.

Schließlich hatten sie alle ihre Positionen eingenommen und Draa, Oberhaupt des Rates, stand direkt vor Archer. Ihre Blicke trafen sich und ein Hauch Unsicherheit erfasste den Captain – verstieß ein direkter Blickkontakt gegen das Protokoll?

Dann verbeugte sich Draa. »Wir möchten Sie und Ihre Begleiter auf unserem Planeten willkommen heißen.«

Archer ahmte Art und Geschwindigkeit der Verbeugung nach. »Es ist uns eine Ehre, auf Ihrer wundervollen Welt zu sein. Ich bringe Ihnen die Grüße meines Heimatplaneten Erde.«

Dies hatten sie schon einmal hinter sich gebracht, aber jetzt fühlte es sich richtig an. Beide Seiten ignorierten die erste Begegnung und verhielten sich so, als wäre dies der tatsächliche Erstkontakt.

Ratsmitglied Draa überraschte Archer, als er sagte: »Ich bedaure unser Verhalten während der ersten beiden Kontakte.«

»Wir ebenfalls«, erwiderte der Captain.

Neben Archer seufzte Hoshi erleichtert. Die Fazi wirkten diesmal entspannter. Draa begann mit einer langen Rede, in der es um seine Hoffnungen für die Beziehungen zwischen den beiden Völkern ging. Archer konzentrierte sich darauf, um kein Detail zu überhören und anschließend angemessen antworten zu können.

Zwanzig Minuten später verließen Archer und seine Gruppe das Ratsgebäude, diesmal mit der Vereinbarung, dass Menschen und Fazi miteinander in Verbindung bleiben und versuchen würden, voneinander zu lernen. Der Captain hatte den Fazi nichts versprochen, ihnen keine weiteren Informationen gegeben, und sie hatten auch keine entsprechenden Anfragen an ihn gerichtet. Die Hipon waren nicht ein einziges Mal erwähnt worden. Archer zweifelte nicht daran, dass T'Pol diesen Erstkontakt für einen vollen Erfolg halten würde.

Als er nach draußen trat, in die nach Jasmin duftende Luft, kehrte der Enthusiasmus zurück. So hatte er sich einen Erstkontakt vorgestellt: schnell, einfach und erfolgreich. Der Anfang einer neuen Beziehung, die beiden Kulturen zum Vorteil gereichte.

Die Fehler waren nicht umsonst gewesen, hatten ihn etwas gelehrt. Archer wusste nicht, ob er geduldiger geworden war, aber er räumte gründlichen Untersuchungen, die seine Crew mehrmals befürwortet hatte, jetzt einen höheren Stellenwert ein.

Am liebsten wäre er den Rückweg zur Shuttlekapsel gerannt, um seinen Jubel auszuleben, aber er beherrschte sich, achtete auch weiterhin das Fazi-Protokoll.

Immerhin erfüllten Protokolle durchaus ihren Zweck, wie er T'Pol gegenüber betont hatte. Das galt auch für Muster, Strukturen und Kontrolle. Er wollte die strukturierten Aspekte der Fazi-Kultur auf keinen Fall zerstören. Es lag ihm fern, eine Bombe auf die Hauptstadt zu werfen, um T'Pols Metapher zu benutzen.

Er wollte die Fazi verstehen und ihnen die Möglichkeit geben, die menschliche Kultur aus dem richtigen Blickwinkel zu betrachten.

An diesem Nachmittag glaubte er, einen wichtigen ersten Schritt gemacht zu haben.

Archer wartete, bis sich die Shuttlekapsel hoch über der Hauptstadt befand, und vergewisserte sich, dass die Translatoren deaktiviert waren, bevor er einen Freudenschrei ausstieß.

30

Archer befand sich noch keine fünfzehn Minuten auf der Brücke, als T'Pol sagte. »Captain, ich bin nicht ganz sicher in Hinsicht auf das Protokoll, das Sie mir beschrieben haben. Ist dies der richtige Zeitpunkt, um Sie um ein Gespräch im Bereitschaftsraum zu bitten?«

Archer unterdrückte ein Lächeln. Er hatte gerade von der Begegnung mit dem Fazi-Rat berichtet und war auf die Bitte der Hipon zu sprechen gekommen, ihnen den modifizierten Translator zur Verfügung zu stellen. T'Pol schien mit irgendeiner seiner Ausführungen nicht einverstanden zu sein.

»Ich weiß nicht, Subcommander«, sagte er. »Beabsichtigen Sie, einen konstruktiven Kommentar abzugeben?«

»Ich habe eine Kritik vorzubringen.«

»Heraus damit.«

»Vielleicht sehen Sie darin eine Gefahr für Ihre Kommandoautorität.«

Archer schüttelte den Kopf. Ihm waren Erstkontakte mit zwei fremden Spezies gelungen, doch die Kommunikation mit der Angehörigen eines Volkes, das er sein Leben lang kannte, fiel ihm schwer.

»Machen Sie sich keine Sorgen um mein Kommando, Subcommander. Bei diesem Gespräch gibt es keine besonderen Regeln zu beachten. Sie können Ihre Meinung ganz offen äußern.«

»Selbst wenn sie stark von der Ihren abweicht?«

»Ich habe meine Ansicht noch nicht dargelegt«, sagte

Archer. »Woher wollen Sie wissen, ob Sie tatsächlich eine andere Meinung vertreten?«

T'Pol blinzelte überrascht. Bisher hatte er seinen Standpunkt tatsächlich noch nicht erläutert, was bedeutete, dass die Vulkanierin von einer Annahme ausging, was sehr ungewöhnlich war. Archer drehte den Kopf zur Seite, damit sie das amüsierte Glitzern in seinen Augen nicht sah.

»Ich glaube nicht, dass wir den Hipon den modifizierten Translator überlassen sollten, Captain«, sagte T'Pol.

»Warum?«, fragte Hoshi. »Wir haben viel Arbeit darin investiert und er lässt sich nur bei den Hipon einsetzen. Warum sollten wir ihnen das Gerät nicht geben? Für uns hat es keinen anderen Nutzen.«

»Das wissen wir nicht«, warf Reed ein. »Die Hipon stammen nicht von diesem Planeten. Vielleicht begegnen wir ihnen noch einmal.«

»Guter Hinweis«, sagte Archer und beobachtete noch immer T'Pol, die ein wenig unsicher wirkte, weil sie seine Meinung nicht kannte.

»Wir haben die technischen Unterlagen«, meinte Hoshi. »Damit können wir jederzeit eine zweite Version des Translators konstruieren.«

»Das liefe auf eine Vergeudung von Ressourcen hinaus«, sagte Trip. »Trotzdem stimme ich Ihnen zu. Ich glaube, die Hipon würden das Gerät viel öfter benutzen als wir. Wir übermitteln Starfleet die Konstruktionsdaten – dort kann man also weitere Modelle bauen, wenn ein Dialog mit den Hipon stattfinden soll.«

T'Pol sah zu Archer, der sich nicht bewegte, ihr keinen Anhaltspunkt gab. Schließlich wandte sie sich an Hoshi. »Der modifizierte Translator würde das Gleichgewicht zwischen den beiden intelligenten Völkern auf dem Planeten verändern.«

»Na und?«, erwiderte Hoshi. »Was ist falsch daran, ihnen eine Möglichkeit zu geben, miteinander zu reden?«

»Vor unserer Ankunft verfügten die Hipon und Fazi nicht über eine Möglichkeit, miteinander zu kommunizieren«, sagte T'Pol. »Genau darauf basiert ihre Beziehung.«

»Klingt nach einer schlechten Ehe«, kommentierte Trip.

Archer schüttelte den Kopf und niemand lachte.

»Aber es ist trotzdem eine Ehe, um auf Ihren nicht besonders geistreichen Witz einzugehen«, sagte T'Pol. »Und wir sollten uns nicht in sie einmischen.«

»Die ganze Kultur der Fazi scheint auf der Furcht vor den Hipon zu basieren«, sagte Hoshi. »Was kann es schaden, ihnen die Möglichkeit zu geben, jene Furcht zu überwinden?«

»Welche Konsequenzen ergäben sich daraus?«, fragte T'Pol. »Derzeit ist das Gleichgewicht zwischen den beiden Kulturen stabil.«

»Halten Sie es für akzeptabel, dass eine dieser beiden Kulturen in Angst und Ignoranz lebt?«, erwiderte Hoshi.

»Ja«, sagte T'Pol. »Bis sie entscheidet, aus eigener Kraft darüber hinauszuwachsen.«

»Warum helfen wir ihnen nicht dabei?«

»Weil es dann nicht ihre Entscheidung wäre, sondern unsere«, erklärte T'Pol.

Hoshi presste die Lippen zusammen und schwieg.

Archer musste zugeben: T'Pol verstand sich darauf, jeder Sache sofort auf den Grund zu gehen. Manchmal auf eine recht schmerzhafte Art.

Er musterte die Vulkanierin und sie erwiderte seinen Blick ruhig, schwieg jetzt.

»Trip ...«, sagte Archer und ging zum Lift. »Bereite eine Shuttlekapsel vor und statte meinen Schutzanzug mit einem psionischen Schild aus.«

»In Ordnung.«

»Und Hoshi ...« Archer blieb stehen, sah die Linguistin an und lächelte. »Ich brauche Ihre Hilfe. Installieren Sie den modifizierten Translator in der Shuttlekapsel und verbinden Sie ihn mit den dortigen Kom-Systemen, damit ich mich mit den Hipon außerhalb der Kapsel verständigen kann.«

»Der Translator soll im Innern der Shuttlekapsel installiert werden, Sir?«, fragte Hoshi. »Sie wollen den Hipon das Gerät nicht überlassen?«

»Dazu sehe ich keine Notwendigkeit«, sagte Archer.

»Was?«, stieß Hoshi hervor. »Sie haben immer wieder darauf hingewiesen, wie wichtig es ist, nach einem Erstkontakt Informationen zu teilen. Bisher wurden Sie nicht müde zu betonen, dass uns die Vulkanier zu viele Dinge vorenthalten.«

Archer nickte und wandte sich kurz an T'Pol. »Das war vermutlich ein Diskussionsbeitrag, der dem Bereitschaftsraum vorbehalten bleiben sollte«, sagte er leise. »Aber ich lasse es durchgehen, weil sich Hoshi nur sehr selten zu so etwas hinreißen lässt.«

»Wie bitte?«, fragte die Linguistin.

»Ich habe tatsächlich darauf hingewiesen und es auch so gemeint«, gestand Archer. »Aber hier können wir nicht mehr tun.«

»Wir könnten den Hipon den modifizierten Translator überlassen.«

»Warum?«, erwiderte Archer. »Er ist dazu konzipiert, uns zu helfen, nicht den Fazi. Mit seiner Hilfe haben wir den Hipon gezeigt, dass sie mit den Fazi kommunizieren können, ohne sie zu verletzen. Darüber hinaus haben die Hipon gerade erst erfahren, dass sie den Fazi Schaden zufügten, und diese Erkenntnis bestürzt sie. Vielleicht entscheiden sie, eine eigene Version des Translators zu konstruieren.«

»Und wenn nicht?«, fragte Hoshi.

»Die Wahl liegt bei ihnen.« Archer sah zu T'Pol. Die Vulkanierin zeigte keine emotionale Reaktion auf seine

Entscheidung. Er hielt das für ein gutes Zeichen, interpretierte es als Zustimmung.

Er lächelte verschmitzt, forderte die Crew auf, ihre Arbeit fortzusetzen, und verließ die Brücke. Bevor er zum Planeten flog, wollte er noch etwas essen und vielleicht ein Nickerchen machen.

CAPTAINS LOGBUCH

Bei der letzten Begegnung mit den Hipon ergaben sich keine Probleme. Sie schienen meine Entscheidung zu verstehen, ihnen den modifizierten Translator nicht zu überlassen. Sie fragten nach dem Grund und ich wies auf meine Sorge hin, dass dadurch das Gleichgewicht zwischen den beiden Kulturen gestört werden könnte.

Der Repräsentant der Hipon lobte erneut die Weisheit der Menschen. Ich wollte ihm nicht widersprechen, aber ich fühle mich nicht weise. Ich bin nur erleichtert darüber, dass ich offenbar die richtige Entscheidung getroffen habe und der verpfuschte Erstkontakt mit den Fazi zu guten Beziehungen mit zwei verschiedenen Völkern führte.

Aber nach all den Gesprächen mit T'Pol, bei denen sie mich immer wieder darauf hinwies, dass unsere Einmischungen in eine fremde Kultur unabsehbare Folgen haben könnten, muss ich eine gewisse Sorge eingestehen. Wenn wir den Fazi-Planeten das nächste Mal besuchen ... Ich hoffe, dass sich Hipon und Fazi bis dahin nicht gegenseitig ausgelöscht haben.

T'Pol hat Recht: Die Konsequenzen unserer hiesigen Aktivitäten lassen sich nicht voraussehen. Wir können nur hoffen, dass unser Wunsch, mit neuem Leben und neuen Zivilisationen Kontakt aufzunehmen, keinen Schaden verursacht.

Ich habe getan, was ich konnte. Wenn wir irgendwann einmal hierher zurückkehren, stellen wir hoffentlich fest, dass die beiden Kulturen zu einer friedlichen, beiden Seiten zum Vorteil gereichenden Koexistenz gefunden haben.

Ich möchte auf keinen Fall das Blut eines fremden Volkes an meinen Händen wissen.

Ich muss darauf vertrauen, dass die Hipon und Fazi für sich selbst die richtigen Entscheidungen treffen. Ich darf mir von T'Pols negativem Beispiel nicht die Zuversicht nehmen lassen, denn sonst versuche ich nie wieder, einen Erstkontakt herzustellen.

Und das wäre nicht gut. So schwer es auch gewesen sein mag: Mir hat es gefallen. Und ich glaube, letztendlich können wir alle einen Nutzen aus unserer Arbeit ziehen.

Das hoffe ich jedenfalls.

31

Cutler trank den Rest ihres Kaffees. Der Speisesaal war leer und jemand hatte alle Lampen ausgeschaltet, abgesehen von der über ihrem Spieltisch.

Die Crew gewöhnte sich ans abendliche Rollenspiel. Manchmal traten zu Beginn ihres Dienstes Kollegen an Cutler heran und fragten, wie es um das Spiel stand.

Mayweather nahm Platz und lehnte sich zurück. Er wirkte recht müde. Während der letzten beiden Tage hatte er einen vollen Dienst geleistet und war zweimal zum Planeten geflogen. Beim Flug mit dem Hipon war es zu einem unliebsamen Zwischenfall gekommen.

Die ambientalen Filter von Mayweathers Schutzanzug hatten versagt und dadurch war er dem schrecklichen Gestank ausgesetzt worden. Zwar hatte er in der Zwischenzeit dreimal gebadet und ein voller Tag war vergangen, aber der Geruch von fauligem Fisch folgte ihm auf Schritt und Tritt.

Cutler begegnete ihm mit Anteilnahme. Sie hatte sich nur kurze Zeit in der Hipon-Siedlung auf dem Planeten aufgehalten, aber manchmal träumte sie noch von dem grässlichen Gestank. Nun, wenigstens waren die Erinnerungen nicht schlimm genug, ihr den Schlaf zu rauben.

»Also schön, Spielleiterin«, sagte Mayweather. »Wir sind so weit.«

»Sie haben doch nicht vor, heute zu sterben, oder?«, wandte sich Nowakowitsch an Anderson.

»Das habe ich nie vor«, antwortete der. »Aber ich bin vorbereitet.«

»Was vermacht Abe mir in seinem Testament?«, fragte Mayweather. Er sprach langsamer als sonst und darin zeigte sich seine Erschöpfung.

»Kommt darauf an, wie heldenhaft Sie versuchen, sein Leben zu retten«, sagte Anderson.

»He!«, warf Nowakowitsch ein. »Man sollte sein Testament machen, bevor das Abenteuer beginnt.«

»In Abes Testament gibt es Bedingungen«, erklärte Anderson. »Wer nicht heldenhaft ist, bekommt nichts. Wer ein wenig heldenhaft ist, bekommt ein wenig. Und wer sich als wahrer Held erweist ... Nun, hoffen wir, dass Sie es nicht herausfinden.«

Cutler lächelte.

»Ich verabscheue es, wenn sie auf diese Weise lächelt«, flüsterte Nowakowitsch Mayweather zu. »Glauben Sie, dass sie auch so lächeln wird, wenn wir dieses Spiel beenden?«

»Beenden wir es irgendwann?«, erkundigte sich Mayweather.

»Gute Frage«, meinte Anderson.

»Wenn ich da an die Rollenspiele meiner Kindheit denke ...«, sagte Cutler. »Manche von ihnen dauerten Jahre. Es hängt ganz davon ab, wie lange man spielen möchte.«

»Soll das heißen, dass wie vielleicht für immer die marsianische Landschaft durchstreifen?«, fragte Mayweather.

»Es kommt darauf an, wie geschickt Sie sind und wie lange es dauert, bis Sie alle Teile des vollautomatischen Translators gefunden haben«, antwortete Cutler.

»Bisher haben wir noch nicht einmal ein einziges Teil«, sagte Nowakowitsch und lachte. »Es kann also noch ziemlich lange dauern.«

Cutler blickte auf ihre Notizen und empfand es als angenehm, sich wieder dem Spiel zu widmen. Während der nächsten Wochen erwartete sie viel Arbeit. Sie musste alle Informationen über die beiden neuen Spezies analysieren und Erkenntnisse aus ihnen gewinnen, bevor Starfleet ein endgültiger Bericht übermittelt werden konnte. Darüber hinaus erwog sie die Möglichkeit, einen wissenschaftlichen Artikel über die Hipon zu schreiben.

Sie brauchte eine Möglichkeit, auf andere Gedanken zu kommen, und das Rollenspiel war bestens dazu geeignet.

»Abe hat zu Unk und Rust in einem der Gebäude aufgeschlossen. Sie sind noch immer recht weit von der Stadtmitte entfernt und es befinden sich keine Himmelsbrücken in unmittelbarer Nähe.«

»Zum Glück«, kommentierte Anderson. »Ich habe eine Abneigung gegen Brücken entwickeln und bin mir gar nicht sicher, ob ich im richtigen Leben eine sehen möchte.«

»Cutler kann bestimmt eine andere Möglichkeit finden, Sie ins Jenseits zu befördern«, sagte Nowakowitsch.

»Führen wir sie nicht in Versuchung«, erwiderte Anderson.

Cutler räusperte sich, um die Aufmerksamkeit der Spieler zu gewinnen. »Ich habe Ihnen etwas mitzuteilen, meine Herren.«

»Oh, oh«, sagte Mayweather. »Das gefällt mir gar nicht.«

»Marsianer dringen von allen Seiten in Ihr Gebäude ein.«

»Von der grünen Art, mit spitzen Zähnen?«, fragte Anderson.

»Genau die«, bestätigte Cutler. »Die Marsianer haben Abe bemerkt, als er sich einen Weg durch die Trümmer auf der Straße bahnte, und dadurch erfuhren sie von Ihrem Aufenthaltsort.«

»Großartig«, brummte Mayweather. »Wir warten auf Sie – und in welche Lage bringt uns das?«

»Wir sitzen in der Falle«, sagte Nowakowitsch.

»Tut mir leid.« Anderson schien wirklich betrübt zu sein. »Nachdem ich von einigen Brücken heruntergefallen bin, wollte ich eine sicherere Route nehmen.«

»Ich glaube, auf dem Mars gibt es kaum Sicherheit«, sagte Mayweather. »Welche Möglichkeiten stehen uns offen?«

»Ihnen steht ein Kampf bevor, ganz gleich, in welche Richtung Sie sich wenden«, antwortete Cutler. »Übrigens: Ein Marsianer schickt sich an, auf dem Rücken einer marsianischen Flugechse durchs Fenster zu fliegen und Sie anzugreifen.«

»Schießen wir ihn ab«, schlug Anderson vor.

»Sollen wir auf ihn hören?«, wandte sich Nowakowitsch an Mayweather.

»Diesmal schon, schätze ich«, sagte Mayweather. »Feuer frei.«

Cutler lächelte, schüttelte den Becher, ließ die Bolzen aufs Tuch fallen und zählte die roten. »In Ordnung. Sie haben ihn abgeschossen. Aber weitere nähern sich.«

»Wir müssen etwas unternehmen«, sagte Mayweather. »Gibt es Himmelsbrücken über uns?«

»Zwei.« Cutler blickte erneut auf ihre Notizen. »Aber es kommen Marsianer die Rampen herab und sie werden gleich Ihr Stockwerk erreichen.«

»Wie viele?«, fragte Nowakowitsch.

»Zwanzig«, sagte Cutler.

»Die Sache sieht also folgendermaßen aus«, sagte Mayweather. »Wir können nach draußen gehen oder nach oben – in beiden Fällen steht uns eine Konfrontation mit Marsianern bevor. Ist es möglich, irgendwie durchs Fenster zu fliegen?««

»Zu fliegen? Nein.« Mehr sagte Cutler nicht. Sie wollte den Spielern keine zusätzlichen Hinweise geben.

»Wie wär's, wenn wir uns mit dem Seil an der Wand des Gebäudes herunterlassen?«, fragte Mayweather. »Ist das möglich?«

»Ja«, sagte Cutler. »Sie haben ein Seil, aber es besteht eine hohe Wahrscheinlichkeit dafür, dass Sie es mit den fliegenden Marsianern zu tun bekommen, bevor Sie den Boden erreichen.«

Einige Sekunden lang herrschte Stille, als die Spieler nachdachten.

»Die von Ihnen vergeudete Zeit ermöglicht es weiteren Marsianern, sich zu nähern«, sagte Cutler. Sie fand richtig Gefallen daran. Und gleichzeitig regte sich vage Besorgnis in ihr. Wenn alle Spielfiguren ums Leben kamen – hatten die Männer dann genug vom Spiel? Oder würden sie sich ein Beispiel an Anderson nehmen und sich neue Figuren zulegen?

Das wird sich gleich herausstellen, dachte Cutler.

»Es scheint eine ausweglose Lage zu sein«, meinte Mayweather.

»Zumindest gibt es keinen Ausweg, den wir erkennen können«, fügte Nowakowitsch hinzu.

Anderson sah die anderen beiden Spieler an, wandte sich dann an Cutler. »Es gibt eine Möglichkeit, über die wir noch nicht nachgedacht haben«, sagte er. »Und das ist eigentlich erstaunlich, wenn man bedenkt, was die *Enterprise* gerade hinter sich hat. Ich bin wirklich überrascht.«

»Welche Möglichkeit meinen Sie?«, fragte Mayweather.

»Kommunikation«, sagte Anderson und lächelte. »Können wir mit den Marsianern reden?«

Cutler lachte. »Ich dachte schon, Sie würden das nie fragen.«

32

Archer genoss es, sich entspannt im Kommandosessel zurückzulehnen und zum Hauptschirm zu blicken, der im Warptransfer vorbeigleitende Sterne zeigte. Die Bordsysteme funktionierten einwandfrei, es herrschte wieder normaler Dienst und es dauerte noch zwei Tage, bis sie das nächste Ziel erreichten.

Seit dem Verlassen des Fazi-Planeten hatte Archer lange über die dortigen Ereignisse nachgedacht und seine Überlegungen in Logbuch-Einträgen festgehalten, damit sie die Erde erreichten. Spezialisten, die gescheiter waren als er, würden sich damit befassen und auf ihrer Grundlage die Crews der nächsten Raumschiffe ausbilden.

Diese Vorstellung gefiel ihm. Dadurch war das, was sie hier draußen in den Tiefen des Alls leisteten, der Mühe wert. Das galt auch für die Risiken, die sie gelegentlich eingehen mussten.

T'Pol näherte sich. »Darf ich etwas vorschlagen, Captain?«

Archer straffte die Schultern und sah sie an. »Nur zu.«

»Ich glaube, es läge im Interesse des Schiffes und auch der Erde, wenn Sie damit beginnen würden, Richtlinien für Erstkontakte auszuarbeiten.«

»Bestimmt wird es mit der Zeit welche geben«, sagte Archer.

»Aber Sie glauben nicht, welche zu benötigen?«, fragte T'Pol.

Archer musterte die ruhige Miene der Vulkanierin. Es steckte keine Geringschätzung hinter der Frage, nur Neugier. Und sie war durchaus berechtigt.

»Nein, das glaube ich tatsächlich nicht«, erwiderte er.

Daraufhin zeigte T'Pols Gesicht Verwirrung. »Darf ich mich nach dem Grund dafür erkundigen?«

»Sie haben ihn mir selbst genannt«, sagte Archer.

»Ich habe nie behauptet, dass es keine Richtlinien in Hinsicht auf Erstkontakte geben sollte.«

»Ich weiß«, sagte Archer. »Aber Sie wiesen darauf hin, warum ich derzeit keine benötige.«

T'Pol schwieg. Manchmal machten Diskussionen mit Vulkaniern keinen Spaß, weil sie einen Köder nicht so annahmen, wie man es von ihnen erwartete.

Archer lächelte. »Sie meinten, ich hätte nicht genug Informationen, um bei Erstkontakten sachlich begründete Entscheidungen zu treffen.

»Ja«, sagte T'Pol. »Darauf habe ich hingewiesen.«

»Wenn ich von der gleichen Logik ausgehe ... Wie kann ich plötzlich genug Wissen und Erfahrung haben, um entsprechende Richtlinien zu bestimmen?«

»Es gibt gewisse Regeln, die bei jedem Erstkontakt gelten«, sagte T'Pol.

»Nicht unbedingt«, widersprach Archer. »Wenn ich die ersten beiden Versuche, einen Kontakt mit den Fazi herzustellen, nicht verpatzt hätte – wären wir dann überhaupt auf die Idee gekommen, uns die Hipon näher anzuschauen?«

»Man kann Probleme nicht lösen, indem man annimmt, dass Fehler letztendlich positive Folgen haben.«

Archer lachte. T'Pols Bemerkungen konnten sehr treffend sein. Das gehörte zu den Dingen, die er an ihr mochte. »Zugegeben. Aber denken Sie mal darüber nach. Wir hatten nicht genug Informationen, um die Hipon für eine hoch entwickelte Spezies zu halten. Richtig?«

»Die ersten Scans zeigten uns nichts«, räumte T'Pol ein.

»Wenn uns Ihre Richtlinien – wie logisch sie auch sein mögen – daran gehindert hätten, die Hipon zu entdecken, so wären sie wohl kaum dem Zweck der Mission gerecht geworden.«

»Das stimmt«, sagte T'Pol. »Aber ich glaube trotzdem, dass es in diesem Zusammenhang einige grundsätzliche Regeln geben sollte.«

»Ich bin mir nicht sicher, ob ich Ihnen da zustimmen kann«, erwiderte Archer. »Überlegen Sie einmal. Wenn man nicht weiß, womit man es zu tun bekommt – wie soll man es dann reglementieren?«

»Wenn wir bereit wären, dieser Logik bis zum Extrem zu folgen, gäbe es überhaupt keine Regeln«, sagte T'Pol. »Richtlinien helfen uns allen, Captain.«

»Mag sein. Ich bin sicher, dass es eines Tages Regeln für den Erstkontakt geben wird. Aber jetzt noch nicht.«

T'Pol nickte und kehrte zur wissenschaftlichen Station zurück. Sie gewöhnte sich allmählich an die Diskussionen mit dem Captain.

Diesmal hatte sie das Protokoll geachtet.

Und ich bin nicht zornig geworden, dachte Archer überrascht. Die Kommunikation an Bord der *Enterprise* funktionierte.

Er lächelte, zufrieden mit Schiff, Crew und der geleisteten Arbeit. Erneut sah er zum Hauptschirm, beobachtete die vorbeigleitenden Sterne und freute sich auf die Möglichkeiten, die das All bot.

STAR TREK™

in der Reihe
HEYNE SCIENCE FICTION & FANTASY

STAR TREK: CLASSIC SERIE
Vonda N. McIntyre, Star Trek II: Der Zorn des Khan · 06/3971
Vonda N. McIntyre, Der Entropie-Effekt · 06/3988
Robert E. Vardeman, Das Klingonen-Gambit · 06/4035
Lee Correy, Hort des Lebens · 06/4083
Vonda N. McIntyre, Star Trek III: Auf der Suche nach Mr. Spock · 06/4181
S. M. Murdock, Das Netz der Romulaner · 06/4209
Sonni Cooper, Schwarzes Feuer · 06/4270
Robert E. Vardeman, Meuterei auf der Enterprise · 06/4285
Howard Weinstein, Die Macht der Krone · 06/4342
Sondra Marshak & Myrna Culbreath, Das Prometheus-Projekt · 06/4379
Sondra Marshak & Myrna Culbreath, Tödliches Dreieck · 06/4411
A. C. Crispin, Sohn der Vergangenheit · 06/4431
Diane Duane, Der verwundete Himmel · 06/4458
David Dvorkin, Die Trellisane-Konfrontation · 06/4474
Vonda N. McIntyre, Star Trek IV: Zurück in die Gegenwart · 06/4486
Greg Bear, Corona · 06/4499
John M. Ford, Der letzte Schachzug · 06/4528
Diane Duane, Der Feind – mein Verbündeter · 06/4535
Melinda Snodgrass, Die Tränen der Sänger · 06/4551
Jean Lorrah, Mord an der Vulkan Akademie · 06/4568
Janet Kagan, Uhuras Lied · 06/4605
Laurence Yep, Herr der Schatten · 06/4627
Barbara Hambly, Ishmael · 06/4662
J. M. Dillard, Star Trek V: Am Rande des Universums · 06/4682
Della van Hise, Zeit zu töten · 06/4698
Margaret Wander Bonanno, Geiseln für den Frieden · 06/4724
Majliss Larson, Das Faustpfand der Klingonen · 06/4741
J. M. Dillard, Bewußtseinsschatten · 06/4762
Brad Ferguson, Krise auf Centaurus · 06/4776
Diane Carey, Das Schlachtschiff · 06/4804
J. M. Dillard, Dämonen · 06/4819
Diane Duane, Spocks Welt · 06/4830
Diane Carey, Der Verräter · 06/4848
Gene DeWeese, Zwischen den Fronten · 06/4862
J. M. Dillard, Die verlorenen Jahre · 06/4869
Howard Weinstein, Akkalla · 06/4879
Carmen Carter, McCoys Träume · 06/4898
Diane Duane & Peter Norwood, Die Romulaner · 06/4907
John M. Ford, Was kostet dieser Planet? · 06/4922
J. M. Dillard, Blutdurst · 06/4929
Gene Roddenberry, Star Trek I: Der Film · 06/4942
J. M. Dillard, Star Trek VI: Das unentdeckte Land · 06/4943
Jean Lorrah, Die UMUK-Seuche · 06/4949
A. C. Crispin, Zeit für gestern · 06/4969
David Dvorkin, Die Zeitfalle · 06/4996
Barbara Paul, Das Drei-Minuten-Universum · 06/5005
Judith & Garfield Reeves-Stevens, Das Zentralgehirn · 06/5015
Gene DeWeese, Nexus · 06/5019

STAR TREK™

D. C. Fontana, Vulkans Ruhm · 06/5043
Judith & Garfield Reeves-Stevens, Die erste Direktive · 06/5051
Michael Jan Friedman, Das Doppelgänger-Komplott · 06/5067
Judy Klass, Der Boaco-Zwischenfall · 06/5086
Julia Ecklar, Kobayashi Maru · 06/5103
Peter Norwood, Angriff auf Dekkanar · 06/5147
Carolyn Clowes, Das Pandora-Prinzip · 06/5167
Michael Jan Friedman, Schatten auf der Sonne · 06/5179
Diana Duane, Die Befehle des Doktors · 06/5247
V. E. Mitchell, Der unsichtbare Gegner · 06/5248
Dana Kramer-Rolls, Der Prüfstein ihrer Vergangenheit · 06/5273
Barbara Hambly, Der Kampf ums nackte Überleben · 06/5334
Brad Ferguson, Eine Flagge voller Sterne · 06/5349
J. M. Dillard, Star Trek VII: Generationen · 06/5360
Gene DeWeese, Die Kolonie der Abtrünnigen · 06/5375
Michael Jan Friedman, Späte Rache · 06/5412
Peter David, Der Riß im Kontinuum · 06/5464
Michael Jan Friedman, Gesichter aus Feuer · 06/5465
Peter David/Michael Jan Friedman/Robert Greenberger,
   Die Enterbten · 06/5466
L. A. Graf, Die Eisfalle · 06/5467
John Vornholt, Zuflucht · 06/5468
L. A. Graf, Der Saboteur · 06/5469
Melissa Crandall, Die Geisterstation · 06/5470
Mel Gilden, Die Raumschiff-Falle · 06/5471
V. E. Mitchell, Tore auf einer toten Welt · 06/5472
Victor Milan, Aus Okeanos Tiefen · 06/5473
Diane Carey, Das große Raumschiff-Rennen · 06/5474
Margaret Wander Bonanno, Die Sonde · 06/5475
Diane Carey, Kirks Bestimmung · 06/5476
L. A. Graf, Feuersturm · 06/5477
A. C. Crispin, Sarek · 06/5478
Simon Hawke, Die Terroristen von Patria · 06/5479
Barbara Hambly, Kreuzwege · 06/5681
L. A. Graf, Ein Sumpf von Intrigen · 06/5682
Howard Weinstein, McCoys Tochter · 06/5683
Judith & Garfield Reeves-Stevens, Die Föderation · 06/5684
J. M. Dillard, Sabotage · 06/5685
Denny Martin Flinn, Der Coup der Promethaner · 06/5686
Diane Carey/Dr. James I. Kirkland, Keine Spur von Menschen · 06/5687
William Shatner, Die Asche von Eden · 06/5688
William Shatner, Die Rückkehr · 06/5689
William Shatner, Der Rächer · 06/5690
Peter David, Die Tochter des Captain · 06/5691
Dean Wesley Smith/Kristine Kathryn Rusch, Die Ringe von Tautee ·
   06/5693
Diane Carey, Invasion – 1: Der Erstschlag · 06/5694
Dean Wesley Smith/Kristine Kathryn Rusch, Tag der Ehre – 4:
   Das Gesetz des Verrats · 06/5702
William Shatner, Das Gespenst · 06/5703
William Shatner, Dunkler Sieg · 06/5704
William Shatner, Die Bewahrer · 06/5705

STAR TREK™

STAR TREK: THE NEXT GENERATION

David Gerrold, Mission Farpoint · 06/4589
Gene DeWeese, Die Friedenswächter · 06/4646
Carmen Carter, Die Kinder von Hamlin · 06/4685
Jean Lorrah, Überlebende · 06/4705
Peter David, Planet der Waffen · 06/4733
Diane Carey, Gespensterschiff · 06/4757
Howard Weinstein, Machthunger · 06/4771
John Vornholt, Masken · 06/4787
David & Daniel Dvorkin, Die Ehre des Captain · 06/4793
Michael Jan Friedman, Ein Ruf in die Dunkelheit · 06/4814
Peter David, Eine Hölle namens Paradies · 06/4837
Jean Lorrah, Metamorphose · 06/4856
Keith Sharee, Gullivers Flüchtlinge · 06/4889
Carmen Carter u. a., Planet des Untergangs · 06/4899
A. C. Crispin, Die Augen der Betrachter · 06/4914
Howard Weinstein, Im Exil · 06/4937
Michael Jan Friedman, Das verschwundene Juwel · 06/4958
John Vornholt, Kontamination · 06/4986
Mel Gilden, Baldwins Entdeckungen · 06/5024
Peter David, Vendetta · 06/5057
Peter David, Eine Lektion in Liebe · 06/5077
Howard Weinstein, Die Macht der Former · 06/5096
Michael Jan Friedman, Wieder vereint · 06/5142
T. L. Mancour, Spartacus · 06/5158
Bill McCay/Eloise Flood, Ketten der Gewalt · 06/5242
V. E. Mitchell, Die Jarada · 06/5279
John Vornholt, Kriegstrommeln · 06/5312
David Bischoff, Die Epidemie · 06/5356
Peter David, Imzadi · 06/5357
Laurell K. Hamilton, Nacht über Oriana · 06/5342
Simon Hawke, Die Beute der Romulaner · 06/5413
Rebecca Neason, Der Kronprinz · 06/5414
John Peel, Drachenjäger · 06/5415
Diane Carey, Abstieg · 06/5416
Diane Duane, Dunkler Spiegel · 06/5417
Jeri Taylor, Die Zusammenkunft · 06/5418
Michael Jan Friedman, Relikte · 06/5419
Susan Wright, Der Mörder des Sli · 06/5438
W. R. Thomson, Planet der Schuldner · 06/5439
Carmen Carter, Das Herz des Teufels · 06/5440
Michael Jan Friedman & Kevin Ryan, Requiem · 06/5442
Dafydd ab Hugh, Gleichgewicht der Kräfte · 06/5443
Michael Jan Friedman, Die Verurteilung · 06/5444
Peter David, Q² · 06/5445
Simon Hawke, Die Rückkehr der Despoten · 06/5446
Robert Greenberger, Die Strategie der Romulaner · 06/5447
Gene DeWeese, Im Staubnebel verschwunden · 06/5448
Brad Ferguson, Das letzte Aufgebot · 06/5449
Michael Jan Friedman, Die andere Seite · 06/5750
Kij Johnson/Greg Cox, Die Ehre des Drachen · 06/5751
J. M. Dillard/Kathleen O'Malley, Wahnsinn · 06/5753

Dean Wesley Smith/Kristine Kathryn Rusch, Invasion – 2:
　　Soldaten des Schreckens · 06/5754
Pamela Sargent/George Zebrowski, Verhöhnter Zorn · 06/5756
J. M. Dillard, Star Trek VIII: Der erste Kontakt · 06/5757
Diane Carey, Tag der Ehre – 1: Altes Blut · 06/5763
John Vornholt, Der Dominion-Krieg – 1: Hinter feindlichen Linien · 06/5765
John Vornholt, Der Dominion-Krieg – 3: Sternentunnel · 06/5766
Peter David, Imzadi II · 06/5767
John de Lancie/Peter David, Ich, Q · 06/5768
J. M. Dillard, Star Trek IX: Der Aufstand · 06/5770
Greg Cox, Das Q-Kontinuum 1: Die galaktische Barriere · 06/5771
Greg Cox, Das Q-Kontinuum 2: Die Entführung · 06/5772
Greg Cox, Das Q-Kontinuum 3: Der Widersacher · 06/5773
John Vornholt, Kristallwelt 1 · 06/5774
John Vornholt, Kristallwelt 2 · 06/5775

STAR TREK: DIE ANFÄNGE
Vonda N. McIntyre, Die erste Mission · 06/4619
Margaret Wander Bonanno, Fremde vom Himmel · 06/4669
Diane Carey, Die letzte Grenze · 06/4714

STAR TREK: DEEP SPACE NINE
J. M. Dillard, Botschafter · 06/5115
Peter David, Die Belagerung · 06/5129
K. W. Jeter, Die Station der Cardassianer · 06/5130
Sandy Schofield, Das große Spiel · 06/5187
Dafydd ab Hugh, Gefallene Helden · 06/5322
Lois Tilton, Verrat · 06/5323
Esther Friesner, Kriegskind · 06/5430
John Vornholt, Antimaterie · 06/5431
Diane Carey, Die Suche · 06/5432
K. W. Jeter, Das Böse · 06/5433
Melissa Scott, Der Pirat · 06/5434
Nathan Archer, Walhalla · 06/5512
Greg Cox/John Gregory Betancourt, Der Teufel im Himmel · 06/5513
Robert Sheckley, Das Spiel der Laertianer · 06/5514
Diane Carey, Der Weg des Kriegers · 06/5515
Diane Carey, Die Katakombe · 06/5516
Dean Wesley Smith/Kristine Kathryn Rusch, Die lange Nacht · 06/5517
John Peel, Der Schwarm · 06/5518
L. A. Graf, Invasion – 3: Der Feind der Zeit · 06/5519
Michael Jan Friedman, Saratoga · 06/5721
Diane Carey, Neuer Ärger mit den Tribbles · 06/5723
L. A. Graf, Tag der Ehre – 2: Der Himmel von Armageddon · 06/5725
Diane Carey, Der Dominion-Krieg – 2: Verlorener Friede · 06/5727
Diane Carey, Der Dominion-Krieg – 4: Beendet den Krieg! · 06/5728

STAR TREK: STARFLEET KADETTEN
John Vornholt, Generationen · 06/6501
Peter David, Worfs erstes Abenteuer · 06/6502
Peter David, Mission auf Dantar · 06/6503
Peter David, Überleben · 06/6504

STAR TREK™

Brad Strickland, Das Sternengespenst · 06/6505
Brad Strickland, In den Wüsten von Bajor · 06/6506
John Peel, Freiheitskämpfer · 06/6507
Mel Gilden & Ted Pedersen, Das Schoßtierchen · 06/6508
John Vornholt, Erobert die Flagge! · 06/6509
V. E. Mitchell, Die Atlantis Station · 06/6510
Michael Jan Friedman, Die verschwundene Besatzung · 06/6511
Michael Jan Friedman, Das Echsenvolk · 06/6512
Diane G. Gallagher, Arcade · 06/6513
John Peel, Ein Trip durch das Wurmloch · 06/6514
Brad & Barbara Strickland, Kadett Jean-Luc Picard · 06/6515
Brad & Barbara Strickland, Picards erstes Kommando · 06/6516
Ted Pedersen, Zigeunerwelt · 06/6517
Patricia Barnes-Svarney, Loyalitäten · 06/6518
Diana G. Gallagher, Tag der Ehre – 5: Ehrensache · 06/6530

STAR TREK: VOYAGER
L. A. Graf, Der Beschützer · 06/5401
Dean Wesley Smith/Kristine Kathryn Rusch, Die Flucht · 06/5402
Nathan Archer, Ragnarök · 06/5403
Susan Wright, Verletzungen · 06/5404
John Betancourt, Der Arbuk-Zwischenfall · 06/5405
Christie Golden, Die ermordete Sonne · 06/5406
Mark A. Garland/Charles G. McGraw, Geisterhafte Visionen · 06/5407
S. N. Lewitt, Cybersong · 06/5408
Dafydd ab Hugh, Invasion – 4: Die Raserei des Endes · 06/5409
Karen Haber, Segnet die Tiere · 06/5410
Jeri Taylor, Mosaik · 06/5811
Melissa Scott, Der Garten · 06/5812
David Niall Wilson, Puppen · 06/5813
Greg Cox, Das schwarze Ufer · 06/5814
Michael Jan Friedman, Tag der Ehre – 3: Ihre klingonische Seele · 06/5815
Christie Golden, Gestrandet · 06/5816
Dean Wesley Smith/Kristine Kathryn Rusch/Nina Kiriki Hoffman,
   Echos · 06/5817
Christie Golden, Seven of Nine · 06/5818
Eric Kotani, Tod eines Neutronensterns · 06/5819
Jeri Taylor, Schicksalspfade · 06/5820
Diane Carey, Endspiel · 06/5823

STAR TREK: DIE NEUE GRENZE
Peter David, Captain Calhoun · 06/6551
Peter David, U.S.S. Excalibur · 06/6552
Peter David, Märtyrer · 06/6553
Peter David, Die Waffe · 06/6554
Peter David, Die Hunde des Krieges · 06/6555
Peter David, Dunkle Verbündete · 06/6556

ENTERPRISE
Diane Carey, Aufbruch ins Unbekannte · 06/6800
Dean Wesley Smith/Kristine Kathryn Rusch,
   Das Rätsel der Fazi · 06/6801

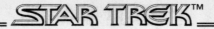

STAR TREK: DIE BADLANDS
Susan Wright, Die Badlands 1 · 06/6475
Susan Wright, Die Badlands 2 · 06/6476

STAR TREK: SEKTION 31
S. D. Perry, Der dunkle Plan · 06/5706
Andy Mangels/Michael A. Martin, Die Verschwörung · 06/5769
David Weddle/Jeffrey Lang, Der Abgrund · 06/5729
Dean Wesley Smith/Kristine Kathryn Rusch, Der Schatten · 06/5821

DAS STAR TREK-UNIVERSUM, 2 Bde.
von *Ralph Sander* · 06/5150
DAS STAR TREK-UNIVERSUM, 1. Ergänzungsband
von *Ralph Sander* · 06/5151
DAS STAR TREK-UNIVERSUM, 2. Ergänzungsband
von *Ralph Sander* · 06/5270

Ralph Sander, Star Trek Timer 1996 · 06/1996
Ralph Sander, Star Trek Timer 1997 · 06/1997
Ralph Sander, Star Trek Timer 1998 · 06/1998
Ralph Sander, Star Trek Timer 1999 · 06/1999

William Shatner/Chris Kreski, Star Trek Erinnerungen · 06/5188
William Shatner/Chris Kreski, Star Trek Erinnerungen: Die Filme · 06/5450

Phil Farrand, Cap'n Beckmessers Führer durch
  STAR TREK – DIE CLASSIC SERIE · 06/5451
Phil Farrand, Cap'n Beckmessers Führer durch
  STAR TREK – DIE NÄCHSTE GENERATION · 06/5199
Phil Farrand, Cap'n Beckmessers Führer durch
  STAR TREK – DIE NÄCHSTE GENERATION – Teil 2 · 06/6457
Phil Farrand, Cap'n Beckmessers Führer durch
  STAR TREK – DEEP SPACE NINE · 06/6458

David Alexander, Gene Roddenberry – Die autorisierte Biographie · 06/5544
Judith & Garfield Reeves-Stevens, Star Trek Design · 06/5545
Nichelle Nichols, Nicht nur Uhura · 06/5547
Leonard Nimoy, Ich bin Spock · 06/5548
Lawrence M. Krauss, Die Physik von Star Trek · 06/5549
Lawrence M. Krauss, Jenseits von Star Trek · 06/6497
Judith & Garfield Reeves-Stevens, Star Trek – Deep Space Nine:
  Die Realisierung einer Idee · 06/5550
Herbert F. Solow & Yvonne Fern Solow, Star Trek: Das Skizzenbuch –
  Die Classic-Serie · 06/6469
Judith & Garfield Reeves-Stevens, Star Trek – Phase II:
  Die verlorene Generation · 06/6470
Herbert F. Solow/Robert H. Justman, Star Trek – Die wahre Geschichte · 06/6499
J. M. Dillard, Star Trek: Wo bisher noch niemand gewesen ist · 06/6500

Diese Liste ist eine Bibliographie erschienener Titel,
KEIN VERZEICHNIS LIEFERBARER BÜCHER!